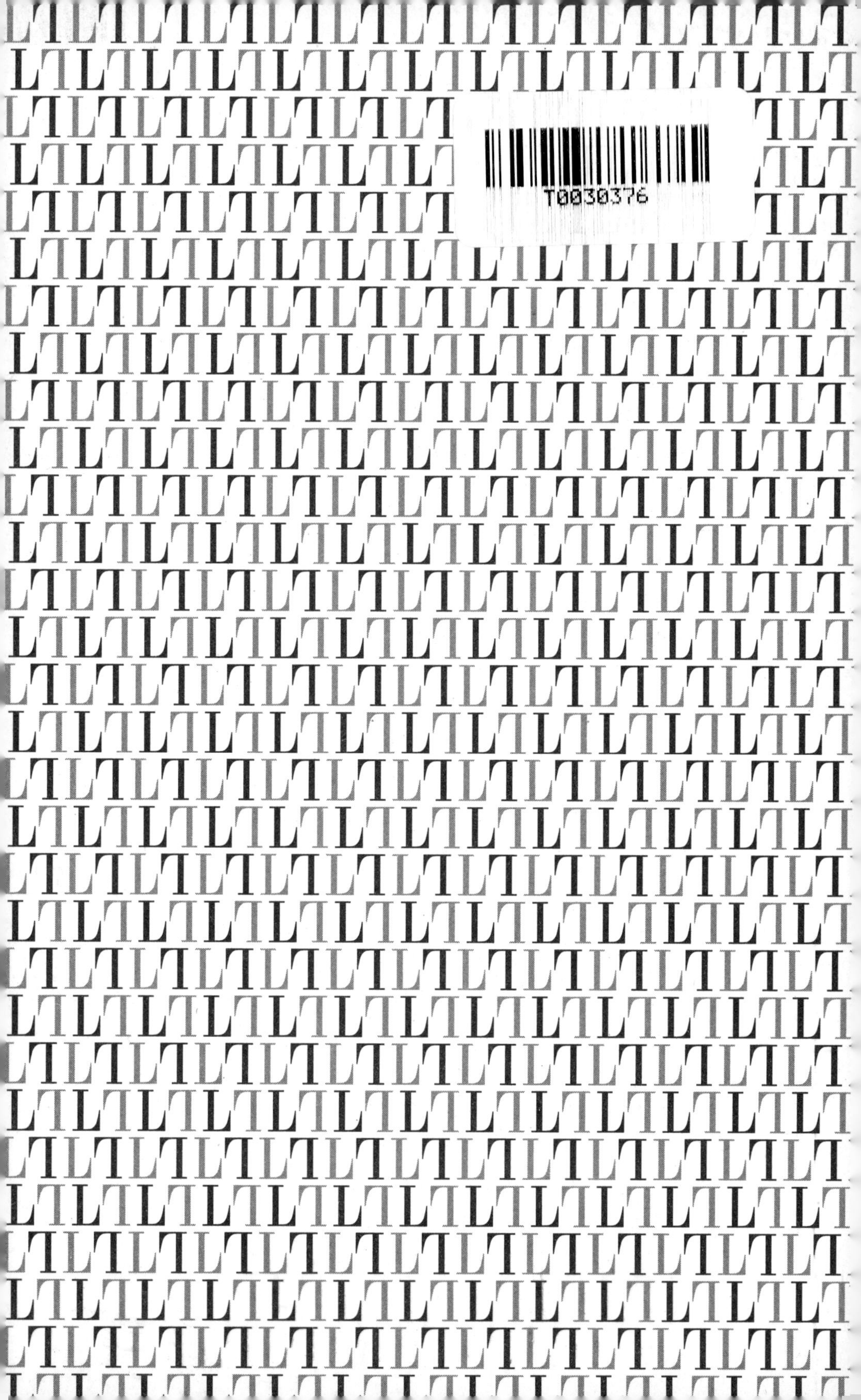

La señora March

La señora March

Virginia Feito

Traducción del inglés de
Gemma Rovira

Lumen

narrativa

Papel certificado por el Forest Stewardship Council®

Título original: *Mrs. March*

Primera edición: enero de 2022

Printed in Spain – Impreso en España

ISBN: 978-84-264-0965-2
Depósito legal: B-15.243-2021

Compuesto en M. I. Maquetación, S. L.
Impreso en Unigraf, S. L. (Móstoles, Madrid)

H 4 0 9 6 5 2

A mis padres,
el señor y la señora Feito

Los chismosos han bajado la voz
para que las palabras hagan ciertos
los rumores.

DYLAN THOMAS,
«Los chismosos»

1

George March había escrito otro libro.

Era un volumen grueso, y la cubierta mostraba un óleo de la escuela holandesa en el que una joven sirvienta se tocaba el cuello con recato. La señora March pasó por delante de una de las librerías del barrio y, en el escaparate, vio una pirámide impresionante de ejemplares de tapa dura. El libro pronto sería proclamado la obra maestra de George March y, aunque ella no lo supiera, ya había empezado a ascender en todas las listas de los más vendidos y más sugeridos para clubes de lectura, se estaba agotando hasta en las librerías menos frecuentadas e inspiraba recomendaciones entusiastas entre grupos de amigos. «¿Has leído el último libro de George March?» se había convertido en la frase de moda para iniciar una conversación en los cócteles.

Se dirigía a su pastelería favorita, una tiendecita encantadora con un toldo rojo y un banco de madera blanqueada delante. Era un día frío, pero no desagradable, y la señora March se tomó su tiempo y contempló los árboles sin hojas que flanqueaban las calles, las flores de Pascua aterciopeladas que enmarcaban los escaparates, las vidas que se vislumbraban detrás de las ventanas de los edificios.

Cuando llegó a la pastelería, se miró en la puerta de cristal antes de abrirla y entrar; entonces la campanilla que colgaba del techo tintineó anunciando su presencia. El calor y el aliento de los cuerpos que había dentro, mezclados con el calor de los hornos del obrador, enseguida la sofocaron. Delante de la caja registradora se había formado una cola considerable que serpenteaba entre las escasas mesitas ocupadas por parejas y joviales hombres de negocios que tomaban café o desayunaban sin reparar en el ruido que hacían.

A la señora March se le aceleró el pulso, una señal que siempre acompañaba el nerviosismo y la aprensión que manifestaba justo antes de interactuar con alguien. Se puso en la cola, sonrió a los desconocidos que tenía alrededor y se quitó los guantes de cabritilla. Se los había regalado George por Navidad hacía dos años, y eran de un color poco habitual: verde menta. A ella jamás se le habría ocurrido comprarse una prenda de ese color, pues no se habría creído capaz de ponérsela; sin embargo, le entusiasmaba la idea de que los desconocidos, cuando la vieran con aquellos guantes, la tomaran por la clase de mujer despreocupada y segura de sí misma que no habría tenido ningún reparo en elegir un color tan atrevido.

George había comprado los guantes en Bloomingdale's, lo que a ella siempre la había impresionado. Se imaginaba a George en el mostrador de los guantes, charlando con las aduladoras dependientas, en absoluto avergonzado de estar comprando en la sección de artículos femeninos. Una vez, ella había intentado comprarse lencería en Bloomingdale's. Era un día de verano especialmente caluroso, y la blusa se le adhería a la espalda y a sus sandalias les costaba despegarse del pavimento. Parecía que hasta las aceras exudaran sudor.

Las mañanas de los días laborables, Bloomingdale's atraía sobre todo a amas de casa adineradas, mujeres que se acercaban a los percheros con languidez, con una sonrisa de color rosa pastel pintada en los labios fruncidos; se diría que en realidad no querían estar allí, pero, ¡ay!, era inevitable, porque ¿qué podías hacer, francamente, sino probarte unas cuantas prendas y quizá comprarte dos o tres? A la señora March la intimidaba más aquella atmósfera que la que imperaba en los grandes almacenes a última hora de la tarde, cuando las mujeres trabajadoras se abalanzaban sobre los percheros sin un ápice de elegancia ni dignidad y pasaban las perchas a toda velocidad y sin molestarse en recoger la ropa que caía al suelo.

Esa mañana, en Bloomingdale's, habían acompañado a la señora March a un amplio probador de color rosa. En un rincón había un diván de terciopelo junto a un teléfono privado que servía para llamar a las dependientas, a quienes ella se imaginaba riendo y susurrando detrás de la puerta. Todo lo que había en la salita, incluida la moqueta, era de un rosa cursi y empalagoso, como el aliento con olor a chicle de una niña de quince años. El sujetador que le habían escogido, que colgaba provocativamente de una percha forrada de seda en la puerta del probador, era suave y ligero y tenía un olor dulzón, y por todo eso recordaba a la nata montada. Pegó contra su cara una de las tiras de encaje y la olió, y se llevó una mano, indecisa, a la blusa, pero no se atrevió a desnudarse y probarse aquella prenda tan delicada.

Acabó comprándose la ropa interior en una tiendecita del centro regentada por una mujer coja y con muchos lunares que le acertó la talla de sujetador con una sola ojeada a su cuerpo completamente vestido. A la señora March le habían gustado los mimos de aquella mujer, que había elogiado su figura y, mejor aún, había criticado la de otras clientas sin reprimir sus exclamaciones de desánimo. Las otras mujeres que había en la tienda se habían quedado mirando la ropa sofisticada de la señora March con evidente anhelo. Ya nunca volvió a comprar en Bloomingdale's.

Ahora, en la cola de la pastelería, miró los guantes de cabritilla que acababa de quitarse, y luego se miró las uñas, y quedó consternada al ver que las tenía secas y partidas. Volvió a ponerse los guantes y, al levantar la cabeza, se dio cuenta de que alguien se le había colado. Convencida de que debía de tratarse de un error, intentó discernir si aquella mujer solo había ido a saludar a alguien que ya estaba en la cola, pero no: la mujer estaba plantada delante de ella en silencio. Nerviosa, la señora March trató de decidir si debía confrontar a la mujer con lo ocurrido. Colarse era de muy mala educación, si es que esa había sido su intención, pero ¿y si se equivocaba? Así que no dijo nada y se mordió la cara interna de las mejillas (un hábito compulsivo que había heredado de su madre) hasta que la mujer pagó y se marchó y le llegó el turno a la señora March.

Desde su lado del mostrador, sonrió a Patricia, la dependienta de mejillas coloradas y melena rizada y frondosa que llevaba la tienda. Patricia le caía bien: la veía como a una especie de mesonera rolliza y malhablada pero amable; el clásico personaje que protegería a una pandilla de humildes huérfanos en una novela de Dickens.

—¡Aquí llega la mujer más elegante del barrio! —dijo Patricia al ver acercarse a la señora March, que le sonrió y se dio la vuelta para comprobar si alguien lo había oído—. ¿Lo de siempre, tesoro?

—Sí, pan de aceitunas negras y... Bueno, sí —dijo—: hoy también me llevaré dos cajas de macarons, por favor. De las grandes.

Patricia rebuscó detrás del mostrador, agitando su gran mata de rizos de un lado a otro mientras completaba el pedido. La señora March sacó la cartera sin dejar de sonreír, complacida por el halago de Patricia, y acarició con la yema de los dedos las protuberancias de la piel de avestruz.

—Estoy leyendo el libro de su marido —dijo Patricia; estaba agachada detrás del mostrador y se había perdido momentáneamente de vista—. Me lo compré hace dos días y casi lo he terminado. No puedo parar. Me encanta. ¡Es buenísimo!

La señora March se acercó un poco más y se apoyó en el expositor de cristal lleno de magdalenas de todo tipo y tartas de queso, esforzándose para oírla a pesar del bullicio.

—Oh —dijo; esa conversación la había pillado desprevenida—. Ay, me alegro de saberlo. Seguro que George también se alegra de saberlo.

—Anoche se lo estuve contando a mi hermana: conozco a la mujer del autor, le dije, ¡qué orgullosa debe de estar!

—Ah, bueno, sí, aunque como ya ha escrito muchos libros...

—Pero es la primera vez que se inspira en usted para crear a un personaje, ¿no?

La señora March, que seguía hurgando en su cartera, sintió un repentino entumecimiento. Se le puso la cara rígida al mismo tiempo que se le descuajaban las tripas, hasta tal punto que temió que se le escapara algo. Patricia, ajena a todo eso, dejó el pedido encima del mostrador y preparó la cuenta.

—Pues... —dijo la señora March, que sentía un débil dolor en el pecho—. ¿A qué se refiere?

—A la... protagonista. —Patricia sonrió.

La señora March parpadeó y se quedó boquiabierta, incapaz de contestar. Sus pensamientos se adherían al interior de su cráneo pese a la fuerza con que tiraba de ellos, como si hubiesen quedado atrapados en alquitrán.

Patricia frunció el ceño ante aquel silencio.

—Quizá me equivoque, por supuesto, pero... Se parecen las dos tanto que pensaba... Bueno, no sé, yo cuando leo me la imagino a usted.

—Pero ¿la protagonista no es...? —La señora March se inclinó hacia delante y, con un hilo de voz, dijo—: ¿No es una prostituta?

Patricia soltó una sonora y afable carcajada.

—¿Una prostituta con la que nadie quiere acostarse? —añadió la señora March.

—Bueno, sí, pero eso es parte de su encanto. —Cuando vio el semblante de la señora March, a Patricia se le borró la sonrisa de los labios—. Bueno —continuó—, no es eso, es más bien... cómo dice las cosas, incluso sus gestos, o su forma de vestir, ¿no?

La señora March se miró el largo abrigo de pieles, los tobillos enfundados en medias y los lustrados mocasines con borlas, y luego volvió a mirar a Patricia.

—Pero es una mujer horrible —dijo—. Es fea y estúpida. Es todo lo que yo nunca querría ser.

Expresó aquel desmentido con ímpetu un tanto excesivo, y la rechoncha cara de la pastelera amasó un gesto de sorpresa.

—Ah, bueno, yo creía que... —Arrugó la frente y negó con la cabeza, y la señora March la despreció por su expresión de desconcierto, que le pareció propia de una imbécil—. Entonces seguro que estoy equivocada. No me haga caso, en realidad leo poquísimo, ¡qué voy a saber yo! —Compuso una alegre sonrisa, como si eso lo arreglara todo—. ¿Nada más, tesoro?

La señora March tragó saliva, asqueada, y miró las bolsas de papel marrón que había encima del mostrador y que contenían su pan de aceitunas, las magdalenas de su desayuno y los macarons que había pedido para la fiesta que iba a dar en su casa al día siguiente: una reunión íntima y refinada para celebrar la publicación del último libro de George en compañía de sus amigos más cercanos (o al menos, los más importantes). Se apartó del mostrador furtivamente, cabizbaja y mirando los guantes que sujetaba con sus feas manos, y se sorprendió al descubrir que había vuelto a quitárselos.

—Esto..., creo que se me ha olvidado una cosa —dijo, y retrocedió unos pasos.

Lo que hasta ese momento había sido un ruido de fondo intenso pero inofensivo parecía haberse reducido a una serie de susurros conspirativos. Se dio la vuelta para identificar a los culpables. En una de las mesas, una mujer que sonreía se quedó mirándola.

—Lo siento, tengo que ir a ver si...

La señora March dejó sus bolsas abandonadas en el mostrador y se dirigió a la salida, cruzando varias veces la serpenteante cola; los murmullos de la gente resonaban en sus oídos, notaba su aliento cálido y de olor mantecoso en la piel, sus cuerpos casi se apretaban contra ella. Haciendo un esfuerzo desesperado, se impulsó hacia la puerta y salió a la calle, donde el aire frío le envolvió los pulmones y le impidió respirar. Se sujetó a un árbol cercano. Cuando la campanilla de la puerta tintineó detrás de ella, la señora March se apresuró a cruzar la calle, y no quiso volverse por si era Patricia quien había salido de la tienda. No quiso volverse por si no lo era.

2

La señora March echó a andar ligera por la calle, sin ningún objetivo aparente y sin tomar su ruta habitual (aunque, de haberla tomado, tampoco habría sido exactamente la habitual, puesto que no llevaba consigo el pan de aceitunas ni las magdalenas del desayuno). Todavía había tiempo de reemplazar los macarons por otra cosa antes de la fiesta. Y si no, podía enviar a Martha a comprarlos más tarde. Al fin y al cabo, Patricia y Martha no se conocían, aunque si Martha pedía exactamente los mismos productos, Patricia quizá sospechara. «No puedo enviar a Martha allí, es demasiado arriesgado», dijo en voz alta, y un hombre que pasaba por su lado dio un leve respingo.

Resultaría extraño no volver a ver a Patricia, quien, desde hacía años, había sido una presencia constante en su vida. Desde luego, esa mañana no se había imaginado, cuando se ponía las medias y escogía la falda granate que entonaba con su blusa con volantes de color marfil, que aquel sería el último día que la vería. Si alguien se lo hubiese dicho, se habría reído. Patricia acabaría reparando en que aquel había sido el último día que se habían visto, y quizá también analizara los detalles de su último encuentro (qué llevaba puesto, qué había dicho y hecho) y pensara que parecía imposible.

Tal vez no fuese tan dramático que Patricia hubiese actuado de forma tan irreflexiva. Sí, su comentario había sido desafortunado, pero, francamente, Patricia era la única persona que había encontrado algún paralelismo entre ella y aquella mujer. «Aquel "personaje" —se corrigió—. Ni siquiera es real. Seguramente está "basado" en alguna persona real, pero... George jamás... No, ¿verdad?».

Se metió, desesperada, en una calle más bulliciosa, llena de peatones y bocinazos de coches. Una mujer le sonrió con complicidad desde una valla publicitaria: la miraba arqueando las cejas, igual que la mujer de la pastelería. ELLA NO SABÍA NADA, rezaba el anuncio, y la señora March se detuvo tan en seco que otro peatón chocó con ella. Tras una serie de profusas disculpas, decidió que necesitaba sentarse, así que entró en el primer local que encontró.

Era una cafetería diminuta, insulsa y muy poco acogedora. La pintura del techo tenía desconchones, en las mesas se veía el rastro de la bayeta con que las habían limpiado a toda prisa y el pomo de la puerta de los lavabos estaba rayado, como si hubiesen intentado forzarlo. Solo había dos clientes, y no podía decirse que fueran muy glamurosos. La señora March se quedó encogida junto a la entrada, esperando a que le indicaran dónde sentarse, aunque sabía que los locales como aquel no funcionaban así. Se quitó los guantes verde menta y, mientras los inspeccionaba, recordó los desagradables y recientes sucesos y se sintió como si la deslumbraran los destellos de los faros de un coche. Las palabras de Patricia. El libro de George. Ella.

Lo bochornoso del asunto era que ella no había leído el libro. Apenas había hojeado un borrador el año anterior, nada más. Los tiempos en que leía los manuscritos de George sentada en una silla de mimbre, descalza, mientras chupaba gajos de naranja en el antiguo piso de él ya habían quedado atrás, irreconocibles desde su presente gris y contaminado. Tenía una vaga idea sobre el libro, por supuesto (sabía de qué trataba y conocía al personaje de la prostituta gorda y patética), pero no se había parado a pensar más en él. En retrospectiva, se dio cuenta de que la protagonista y la trama, muy realista y desagradablemente explícita, le habían repugnado tanto que no había querido continuar. «Sus gestos», murmuró. Volvió a mirarse las uñas. Se preguntó si ese sería uno de los supuestos gestos que la delataban.

—Buenos días, señora. ¿Viene usted sola?

Miró al camarero: llevaba un delantal negro que le pareció un tanto lúgubre para una cafetería.

—Yo... No, no vengo sola...

—Entonces ¿una mesa para dos?

—Bueno, no estoy segura. La persona a la que espero quizá no pueda venir. Sí, de momento digamos que para dos. ¿Esa de ahí? —Señaló una mesa pegada a la pared, la que estaba más cerca de los lavabos.

—Como quiera. ¿Va a esperar a que llegue su acompañante, o prefiere que le tome nota?

La señora March creyó detectar una sombra de incredulidad en la sonrisita del camarero.

—Ah, sí —dijo—, puedo pedir por las dos.

—Muy bien, señora.

La señora March se acordaba de la primera vez que la habían llamado «señora» (o, para ser exactos, «madame»): no estaba preparada, se quedó desconcertada y le dolió como un bofetón. A punto de cumplir treinta años, había acompañado a George a París en uno de sus viajes de promoción. Aquella mañana, sola en la suite del hotel (George había ido a firmar libros), encargó un desayuno de lujo: cruasanes, chocolate caliente, creps con mantequilla y azúcar. Cuando el camarero entró con el carrito, ella lo recibió con un albornoz que le iba enorme, con el pelo todavía mojado de la ducha y con el maquillaje corrido. Se preocupó al pensar que debía de estar demasiado provocativa, demasiado sensual, con los labios un poco hinchados después de habérselos frotado con la toalla de rizo para borrar los rastros del vino de la noche anterior. Sin embargo, cuando le dio las gracias al camarero (un joven larguirucho, casi un adolescente, con quemaduras de sol en el cuello) y le tendió la propina, él dijo: «Gracias, madame», y salió de la habitación. Así, sin más. No la había encontrado ni remotamente deseable. De hecho, lo más probable era que la mera noción de su cuerpo desnudo le hubiese resultado repugnante, y, aunque ella no era lo bastante mayor para ser su madre, seguramente a él sí se lo había parecido.

Ahora, el camarero del delantal negro se detuvo a su lado, a cierta distancia, rascándose distraído una costra que tenía en la muñeca.

—¿Qué le apetece tomar, señora?

Después de pedir dos cafés (un expreso para ella y un café con leche para su acompañante imaginaria), inspiró hondo y volvió a pensar en el tema del día. Johanna: así se llamaba la protagonista, recordó. «Johanna». Lo pronunció en voz baja. Nunca se había fijado mucho en el nombre, nunca se había cuestionado por qué George había elegido precisamente ese nombre para ese personaje en particular. Ella no conocía a ninguna Johanna, nunca había conocido a ninguna. Se preguntó si George sí. Confiaba en que así fuera, pues eso indicaría casi con total certeza que aquella caricatura monstruosa no estaba inspirada en absoluto en ella.

Mientras se tomaba el expreso a pequeños sorbos, recordó (y eso le hizo sentir lástima de sí misma) cómo había apoyado a

George en los inicios de su carrera: lo escuchaba, asentía a cuanto él decía, no se quejaba por nada. Y eso pese a saber que escribiendo no se ganaba dinero. George lo decía a menudo, a modo de disculpa, igual que el padre de ella (aunque sin el tono de disculpa). En aquellos tiempos, George la llevaba a su pequeño y barato restaurante italiano favorito, donde todas las noches los camareros recitaban de memoria el menú, siempre diferente, siempre nuevo. Allí, sentados a una mesa sin mantel, con una vela en una botella de vino parpadeando entre los dos, George le hablaba de su última historia, su última idea, como si él también tuviese un menú nuevo todas las noches. A ella la maravillaba el sincero interés que aquel respetable profesor universitario mostraba, aparentemente, por sus opiniones. Como no quería gafarlo con su personalidad, sonreía y asentía y lo adulaba. Todo por él, por su George.

¿Qué había hecho para merecer semejante humillación? Ahora el mundo entero la miraría con otros ojos. George la conocía muy bien; tal vez hubiese dado por hecho que ella no leería el libro. Era una maniobra arriesgada. Pero no, concluyó con desdén: tampoco la conocía tan bien. Johanna (ya se la imaginaba claramente, sentada a su lado en la pequeña cafetería, sudada y con algún diente faltante, con granos en el escote y una existencia mísera) no podía compararse con ella. Se planteó irrumpir en todas las librerías de la ciudad, comprar todos los ejemplares, destruirlos de la manera que fuera (quemándolos en una hoguera enorme una noche gélida de diciembre), pero eso, evidentemente, era una locura.

Tamborileó con los dedos en la mesa, miró la hora en su reloj de pulsera aunque sin registrarla e, incapaz de seguir soportando la ansiedad, decidió regresar a casa y leer el libro. George tenía varios ejemplares en su despacho, y no volvería hasta la noche.

Pagó los cafés y se disculpó en nombre de su amiga ausente, Johanna, cuyo café con leche se enfriaba, intacto y ya sin espuma, en la mesa. El camarero del delantal negro no le prestó atención cuando abandonó el local, con las medias arrugadas alrededor de los tobillos como si fruncieran el ceño ante la perspectiva de salir al frío.

De vuelta a casa, la señora March pasó por delante de una tienda de ropa donde dos dependientas desvestían a uno de los maniquíes del escaparate. Las dos mujeres tiraban de la ropa del muñeco con saña: una le quitó el sombrero y el chal mientras la otra le arrancaba el vestido, dejando al aire un pecho liso y sin pezón. El maniquí miraba al frente con unos ojos azules tan vívidos, con unas pestañas tan negras y con una expresión tan triste y desdichada que la señora March sintió la necesidad de desviar la mirada.

3

El señor y la señora March vivían en un piso muy agradable del Upper East Side de Nueva York; en la entrada del edificio había una marquesina de color verde oscuro donde figuraba la dirección —«Diez Cuarenta y Nueve»— en cursiva, con la primera letra de las tres palabras en mayúscula, como si se tratase del título de un libro o una película.

El edificio, cada una de cuyas pequeñas y cuadradas ventanas tenía su pequeño y cuadrado aparato de aire acondicionado, estaba vigilado en ese momento por el conserje de día, quien, rígido con su uniforme, saludó educadamente a la señora March cuando la vio entrar en el vestíbulo. «Cortés pero desdeñoso», pensó la señora March. Siempre tenía la impresión de que el conserje la despreciaba, y seguramente también al resto de los vecinos del edificio. ¿Cómo no iba a despreciarlos si él estaba allí para servirlos y adaptarse a su estilo de vida, mientras que a ellos, que vivían rodeados de lujos, jamás se les había ocurrido intentar averiguar nada sobre él? Aunque ahora, afligida, pensó que a lo mejor los otros sí hubiesen hecho algún esfuerzo para conocerlo. Tal vez el hecho de que ella nunca le hubiese preguntado nada mínimamente personal, de que después de tantos años nunca se hubiese fijado en si llevaba alianza o tenía dibujos infantiles colgados en su mostrador explicaba que el conserje siempre se mostrase tan circunspecto con ella. Qué inadecuada e indigna debía de encontrarla, sobre todo al compararla con las otras vecinas del edificio, algunas de ellas bailarinas retiradas, exmodelos y herederas de grandes fortunas.

Cruzó el vestíbulo, que ya estaba decorado con motivos navideños, como todos los años. En el rincón que quedaba más cerca de la puerta había un árbol de Navidad adornado con estrellas y barras de caramelo nada religiosos (ni coro de ángeles ni rústico nacimiento), y guirnaldas de abeto artificial colgadas sobre el espejo. Al pasar por delante miró su reflejo; le pareció poco satisfactorio, como de costumbre, e intentó ahuecarse un poco el peinado.

Cuando entró en el ascensor, un artilugio lujoso y muy ornamentado, miró hacia atrás por si había alguien más que quería utilizarlo. Interactuar con los vecinos era agotador, y los posteriores comentarios de rigor sobre el estado de la nación, el estado del edificio o, el horror de los horrores, el tiempo... Ese día no habría podido soportarlo, sencillamente. Menos que ningún otro día.

El interior del ascensor, todo de espejo, reveló a varias señoras March, y todas la miraban alarmadas. Les dio la espalda y se concentró en los botones numerados que iban iluminándose a medida que el ascensor se acercaba al sexto piso. Cerró los ojos, suspiró e hizo un esfuerzo para centrarse.

Su nerviosismo desapareció cuando llegó ante la puerta con el número 606. Siempre había pensado que era un número precioso, un número redondo. Después de un día tan malo, se habría sentido mucho peor si el número de la puerta de su casa hubiese sido el 123, por ejemplo, o algún otro igual de desconcertante.

Al abrir la puerta, la recibió una corriente de aire (Martha debía de estar aireando el salón); recorrió el pasillo a toda prisa, decidida a evitar a la asistenta a toda costa. Se metió en su dormitorio, donde se oía, a través de la pared, la vertiginosa música de jazz que tenían puesta los vecinos. Las paredes eran vergonzosamente delgadas para tratarse de un piso tan lujoso, y la señora March se preguntó, y ya iban unas cuantas veces, por qué no habían puesto remedio a aquello cuando hicieron las primeras obras. Quizá por entonces todavía no se había dado cuenta.

Se quitó el abrigo y los guantes como si se desprendiera de una armadura, y entonces se descalzó y salió al pasillo, pisando con cuidado por el parquet, siempre dispuesto a delatar su presencia con sus crujidos. Se quedó quieta unos segundos, iluminada únicamente por la perezosa luz natural que entraba en el pasillo a través de la puerta abierta de su dormitorio. Las otras puertas del pasillo estaban cerradas, incluida la del despacho de George. Se dirigió de puntillas allí. Una voz, seguramente la de Martha, la llamó desde el salón justo cuando ella se colaba dentro y cerraba la puerta con suavidad.

Como si esperase ser recibida por un público que aplaudiera su patetismo y su estupidez, casi le sorprendió no encontrar otra cosa que papel pintado *toile de Jouy* rojo oscuro con escenas chinas, estanterías llenas de libros y sublimes cuadros abstractos. En el fondo, la señora March estaba convencida de que a George el arte moderno lo confundía tanto como a ella, por mucho que ambos se declararan entusiastas. Contra la pared había un gran sofá Chesterfield de piel: estaba cubierto con unas sábanas con estampado de cachemira, salpicado de migas y tenía varias quemaduras que George le había hecho con sus puros. A veces George dormía allí cuando tenía una racha de inspiración.

Las ventanas daban a una pared de ladrillo bastante deprimente. George no soportaba las distracciones cuando escribía, e incluso aquella vista tan anodina debía de parecerle un engorro, porque había colocado su escritorio de espaldas a ella, orientado hacia la puerta.

La señora March se acercó al escritorio con aprensión. Nunca se había sentido lo bastante segura de sí misma para entrar sola en aquella habitación, y mucho menos para hacer lo que se disponía a hacer. Su madre lo llamaba «fisgonear».

Pasó los dedos por la mesa como habría hecho una persona invidente, movió las plumas con las iniciales grabadas, levantó la tapa de un tarro de porcelana y toqueteó su contenido (puros y cajas de cerillas). Su mirada se posó en la esquina de un recorte de periódico que sobresalía de una libreta. Tiró suavemente de él. Una joven hermosa sonrió a la señora March desde la fotografía en blanco y negro de un anuario. Tenía el pelo largo y castaño oscuro, hoyuelos en las mejillas y la sonrisa natural de quien no posa para la cámara. SYLVIA GIBBLER SIGUE DESAPARECIDA, SE BARAJA LA POSIBILIDAD DE SU MUERTE, informaba el titular. Qué raro, pensó la señora March, que George hubiese guardado un recorte de un asunto tan siniestro. Se le retorcieron las tripas. Recordaba vagamente que Sylvia Gibbler había salido en todos los periódicos tras desaparecer de su pueblo natal, en Maine. De eso hacía ya varias semanas. «Documentación para un libro», se dijo, y volvió a meter el artículo en la libreta.

Por fin encontró lo que buscaba (su mirada descubrió los colores llamativos y barrocos de la cubierta antes de que su cerebro los procesara) en el borde del escritorio. En el suelo, junto a una de las patas, también había una caja llena.

Cogió el pesado volumen y las yemas de sus dedos dejaron huellas oleosas en la sobrecubierta satinada. Su textura la desconcertó: era extrañamente lisa, como la piel de la serpiente que en una ocasión le habían obligado a acariciar en la clase de ciencias naturales. Abrió el libro despacio, cohibida, y buscó la dedicatoria. Pasó de la portada al primer capítulo, y luego volvió a la portada. No encontraba la dedicatoria. Eso era extraño, porque George la incluía en todas sus novelas. A ella también le había dedicado uno de sus libros, años atrás. Cuando se publicó la novela, le pidió a George que, cuando se la regalase a sus amigos, firmase en aquella página para que aquel detalle no pasara inadvertido.

Pasó unas hojas más y, con frustración, aceptó que no había dedicatoria. Abrió el libro al azar y el lomo crujió un poco. Leyó deprisa, superficialmente, pero de todos modos entendió lo que leía; las palabras eran tan hermosas y tan suaves que resbalaban de las páginas, derretidas como si fuesen mantequilla.

La prostituta de Nantes. Una desgraciada: débil, feúcha, aborrecible, patética, malquerida y antipática. La descripción física de Johanna bien podría coincidir con la suya, aunque sus facciones eran tan corrientes que no habría sabido discernir si el parecido era intencionado. Siempre llevaba abrigo de pieles, se protegía las ásperas manos con guantes (la señora March avanzó unas cuantas páginas en busca de alguna referencia al color; si resultaba que eran verde menta, se moriría allí mismo); planchaba y perfumaba sus enaguas a menudo (aunque raramente se las veían, pues sus clientes, que solo le pagaban porque les daba pena, nunca la tocaban). Y por último, un destino inevitable, de pauperismo y miseria, una muerte digna de una ópera italiana, heridas abiertas que rezumaban y ensuciaban el pelo de visón...

Algo tan feo descrito de forma tan hermosa... Para atraparte, sin duda, para animarte a seguir leyendo y, poco a poco, seducirte hasta que coincidieras con aquel retrato deplorable. Y el mundo entero lo sabría, o peor aún, lo supondría. Todos verían su interior, la más malvada de las violaciones.

Tuvo una corazonada aterradora: buscó a toda prisa la página de los agradecimientos del grueso volumen y repasó los nombres —editor, agente, profesores de historia de Francia, madre, padre («siempre en nuestros corazones y nuestras plegarias»)— hasta llegar a la última línea: «Y por último, a la más importante: mi esposa, una fuente constante de inspiración».

La señora March se llevó las manos al pecho; respiraba agitadamente y se dio cuenta de que le habían brotado las lágrimas en medio de convulsivos jadeos. Entonces agitó el libro, lo golpeó contra la mesa, lo abrió por la fotografía del autor de la solapa, le arañó los ojos a George, separó la tripa de las cubiertas y arrancó puñados de páginas, que revolotearon por la habitación como si fuesen plumas.

No se dio cuenta realmente de lo que había hecho hasta que la última de aquellas páginas voladoras llegó al suelo. En ese mismo instante dio un grito ahogado.

—Oh, no —dijo en voz alta—. Oh, no, oh, no, oh, no...

Juntó las manos y se las retorció como hacía a veces cuando estaba nerviosa. Algo que ahora sabía, irreversiblemente, que también hacía Johanna.

Sustituyó el libro que había destrozado por otro de la caja que estaba en el suelo y lo puso con cuidado encima del escritorio; entonces se subió la falda y se bajó las medias. Se dobló por la cintura (el pelo en la cara, la nariz goteando) y se las quitó, primero un pie y luego el otro, haciendo equilibrios. Después se arrodilló en el suelo y lo metió todo dentro de las medias (páginas enteras, trozos de papel y los restos de las cubiertas); lo envolvió bien e hizo un nudo con la tela brillante de las medias para que no se escapara nada, aunque quedó un paquete bastante voluminoso. Era la única forma, se dijo, de transportar aquellas pruebas de forma segura hasta la basura de la cocina (donde a George nunca se le ocurriría mirar).

Echó un último vistazo al despacho antes de salir con el mismo sigilo con que había entrado.

De regreso, un poco temblorosa, fue apoyándose en la pared del pasillo; pasó por delante del salón (hizo una mueca al oír el arrastrar de una silla) y llegó al paraíso frío y alicatado de la cocina.

El cubo de basura estaba escondido detrás de los faldones de debajo del fregadero. La señora March lo sacó con cierta dificultad y metió los restos del libro, envueltos en las medias, debajo de una caja de dulces grasienta. Se enderezó, triunfante, justo en el momento en que Martha entraba por la puerta.

—Ah —dijo la asistenta, sorprendida de encontrarla allí.

Hacía ya mucho, habían forjado un acuerdo tácito según el cual la señora March le cedía a ella la cocina, y mientras estaban las dos en el piso, realizaban una complicada danza de elusión. De puntillas, se esquivaban la una a la otra, y circulaban por las habitaciones como si participaran en un elaborado juego de las sillas, sin llegar a encontrarse nunca en el mismo sitio. O al menos, eso era lo que hacía la señora March.

—¿Todo bien, señora March?

—Ah, sí —repuso ella, casi sin aliento—. Estaba pensando que esta noche podríamos hacer pasta para cenar. Ese plato que le gusta a George, con salchichas.

—Bueno, el caso es que nos faltan muchos ingredientes. Y pasta para cenar... Yo no se lo aconsejaría, señora March. Y menos después de la empanada de pollo de anoche.

Martha tenía unos cincuenta años; era ancha de espaldas, y siempre llevaba el pelo recogido en un pequeño moño, tan apretado que debía de dolerle; tenía la cara un poco pecosa y no se maquillaba, y sus ojos, azules y con el borde de los párpados de un rosa intenso, transmitían una paciencia infinita. En realidad, la señora March le tenía bastante miedo. Concretamente, temía que Martha deseara mandar, o mejor dicho, que supiera que en aquella casa era ella la que mandaba, y que debería ser la señora March quien se ocupara de la limpieza.

—Yo le aconsejaría que esta noche hiciera el pez espada —dijo Martha.

—Sí, puede ser —dijo la señora March—, pero como a George le gusta tanto esa pasta...

Martha dio un paso hacia ella. ¡Qué enorme era!

—De verdad, yo dejaría la pasta para la semana que viene, señora March.

La señora March tragó saliva y asintió. Martha sonrió con gravedad, casi con gesto consolador, y la señora March se retiró de la cocina con la esperanza de que no se hubiese fijado en sus pantorrillas desnudas.

4

Esa noche, cuando se reunieron para la cena, la señora March se dedicó a observar a George. Entró en el comedor mirándose los zapatos y rascándose la barbilla, distraído. Ella se puso tiesa, con la sonrisa en los labios, preparada para cuando él le dirigiese la primera mirada. Pero George no levantó la cabeza mientras asía el respaldo de la silla y se sentaba, y la sonrisa se borró de los labios de la señora March.

Cenaron en el pequeño comedor, que conectaba con el salón mediante unas cristaleras correderas. Los nocturnos de Chopin sonaban de fondo. La mesa estaba puesta con un gusto exquisito, una costumbre que a la señora March le había inculcado su madre a fuerza de repetirle una y otra vez que un matrimonio sano se construía de fuera hacia dentro, y no al revés. El marido, al llegar a casa del trabajo, debía encontrar a una esposa bien arreglada y una casa limpia y ordenada de la que él pudiese enorgullecerse. Todo lo demás surgiría a partir de eso. Su madre hacía hincapié en que si ella no podía ser una buena ama de casa, tendría que contratar los servicios de alguien que sí lo fuera. Así pues, había enseñado a Martha cómo debía poner la mesa todos los días para comer y para cenar: con los candelabros de plata, las servilletas con las iniciales bordadas, el pan de aceitunas negras en su cestito de plata y el vino en el decantador. Todo ello estaba dispuesto sobre el mantel de lino bordado que había pertenecido a la abuela de la señora March (y que formaba parte de un ajuar que su madre se había mostrado muy reacia a entregarle, ya que iba a casarse con un hombre divorciado y, para colmo, en una ceremonia civil).

Ese era el patrón por defecto, incluso cuando la señora March comía sola, lo que sucedía a menudo. Cuando George estaba enfrascado en su trabajo, escribir libros, solo comía los sándwiches que Martha le llevaba a su despacho. También se ausentaba para ir de gira promocional, asistir a congresos o reunirse con su agente o su editor en cenas gourmet o largas comidas. En esas ocasiones, la señora March seguía poniendo música de Chopin, y seguía utilizando las bandejas de plata y la vajilla buena, y bebía vino en copas de cristal labrado bajo la atenta mirada de los retratos al óleo victorianos que decoraban el comedor.

El señor y la señora March apenas hablaban. A George parecía tranquilizarlo el silencio. Ella lo miró de reojo: su barriga sobresalía bajo el cárdigan de un gris insulso, y la barba le crecía de forma irregular a lo largo del mentón. George hacía ruido al masticar la comida, aunque mantenía la boca cerrada. Ella oía partirse los espárragos entre sus dientes, cómo se enjuagaba ligeramente con el vino antes de tragárselo, y veía la saliva en las comisuras de sus labios cuando los separaba. Todo eso le daba dentera, por no hablar de cómo de vez en cuando, en el momento más inesperado, se sorbía ruidosamente la nariz. Él la sorprendió mirándolo y sonrió. Ella le devolvió la sonrisa.

—¿Todo listo para la fiesta de mañana? —preguntó George.

—Pues... creo que sí. —Añadió una pizca de incertidumbre a su respuesta, como si no estuviese completamente segura de que tenía controlados los preparativos. Como si no se hubiese arriesgado a sufrir un colapso nervioso irreparable de no haberlos tenido controlados. Entonces, como de pasada, mientras se servía de la bandeja otro trozo del pez espada que había cocinado Martha, añadió—: ¿Cómo va tu novela? ¿Hay noticias?

George tragó al tiempo que se daba unos toquecitos en los labios con la servilleta, lo que la señora March interpretó como el anuncio de una revelación.

—Muy bien —contestó él—. Mira, creo que podría ser la mejor que he escrito hasta ahora. O, como mínimo, la que tenga más éxito. Al menos eso es lo que afirma Zelda.

Zelda era la agente de George. Fumadora compulsiva, con la voz áspera y debilidad por los peinados rectangulares y los pintalabios de tonos marrón. Una mujer para quien sonreír consistía en enseñar los dientes. La señora March dudaba de que Zelda, que siempre iba acompañada de un rebaño de ayudantes esforzados, se hubiese leído ni una sola novela de George. O al menos, no de principio a fin.

—Qué maravilla, querido —le dijo a George—. ¿Y quieres... —con cautela— que la lea? —Oía a Martha, que estaba cenando en la cocina; el ruido de los cubiertos contra el plato resonaba por el pasillo y llegaba hasta el comedor.

George se encogió de hombros.

—Ya sabes que siempre me encanta saber tu opinión. Pero en este caso no podría cambiar nada, porque la novela ya está en las librerías.

—Claro, tienes razón. No, no la leeré. No tendría sentido.

—No, yo no he dicho eso.

—Ya, ya lo sé —dijo la señora March suavizando el tono—. Tarde o temprano la leeré, por supuesto. Cuando haya terminado la que estoy leyendo ahora. Ya sabes que no soporto leer dos libros a la vez. No puedo concentrarme del todo en ninguno y empiezo a mezclar las cosas...

Notó algo en la mano y miró hacia abajo. George, con ánimo de tranquilizarla, había posado una mano sobre la suya.

—La leerás cuando te apetezca leerla —dijo él con tono afable.

Ella se relajó un poco, pero no quiso abandonar el tema, porque sabía que después la carcomería, así que añadió:

—Bueno, ya leí un poco.

—Ya lo sé.

—Era muy... gráfica.

—Sí. En esa época las cosas funcionaban así. Me documenté muy bien, ya lo sabes.

Sí, ella lo sabía: los viajes a Nantes, las reuniones con los historiadores de la Bibliothèque Universitaire, los libros que amables expertos de todos los rincones del mundo le enviaban por correo: ella había sido testigo de todo un año dedicado a la investigación. Y sin embargo, no había prestado atención, pues nunca había sospechado que pudiese ser víctima de semejante traición. Frunció los labios y se preparó para formular la última pregunta.

—¿También te documentaste sobre... las prostitutas?

—Claro que sí —afirmó él—. Me documenté sobre todo.

George siguió comiendo despreocupadamente, y la señora March respiró hondo. A lo mejor Patricia se había equivocado. A lo mejor la prostituta de Nantes, la desdichada Johanna, no estaba basada en ella. ¡A lo mejor, se planteó con repentino deleite, estaba basada en la madre de George! La señora March sofocó una risita de satisfacción.

Después de cenar se despidieron de Martha, que esperaba junto a la puerta, ya sin el uniforme, con un bolso cuadrado color aceituna colgado de la muñeca. Cuando se hubo marchado, cerraron la puerta con llave; George regresó a su despacho y la señora March se retiró al dormitorio, donde la esperaban las sábanas recién cambiadas, su camisón blanco de franela y la edición de tapa dura de *Rebecca* en la mesilla de noche.

Se recostó en la almohada y suspiró con una sensación de alivio que confundió con satisfacción. Sujetó la novela con cuidado, procurando que las yemas de sus dedos no tocasen el papel para no mancharlo de crema de manos, pero al pasar una página deslizó el pulgar por la hoja, y la palabra *cobardía* se emborronó hasta quedar ilegible. Miró, taciturna, los libros que se amontonaban en la mesilla de noche de George. Siempre había envidiado aquella relación tan íntima que George tenía con los libros: cómo los tocaba, garabateaba en ellos, los doblaba, arrugaba las páginas sin ningún reparo. Daba la impresión de que los conocía completamente, y de que hallaba en ellos algo que ella no encontraba por mucho que lo intentase.

Volvió a su libro, decidida a seguir leyendo. Al poco rato vio que le costaba concentrarse (se puso a pensar en invitados que la intimidaban y en posibles fallos del catering, y esos pensamientos la interrumpían a cada frase, rebosaban por cada espacio en blanco), así que se tomó unas pastillas que le habían vendido sin receta un par de semanas antes. El farmacéutico le había asegurado que eran muy flojas; estaban hechas a base de hierbas, pero cumplieron su función, y no tardó en sumirse en un sueño profundo, y ni siquiera se enteró de cuándo llegó George a la cama, ni de si había llegado.

5

Los March no habían conseguido contratar a un chef del restaurante de *nouvelle cuisine* del West Village que causaba furor y tenía una lista de espera de dos meses (la señora March nunca había ido), así que contrataron un servicio de catering. La señora March llamó no una ni dos, sino tres veces para confirmar. Martha, que conocía la cocina mucho mejor que ella, lo supervisaría todo.

La mañana del día de la fiesta, la señora March iba y venía por el salón comprobando el equipo de música y la temperatura ambiente. Formó una hilera de sillas a lo largo de una pared por si George o su agente querían dar un discurso con los invitados sentados. Trasladó el mueble del televisor del salón a su dormitorio. Cambió la bombilla del aplique del Hopper auténtico, y puso el árbol de Navidad en un rincón procurando no estropear ni el espumillón ni las temblorosas bolas. Lo habían comprado justo después de Acción de Gracias, siguiendo el ejemplo del Rockefeller Center. O mejor dicho, lo había comprado George y lo había arrastrado hasta la casa con ayuda de su editor. «Después de tantos años, todavía disfruta con cosas tan infantiles como arrastrar un árbol de Navidad por la calle», murmuró la señora March para sí. Era propensa a ensayar posibles fragmentos de conversación; le gustaba sentirse preparada.

Mientras colocaba el árbol delante de una ventana, donde no molestaría a nadie, se fijó en una fotografía ampliada y enmarcada que había en un estante de la librería. Esperó a que los empleados se hubiesen retirado a la cocina y entonces se acercó a examinarla. Era una fotografía antigua de la hija que George tenía de su anterior matrimonio, Paula. O como la llamaban sus padres, Paulette, un nombre por el que la señora March sentía aversión.

La señora March había empezado a salir con George en secreto cuando cursaba su último año universitario, con veintiún años. George, que entonces tenía treinta y dos, era un autor prometedor que enseñaba literatura inglesa y escritura creativa en la universidad. Ella nunca había asistido a sus clases. Se conocieron en la cafetería; estaban los dos en la cola cuando George añadió un yogur a su bandeja y comentó con displicencia: «Moderad vuestro apetito, queridos», sin dirigirse a nadie en particular. Aunque la señora March no sabía que estaba citando a Dickens, soltó una alegre risa y a continuación repitió la cita sonriendo y negando con la cabeza, como si reprendiera a George por su descaro.

Las palabras «George March es el hombre más atractivo del campus», pronunciadas por su compañera de habitación en su primer año universitario, habían resonado en la mente de la señora March mucho antes de que ella viese a George en persona, y habían sido motivadoras para ella desde su primer encuentro. Unas palabras que recordaba a menudo con sensación de triunfo y que atesoraba como valiosas reliquias de familia.

George la había cortejado despacio, con sutileza (con tanta sutileza que a veces ella se preguntaba si realmente la estaba cortejando). Aparecía sin avisar donde estaba ella, pero siempre daba la impresión de ser una coincidencia, algo espontáneo.

Fueron novios seis años, el tiempo que tardó él en hacerse famoso poco a poco, hasta alcanzar el estrellato; y entonces, adorable, le propuso matrimonio mientras comían yogur.

Ella siempre había soñado con una boda religiosa y tradicional, pero George se había casado por la iglesia con su primera mujer, de modo que la señora March se resignó con la ceremonia civil, de lo que su madre seguía mofándose en los periodos de lucidez que separaban sus episodios de demencia.

Casarse con George delante de toda la gente que había asistido a su primera boda había resultado, como era de esperar, grotesco. Los invitados habían sido testigos de su promesa de amar a aquella otra mujer en la salud y en la enfermedad hasta el día de su muerte. Y solo unos años más tarde (rotos los votos, los testimonios fotográficos retirados de marcos y repisas) era inevitable que, desde la perspectiva de los invitados, aquel segundo matrimonio no tuviese el mismo valor. Estaba segura de haber oído a uno de ellos, en el momento en que George y la señora March intercambiaban sus votos, murmurar: «Esperemos que esta vez la comida sea mejor».

Junto con un piso nuevo compartido y una cuenta bancaria conjunta, en el paquete también iba Paula, la hija de ocho años. En los meses previos a la boda, la señora March había temido conocer a la exmujer de George, y se había preparado para enfrentarse a sus celos o, como mínimo, a una hostilidad mal disimulada, pero se alegró al descubrir que podían tener una relación bastante civilizada. La anterior señora March había invitado a la futura señora March a tomar café, y se habían pasado casi dos horas hablando superficialmente de los beneficios de estudiar en el extranjero, mientras ambas, por turnos, desviaban educadamente la mirada hacia el reloj hasta que concluyó la visita.

La señora March se llevó un disgusto al descubrir que el problema era la hija. Ella esperaba una versión más pequeña de sí misma, una niña obediente a la que podría poner pichis con botones y moldear a su gusto. Pero Paula era arrogante. Testaruda. Demasiado guapa. Hacía preguntas impertinentes («¿Por qué tienes las manos tan secas?», «¿Por qué papá trabaja y tú no?»). Tenía la costumbre de competir por la atención de su padre; «¡Papi, papi, papi!», lloriqueaba (de forma patética, en opinión de la señora March) cuando había tormenta o porque se había hecho un rasguño en la rodilla (con una voz sospechosamente potente para tratarse de alguien que, en teoría, sufría tanto dolor). La señora March no soportaba oír a George alardear de Paula con sus amigos. Ella siempre intervenía: repetía como un loro que la niña, desde luego, era muy especial e inteligente, pese a que por dentro estaba rabiando.

Detestaba los fines de semana que Paula pasaba con ellos, así como el rastro que dejaba en el piso cuando se marchaba. Una blusa rosa con volantes que Martha había doblado y guardado en el armario de la señora March. Huellas dactilares de chocolate en la manta de pelo de camello favorita de la señora March. Vasos de agua sucios que no se había terminado en todas las superficies.

Hasta su olor permanecía después de marcharse: aquella fragancia lechosa, floral, intrusiva que ni siquiera aniquilaba el ambientador de bergamota con que la señora March rociaba el piso frenéticamente.

Para demostrarles a todos que ella era capaz de educar a una criatura infinitamente más sensible y refinada, y también, en cierta medida, para castigar a Paula, la señora March tuvo un hijo. Se alegró de que fuese niño, pues así no se vería condenada a presenciar cómo su juventud se reflejaba, pura y sin marchitar, en una niña.

Jonathan, que ahora tenía ocho años, ocupaba la habitación donde antes dormía Paula cuando iba a pasar los fines de semana con ellos. La señora March la había vaciado y redecorado por completo. Empapeló las paredes con una tela de cuadros escoceses de Ralph Lauren que creaba una atmósfera acogedora en invierno, pero asfixiante en los meses calurosos de verano, cuando la habitación creaba su propio microclima. Se deshizo de todos los juguetes industriales de Paula, de los Mickeys y las princesas de Disney, y los cambió por juguetes sencillos y desfasados, como un caballito de madera y un trineo antiguo. Llenó los estantes de la librería con primeras ediciones carísimas de clásicos de la literatura infantil (*Huckleberry Finn*, *El pequeño lord*). En una pared había colgado una hilera de cubiertas de *National Geographic* enmarcadas. Jonathan jamás había leído ni una sola de aquellas revistas, ni la señora March habría permitido que su hijo encontrase fotografías de mujeres indígenas con el torso al aire, adornadas con gruesos collares de cuentas y los pechos flácidos apuntándoles al ombligo. Sin embargo, cuando las veían sus invitados, ella afirmaba con orgullo que aquellos ejemplares enmarcados eran los favoritos de su hijo. Si hubiese sido necesario, habrían podido fotografiar su dormitorio para una revista de decoración en cualquier momento.

Jonathan era un niño desordenado que a veces se enfurruñaba, pero era tranquilo y reflexivo y olía decorosamente a ropa limpia y hierba de campo de fútbol. En ese momento estaba de viaje con el colegio al Campamento Fitzwilliam de ajedrez y esgrima, en el norte del estado de Nueva York, y regresaría al cabo de un par de días. La señora March estaba orgullosa de sí misma por preguntarse de vez en cuando qué estaría haciendo, lo que, según había decidido, era un síntoma de que lo echaba de menos.

Paula ya tenía veintitrés años, llevaba un ritmo de vida fabuloso (sin duda lo consideraba su derecho natural) y vivía nada menos que en Londres, donde la señora March siempre había soñado con vivir: filete en el Wolseley, copas en el Savoy y, los sábados, una obra de teatro en el West End. Paula llamaba a menudo para charlar con George. Nunca se le olvidaba preguntar por la señora March, lo que ella consideraba un entrometimiento.

La señora March examinó la fotografía en la que Paula, con diez años y aquellos ojos color caramelo líquido, posaba arqueando las cejas y frunciendo los carnosos labios (pensó la señora March con desdén) con aire seductor. La niña se había empeñado en que George colocara aquella fotografía allí, sin duda porque quedaba a la altura de los ojos, con lo que se aseguraba de que todos la vieran nada más entrar en el salón. La señora March la puso en un estante más alto, boca abajo, y continuó con los preparativos de la fiesta.

Arregló los cojines del sofá, colocando delante el de chintz, con estampado de tordos comiendo fruta. Colgó el chal de cachemira en el respaldo, y repitió el movimiento una y otra vez hasta conseguir que pareciese que estaba dejado allí de cualquier manera, como si la señora March hubiese estado leyendo y hubiese perdido la noción del tiempo, tan cómoda y relajada que se había olvidado de la fiesta que había organizado; y como si, solo cuando Martha (una versión más dócil y servil de Martha) se lo había recordado educadamente, hubiese apartado el chal y se hubiese levantado para prepararlo todo.

Esa mañana, la señora March había ido a la floristería (la cara de Madison Avenue, que se jactaba de tener invernadero propio) y había comprado varios ramos enormes: rosas rojas adornadas con ramas de eucalipto y acebo, y ramas peludas y colgantes que parecían esas escobillas que había visto emplear a los músicos de jazz en el Carlyle. Puso un par en el salón, y otro en el cuarto de baño de invitados, donde también puso una vela con perfume de magnolia, un surtido impresionante de jabones extranjeros y una botella de crema de manos de cristal dorado que normalmente escondía en su mesilla de noche (por si Martha la confundía con jabón; la crema era francesa, y la señora March sospechaba que Martha no podía saber que *lait pour mains* significaba «crema de manos»).

Enderezó el cuadro que colgaba encima del inodoro, una obra coqueta y alegre que representaba a unas jóvenes bañándose en un riachuelo. Los rayos de sol atravesaban las copas de los árboles de la orilla e iluminaban el cuerpo y el pelo cerosos de las mujeres, que sonreían con pudor y miraban de soslayo, todas ellas de cara al observador. Era una obra de valor inestimable, adquirida por cuatro perras tras ser desenterrada en una vieja galería de arte que estaba al borde de la quiebra. La señora March se quedó mirándola unos instantes, satisfecha de su capacidad de apreciar una obra de arte insinuante pese a ignorar el nombre del pintor y no sentirse nada cómoda con la desnudez; entonces salió del cuarto de baño, que ahora olía exageradamente a pino.

Fue a la cocina, donde solo se oía el suave ronquido de la nevera, y la encontró tan agradablemente oscura y tranquila que casi se sintió culpable por la inminente invasión de los empleados del catering. Al final había decidido no servir los macarons de postre, y se había decantado por las tartaletas de queso con frambuesas que había comprado en una diminuta pastelería del otro lado del parque (a un código postal de distancia de la de Patricia) y por unas bien anticuadas fresas con nata. Las fresas, que estaban en unas cajas de madera en el suelo de la cocina, eran tan bonitas que daba gusto mirarlas. Eran rojas y brillantes como amapolas. La nata, montada con vainilla Bourbon de Madagascar y azúcar glas, habría podido salir volando del cuenco de cristal como una nube. Se imaginó la cara de sus invitados, sonrojados de gozo y admiración (y una pizca de envidia): casi podía alimentarse de esa imagen.

Admiró su obra, extendida por la cocina, y concluyó que aquella fiesta iba a ser muy sonada; sin duda, sería la más impresionante a la que ella jamás había asistido, y el mundillo literario la recordaría durante mucho mucho tiempo.

6

Y no es que ella nunca hubiese asistido a fiestas sofisticadas. De hecho, había asistido a unas cuantas.

Cuando era joven, sus padres organizaban unas veladas espectaculares en su piso. Cenas de etiqueta, con cocinero privado y cuarteto de jazz. En esas noches, la señora March y su hermana Lisa cenaban temprano en la cocina, generalmente un surtido de restos que ellas consumían enfurruñadas mientras los lustrosos canapés de color rosa que les servirían a los invitados se burlaban de ellas desde la encimera, con lo que se aseguraban un par de escupitajos subrepticios.

Entonces sus padres las encerraban con llave en sus habitaciones, que se conectaban a través de un cuarto de baño. Casi siempre pasaban la velada en la habitación de Lisa, porque, como era la mayor, era en su dormitorio donde estaba el televisor, y veían películas de terror y, a veces, alguna película europea de arte y ensayo, riendo cada vez más emocionadas cuando aparecían escenas de desnudos.

En ocasiones las asustaban unos gritos provenientes del salón, o unos fuertes resoplidos en el pasillo. Una noche, el picaporte del dormitorio giró lentamente y luego de forma violenta, haciendo temblar todo el marco de la puerta bajo la mirada extasiada de las niñas, que se quedaron inmóviles, pegadas la una a la otra, hasta que cesó el traqueteo.

Al gato, junto con su comida, su agua y su caja de arena, también lo encerraban con las niñas para que no molestara a los invitados maullando, dejando pelo en sus abrigos o, peor aún, subiéndose a la mesa. Y no paraba de rascar la puerta ni de maullar para que lo dejaran salir. Afligida por su sufrimiento, la señora March golpeaba la puerta como si intentase abrirla, y luego hacía pucheros para que el gato comprendiera que ella también estaba atrapada allí dentro.

Por la mañana, después de aquellas fiestas, la casa olía diferente: a perfume de sándalo, a puros y a velas aromatizadas (lo que era muy extraño, porque sus padres no tenían ninguna).

Por fin, cuando la señora March cumplió diecisiete años, le propusieron asistir a una de sus veladas. Fue su padre quien, desde detrás del periódico, se lo mencionó despreocupadamente un sábado por la mañana.

Porque se sentía muy madura, o porque estaba muy nerviosa, o por una combinación de ambas cosas, robó una botella de jerez del mueble bar y se la llevó a su dormitorio; primero empezó a beber con timidez, titubeando, y luego a grandes tragos, casi sin interrupción.

Aquella noche debatió con los amigos de sus padres, quizá con demasiado alborozo, sobre teatro y arte. Se rio mecánicamente de chistes que no estaba segura de haber entendido. Interrumpió una profunda discusión intelectual sobre el debate «naturaleza *versus* crianza» y citó a Mary Shelley, cuya obra había estudiado en clase. Probó todos los platos que había preparado el cocinero (un banquete opíparo, propio de la época Tudor), entre ellos venado asado y pastel de carne, y siguió bebiendo hasta que se dio cuenta de que todos los invitados se habían marchado y ella se había quedado sola, de pie, con una copa de oporto en la mano que no recordaba haberse servido.

Se pasó toda la noche abrazada a la taza del inodoro, arrodillada en el frío suelo de baldosas del cuarto de baño que compartía con su hermana, y estuvo vomitando sin parar hasta bien entrada la mañana, purgando su cuerpo de toda aquella comida abundante y sustanciosa, que salía en forma de amasijo fibroso.

Se quedó escondida en su dormitorio hasta pasada la hora de comer. Cuando por fin salió, la disposición de los muebles del salón se le antojó sutilmente distinta, aunque solo hubiera variado en un centímetro; los libros de su padre parecían desordenados, y el jarrón de porcelana azul de encima del piano tenía representado un dragón, cuando ella estaba segura de que aquello siempre había sido un pájaro.

Sus padres, sentados cada uno en un extremo del sofá, leían sendos ejemplares del mismo libro y parecían ajenos al tufo a terciopelo empapado de licor. No levantaron la cabeza cuando ella entró. Ninguno de los dos mencionó la fiesta, lo que la señora March interpretó como una aceptación tácita y sombría de sus defectos, aunque su madre sí insistió en lavarle el pelo. Era algo que siempre le había hecho a su hija y que siguió haciendo hasta que la señora March se marchó a la universidad.

Así pues, aquel día, el posterior a la fiesta de sus padres, la señora March se arrodilló en el suelo del cuarto de baño mientras su madre, sentada en el borde de la bañera, le enjabonaba la cabeza. No se hablaron, pero su madre le tiraba del pelo con más fuerza de la habitual, y la señora March trataba de contener las náuseas, lo que le resultaba especialmente difícil en aquella postura. Lo consideró el castigo por su comportamiento de la noche anterior. Mientras su madre le frotaba el cuero cabelludo sin miramientos, se juró no volver a probar el alcohol hasta haber terminado la carrera.

Mantuvo su palabra, y asistía a las fiestas universitarias en calidad de espectadora. Se paseaba por las residencias y las fraternidades como un fantasma, observando a los borrachos que jugaban al ping-pong y a las parejas que se besaban con voracidad en los rincones oscuros.

Conoció a su primer novio formal, Darren Turp, en una de aquellas fiestas del campus. La señora March se había impuesto otra rígida norma: perdería la virginidad con el primer chico que le dijera que la amaba. Y así lo hizo, un año y medio más tarde, un día muy caluroso para ser primavera, sudando en la cama de la residencia de Darren (su padre, que era muy amigo del decano, le había conseguido una habitación individual). Después se quedaron dormidos, y esa noche, cuando despertó, la señora March intentó recordar algo más aparte de la luz del sol sobre los párpados cerrados y las sábanas muy enredadas alrededor de los tobillos (parecía que se los sujetaran unas manos). Se levantó de la cama tan silenciosamente como pudo e inspeccionó las sábanas con la linterna de Eagle Scout de Darren, pero no encontró nada, ni siquiera una mancha marronosa como las de la sangre menstrual. Su himen, esa parte de su cuerpo presuntamente sagrada, debía de haberse roto hacía mucho.

Siguió saliendo con el amable y modesto Darren hasta el último año, cuando conoció a George y se enamoró de él («George March es el hombre más atractivo del campus»). Le dijo a Darren que lo dejaba sin ofrecerle ninguna explicación. Él le suplicó que no lo hiciera, o que, por lo menos, lo consultara con la almohada, y como ella se negó en redondo, la desafió a que llamara a su madre personalmente para darle la noticia. «Después de todo lo que mi madre ha hecho por ti —dijo acaloradamente—, lo mínimo que se merece es una explicación». La señora March había pasado varios días de Acción de Gracias en casa de los Turp, en Boston, donde Darren y ella habían dormido en habitaciones contiguas para complacer a la señora Turp, que se enorgullecía de ser una mujer tradicional. Todas las mañanas, al amanecer, la madre de Darren se colaba en la habitación de la señora March; al principio, la señora March creyó que lo hacía para asegurarse de que la pareja no había pasado la noche junta, pero resultó que la señora Turp entraba para coger las toallas de su invitada y calentarlas en la secadora antes de la ducha matutina.

Así pues, la señora March llamó por teléfono a la señora Turp desde una cabina que había delante de la cafetería minutos después de cortar con su hijo. Llovía bastante, y el cielo se iluminaba y retumbaba a intervalos de tres segundos. Casi no se oían la una a la otra con tantos truenos.

—Me ha parecido conveniente proponerle a Darren que mi camino y el suyo...

—¿Cómo?

—Darren y yo hemos acordado que lo mejor para los dos...

—¡No te oigo!

—¡He dejado a Darren! —gritó la señora March con el auricular apretado contra su oreja izquierda mientras se tapaba el oído derecho con un dedo.

Su exabrupto solo obtuvo silencio por respuesta, y a continuación la voz fría y entrecortada de la señora Turp dijo:

—Muy bien. Gracias. Mucha suerte con todo.

Entonces se cortó la comunicación, y la señora March salió de la cabina y no le dijo ni una sola palabra a Darren, que había estado todo ese tiempo paseándose arriba y abajo por la acera, calado hasta los huesos. Ella tuvo el detalle de llorar por su relación durante dieciséis minutos, que era exactamente lo que se tardaba en regresar a pie a su residencia.

Una vez casada con George, levantó la prohibición autoimpuesta de consumir alcohol y empezó a beber vino y *kir royaux* en los actos cada vez más numerosos a los que invitaban a su marido, que iba haciéndose más y más célebre. Uno de esos eventos, un acto exclusivo celebrado en el Met fuera del horario de apertura al público, incluía una visita privada a una exposición que todavía no se había inaugurado, seguida de un cóctel en el comedor reservado a los socios. Los invitados iban a la deriva de mesa en mesa, aferrándose a ellas como si fuesen botes salvavidas.

Fue en esa fiesta donde la señora March volvió a ver a Darren. Habían transcurrido ocho o nueve años desde su ruptura, pero Darren tenía las mismas mejillas coloradas y el mismo pelo rizado, y llevaba el mismo tipo de camisa de lino de rayas (aunque ella se sintió desfallecer al darse cuenta de que no conocía aquella camisa en particular, como si, de alguna forma, conservara el derecho a conocer, durante el resto de sus días, todo el vestuario de su exnovio).

George estaba enfrascado en una animada conversación, y eso le ofreció a ella la oportunidad de acercarse a Darren, que tomaba una bebida rosa a pequeños sorbos en un rincón. La señora March le tocó el hombro, y, al darse la vuelta, a él se le descompuso el rostro.

—Ah, eres tú —dijo.

Como había gente mirando, y solo por eso, la señora March soltó una ruidosa carcajada, como si Darren hubiese hecho una broma.

—Ya te he visto antes —continuó él—, con el profesor March. ¿Salís juntos? —Miró a George, que seguía hablando sin parar.

—Sí. Bueno, estamos casados —dijo la señora March sin ocultar su orgullo, y levantó la mano para enseñarle el gran anillo que llevaba en el dedo—. Ya no es profesor —añadió con la esperanza de que Darren se interesase por el reciente éxito de George.

Darren soltó un resoplido.

—Debí imaginarlo —dijo.

—Imaginar ¿qué?

—Que me engañabas con un profesor.

La señora March tragó saliva.

—Yo no te engañé.

—¡Claro que sí! Me contaron que os habían visto juntos el día después de que cortaras conmigo. No pudiste esperar ni cuarenta y ocho horas, ¿verdad?

La señora March se quedó sin habla. Parecía absurdo, aunque también halagador, que alguien se tomara tantas molestias y que la considerara lo bastante importante para espiarla.

—Y no me extraña nada que fueses a por el profesor —dijo Darren—. Todo lo que haces lo haces solo para lucirte.

—No digas tonterías.

—¿A mí me querías de verdad? ¿O solo te interesaba porque mi familia tenía dinero?

La señora March fue a replicar que su familia tenía mucho más dinero que la de él, pero en vez de eso le hizo callar diciendo:

—Nos están mirando.

—Bueno, pues que sepas que las cosas me van muy bien. Trabajo para *The New Yorker*. No escatiman los sueldos, como seguramente ya debes de saber.

Esa noticia le dolió un poco, porque hacía poco George había enviado un relato a *The New Yorker* y se lo habían rechazado de pleno.

—Felicidades —dijo la señora March con mansedumbre.

En el fondo estaba deseando arrojarle el contenido de su vaso a la cara, o escupirle. Pero no: lo que de verdad quería era saber quién le había dicho a Darren que la había visto con George y si alguien más estaba al corriente de esa pequeña mancha en su reputación. Mareada por el alcohol y la música, se alejó de Darren; ahora su moderado, estúpido «felicidades» la atormentaba. Tuvo que hacer un esfuerzo, pero consiguió parecer alegre y despreocupada el resto de la velada, mientras evitaba a aquella figura de pelo rizado que no paraba de asomar amenazadoramente entre el gentío.

Más tarde descubrió, a fuerza de pinchar con tacto a los amigos que tenían en común, que Darren le había mentido. Lo habían contratado como simple chico de los recados de la redacción, y además su sueldo dejaba mucho que desear. Mientras George seguía ascendiendo, Darren, por lo que la señora March había descubierto, no había conseguido entrar en el mundillo literario (ni en ningún otro mundillo). Ella había ganado. Ahora solo confiaba desesperadamente en una cosa: que Darren jamás llegara a ver siquiera la última novela de George, porque le produciría una gran satisfacción.

7

El día de la fiesta del libro de George transcurría a trompicones, a un ritmo frustrante. Parecía que el asunto estuviera suspendido en el aire como una niebla perturbadora. Se cernía sobre todas las conversaciones de la señora March, la acechaba en cada pausa. El piso parecía darle la razón: ahora todas las habitaciones estaban arregladas, con los muebles distribuidos de forma diferente, y soportaban la espera con algo semejante al reproche.

Estaba demasiado nerviosa para comer, pero le pidió a Martha que le preparase algo ligero, «algo que no me hinche». No quería que Martha supiera la ansiedad que le había provocado la inminente fiesta, que consumía toda su capacidad de pensar y relegaba cualquier otra circunstancia a un segundo plano.

Picoteó de su plato de verduras con languidez, tragando la comida con grandes sorbos de agua y respirando por la boca, como hacía de pequeña cuando la obligaban a comerse algo que no le gustaba. El reloj de pie del recibidor hacía ruiditos de desaprobación, como una especie de juez victoriano con peluca que chascara la lengua; al dar las horas, parecía que el juez agitase la campana de la entrada del tribunal para proclamar la culpabilidad de la señora March.

El cocinero y los camareros, después de organizarlo todo, se habían ido a ponerse el uniforme. De repente, la señora March tuvo la extravagante idea de que todos habían vuelto ya, o de que nunca se habían marchado, y estaban escondidos en el pasillo, esperando para asustarla. Apartó el plato de verdura y le puso la servilleta encima en un intento de disimular lo poco que había comido.

Fue corriendo a su dormitorio mientras Martha recogía la mesa. A esa hora del día, unos haces de luz directa hendían la habitación como cuchilladas. La señora March corrió las cortinas por miedo a sufrir cefalea. Se descalzó y se tumbó en la cama; se colocó bien la falda y miró el techo con las manos apoyadas en el vientre. Intentó dormir un poco, pero su pulso, que le resonaba en los oídos, era demasiado fuerte para ignorarlo, igual que la certeza constante y hostigadora de que había cometido algún error imperdonable con el catering. ¿Se encontrarían sus invitados en un estado de expectación parecido? ¿Paralizaría aquella fiesta por completo cada uno de sus pensamientos, dominaría por completo toda su actividad? Seguramente no. Tragó saliva, y notó la garganta seca y rasposa. Miró las manecillas de su reloj de muñeca, que avanzaban temblorosas, hasta que señalaron las cuatro menos cuarto, la hora que ella se había marcado para empezar a vestirse.

Se levantó de un salto y abrió las puertas del armario empotrado. Desde hacía tiempo la acosaba la sospecha de que, a pesar de que su vestuario revelaba buen gusto y era de buena calidad, su forma de combinar y llevar su ropa hacía que esta pareciera barata y ordinaria. Sospechaba lo mismo de sus muebles; de hecho, lo sospechaba de todas sus pertenencias, pero en especial de su ropa. A ella no parecían quedarle tan bien las prendas como a las otras mujeres; todo le quedaba demasiado ceñido o demasiado corto, o demasiado holgado y deforme y flotante: siempre daba la impresión de que se vestía con la ropa de otra persona.

Se quedó inmóvil delante del armario, examinando la tela y los estampados de sus vestidos, faldas y trajes pantalón. Qué extraño, pensó: un día elegiría el último conjunto que se pondría jamás. La última blusa que subiría y bajaría al ritmo de su respiración, la última falda que le apretaría la cintura cuando comiese. Tal vez no muriese con esas prendas puestas (le acudieron a la mente imágenes de pijamas de hospital), ni la enterrasen con ellas (sin duda, su hermana, una esclava del protocolo, elegiría el atuendo más soso y menos favorecedor), pero de todas formas sería la última ropa que habría escogido. ¿Y si moría esa noche, sin haber llegado a dar la fiesta? Mientras imaginase activamente esa posibilidad, no llegaría a suceder. Era un juego al que jugaba a menudo consigo misma. Si se preguntaba si determinado atuendo sería el último que se pondría, no lo sería. Si imaginaba que se moriría ese día, no se moriría. Solo era una superstición estúpida, pero ¿qué probabilidades había de que te sucediese una desgracia cuando eso era justo lo que esperabas? Muy pocas. Nadie decía: «Hoy ha muerto mi mujer, tal como esperábamos», ni: «He sufrido un accidente terrible, tal como predije».

Fue pasando las perchas, buscando el vestido que tenía pensado ponerse esa noche desde el día que habían decidido que celebrarían una fiesta. Era un vestido de manga larga de color verde botella. Con la edad, los brazos se le habían puesto flácidos, y ella procuraba ocultarlos.

Lo encontró escondido entre dos trajes pantalón de pata de gallo y lo sacó del armario. Solo recordaba habérselo puesto una vez, meses atrás, para ir a cenar con George y su primo Jared. Había revisado minuciosamente la lista de invitados de esa noche, pero, aun así, de pronto la asaltó el temor de que Jared asistiera a la fiesta. La señora March solo había coincidido con Jared dos veces, y no podía permitir que él la viera con el mismo vestido en dos de tres ocasiones. La saludaría afectuoso, convencido, sin ninguna duda, de que la mujer de su ilustre primo lo impresionaría; pero al darse cuenta de que llevaba el mismo vestido, las mismas joyas y el mismo peinado, su atención se desviaría hacia otras mujeres más elegantes que habría en el salón.

Se fijó en un vestido azul regio con los hombros al descubierto que estaba medio oculto al fondo del armario. Nunca se lo había puesto. De hecho, todavía llevaba la etiqueta colgando. «Qué color tan intenso y a la vez elegante», pensó; seguramente ninguna otra invitada llevaría un vestido de ese color. Sin embargo, no tenía mangas, por desgracia. Lo sacó del armario y examinó los dos vestidos, uno en cada mano. El azul era muy bonito, pero no podía arriesgarse a que alguien provisto de una cámara fotografiara sus brazos desnudos. Volvió a guardarlo en el armario.

Descolgó el vestido verde botella de la percha, lo llevó a la cama con cuidado, como si fuese un niño dormido, y lo extendió sobre la colcha. Junto al vestido puso un broche de oro y unos pendientes redondos también de oro.

A continuación empezó a arreglarse el pelo, enroscando firmemente un mechón tras otro en los rulos.

Se limó y se pintó las uñas, algo que siempre hacía ella misma para no tener que recurrir a manicuras profesionales, pues así evitaba el bochorno de que juzgaran el estado de sus manos delante de otras clientas (lo que le había sucedido a menudo en el pasado; le preguntaban: «¿Cómo es que tiene las uñas tan amarillas? ¿Se deja el esmalte puesto demasiado tiempo?»).

Mientras esperaba a que se secara el esmalte, miraba fijamente su reloj, donde iban pasando los segundos. Luego se quitó los rulos calientes del pelo. Mientras desenrollaba un rizo, el rulo, todavía caliente, le rozó la piel y le quemó la parte de atrás del lóbulo de una oreja. Aspiró con brusquedad y se dio unos toquecitos en la oreja con un poco de papel higiénico mojado.

Se desvistió procurando no ver el reflejo de su cuerpo desnudo en el espejo. Tenía piel de naranja en la barriga; nunca había llegado a recuperarse después de tener a Jonathan. En la parte inferior, una serie de estrías descendían hacia el tupido triángulo de vello negro de su entrepierna. Con cierta dificultad, consiguió meter aquella barriga flácida en la apretada faja de color carne, y a continuación, tambaleándose, entró en el vestido de color verde botella. Cuando por fin se permitió mirarse en el espejo del cuarto de baño, sonrió con falsedad, como si posara para un fotógrafo. Se contoneó un poco, fingió que tenía una copa en la mano, hizo como que reía. «Gracias por venir —ensayó—. Gracias a vosotros por venir».

Se probó diferentes pintalabios (todos nuevos, duros y brillantes como velas de cera), pero se los quitó uno a uno con rabia, se manchó todo el mentón, se irritó la barbilla de tanto frotársela con pañuelos de papel y, furiosa, se dibujó a propósito un tajo en el cuello con un pintalabios de color bermellón. Al final, vencida, volvió al discreto color crema que usaba siempre.

En un arrebato de indecisión, se quitó, no sin esfuerzo, el vestido verde botella, volvió al armario y se probó el azul regio. Cuando se miró en el espejo, hizo una mueca al ver la protuberante curva de su abdomen; y sus brazos, que curiosamente se las ingeniaban para estar tensos y flácidos a la vez. Se arrancó el vestido a toda prisa, sofocando un grito. Se puso una blusa de seda (la que solía llevar con los viejos gemelos con diamantes de imitación de su madre) y una falda negra, pero al final acabó poniéndose otra vez el vestido verde botella.

Al anochecer, cuando George llegó a casa, la señora March estaba experimentando con las lámparas de pie y las de techo para determinar con qué combinación conseguiría una atmósfera acogedora a la par que animada. Tarareaba quedamente como solo habría podido hacerlo una mujer sosegada y segura de sí misma, y los camareros ni siquiera se fijaban en lo que hacía, ignorándola educadamente mientras ella encendía y apagaba las luces.

Miró la hora con nerviosismo en su reloj de pulsera. Algunos invitados ya debían de estar en camino: los matrimonios discutiendo en los ascensores y en el asiento trasero de los taxis, las mujeres con unos peinados tan tirantes que parecía que acabaran de someterse a una operación de cirugía estética, los hombres fingiendo que aún cabían en sus trajes de Armani de hacía diez años.

Todavía estaba haciendo un último intento, aunque poco entusiasta, de cambiarse de vestido mientras George se anudaba la corbata en el cuarto de baño cuando, de pronto, él dijo:

—Paulette me ha llamado para felicitarme.

—Ah, ¿sí? —dijo ella.

—Oye, no empieces.

—Que no empiece ¿a qué? Si solo he dicho «Ah, ¿sí?».

—Bueno, ha sido un detalle por su parte telefonearme, sobre todo con lo ocupada que anda ahora con sus sesiones fotográficas.

—Bueno, tiene mucho talento —repuso ella.

—Sí, le van muy bien las cosas.

A la señora March se le encogió el estómago al imaginarse a George deleitando a sus invitados con el orgullo que sentía por su hija. Ella había trabajado demasiado y se había forjado esperanzas demasiado elevadas (fantasías en las que su marido le dedicaba un cariñoso discurso, o los invitados la felicitaban por su gusto impecable, entre otras cosas) para tener que compartir con Paula la admiración de George esa noche.

—De hecho, le van tan bien —continuó él mientras se abrochaba un gemelo— que ha pagado la entrada de una casa adosada en Kensington.

—Qué maravilla.

—Sí. Por lo visto es muy bonita. Hasta está considerada monumento histórico. Dice que podremos quedarnos allí cuando vayamos a visitarla.

Ser la invitada de Paula, estarle agradecida por algo, era tan impensable, una idea tan odiosa, que a la señora March empezó a temblarle un párpado. Se serenó concentrándose en los dedos de George, que abrochaban el otro gemelo. ¿Era la primera vez que veía aquellos gemelos?

—Le van muy bien las cosas —repitió George en voz baja, distraído.

Sí, era la primera vez que veía aquellos gemelos, y eso la inquietó. Conocía todos los gemelos, las corbatas y los pañuelos de bolsillo de George, porque casi todos se los había regalado ella a lo largo de los años. ¿De dónde habían salido esos gemelos? Dio un paso adelante y fue a decir algo, pero justo entonces sonó el timbre de la puerta.

Los primeros invitados llegaron en un grupo de cinco, como si hubiesen conspirado para quedar en algún sitio con antelación. «Madre mía, ¿quién iba a querer estar solo en ese piso, hablando con ella?», imaginó que uno de ellos les decía a los demás. Fuera como fuese, la perspectiva de entablar conversación con un par de recién llegados bastó para que empezasen a sudarle las corvas. Aliviada, los dejó en el salón y fingió que iba a ocuparse de alguna tarea, cuando lo que hizo en realidad fue esconderse en su cuarto de baño *en suite*, donde se sentó con cuidado en el borde de la tapa del inodoro para no arrugarse el vestido.

Al poco rato, el piso ya estaba lleno de invitados y la música (una versión de *El cascanueces* más animada y jazzística que a ella le parecía idónea para un cóctel de invierno) armonizaba a la perfección con la pulsación de contrabajo de las voces y la percusión ocasional de una risa metálica.

Unos cuantos invitados, viejos amigos de George, le regalaron una fotografía en blanco y negro enmarcada: en ella, su abuelo posaba con gesto serio junto a un setter inglés moteado; con una mano sujetaba la escopeta y de la otra colgaba un pato muerto que le rozaba los pies. La señora March la odió nada más verla. La solemnidad de la escena, la expresión venerable del rostro del hombre (y la del perro) eran absurdas. Que alguien creyera que aquella cosa merecía que la enmarcaran la hacía aún más absurda. Pensó que no debía olvidarse de esconderla en el armario, detrás de sus sombrereras, en cuanto se marchasen los invitados.

A medida que avanzaba la fiesta y el salón engordaba con cada recién llegado, la señora March le encargó a Martha que pasara de vez en cuando por el cuarto de baño de invitados para doblar las toallas y limpiar la taza del inodoro y el suelo con una solución ligera de amoniaco. Los intensos vapores del desinfectante se mezclaban con el empalagoso aroma a pino, creando un olor tan peculiar que los invitados, en sus futuras visitas a hospitales o al pasar por delante de un tendero que en ese momento vaciara el cubo del agua de fregar en la calle, se acordaría de inmediato de la última fiesta que habían dado los March.

8

La señora March observaba a las mujeres. Le llamaba especialmente la atención una de entre veinticinco y treinta años que debía de ser la invitada más joven de la fiesta. Se fijó en su melena rubia y reluciente y en su vestido de color burdeos, de una sencillez asombrosa y exquisitamente ceñido a su estilizada figura. La señora March se retorció por dentro: se sentía desmañada y desprotegida, y debía de notarse que se estaba esforzando demasiado («un vejestorio disfrazado de quinceañera», como habría dicho su madre). Y tenía el pelo tan mustio y mate que ni siquiera ella sabía de qué color era. Había sudado, y sus rizos estaban empezando a marchitarse: unos mechones finos y húmedos caían, lacios, sobre su frente.

Los camareros zigzagueaban entre los invitados portando bandejas de canapés de salmón ahumado y tartaletas de cebolla y brie, y en el equipo de música sonaba un tema melodioso cantado por Anna Maria Alberghetti. La señora March volvió a clavar la mirada en aquella mujer, que conversaba con un par de hombres que parecían pasmados, y al verla recogerse con desenvoltura un mechón suelto de pelo rubio detrás de la oreja, imitó instintivamente aquel gesto. Sus dedos rozaron el lóbulo de la oreja que se había quemado, reavivando el dolor de la herida.

Hizo una leve mueca de dolor y apretó la mandíbula, y se acercó furtivamente al grupo, como si hubiese cometido algún delito.

—¿Todo bien por aquí? —preguntó, retorciéndose las manos.

Ellos se volvieron y la miraron. La mujer fumaba un elegante cigarrillo, fino, largo y de color marfil, como su cuello. Las pulseras de su huesuda muñeca tintinearon cuando se llevó el cigarrillo a los labios.

—Me alegro de verla, señora March —dijo uno de los hombres.

La señora March creía recordar que se trataba del asesor financiero de George. Había olvidado su nombre, pero sabía que a veces George jugaba al tenis con él.

—Espero que lo estén pasando bien —dijo la señora March, y dio la impresión de que se dirigía especialmente a la joven.

—Ha venido mucha gente —comentó el banquero.

—Ah, sí —repuso la señora March—. Si quieren que les diga la verdad, no conozco a casi nadie.

La joven miraba hacia otro lado e inclinaba la cabeza hacia atrás al fumar, como si bebiera de una flauta de champán ridículamente larga.

—Bueno, puedo empezar por presentarle a Tom —dijo el banquero— y a la señorita Gabriella Lynne, a la que seguro que habrá reconocido porque apareció en el *Artforum* del mes pasado.

La señora March sonrió quizá con excesiva agresividad a la señorita Lynne, la mujer gacela, que soltó una bocanada de humo y no dijo nada.

—La señorita Lynne es la diseñadora de cubiertas más solicitada del momento —agregó Tom.

Gabriella negó con la cabeza, lanzó otra bocanada y su exhalación se transformó en una risa serena.

—Me temo que estos dos se impresionan con nada —le dijo a la señora March, y la señora March rio un poco, contenta de que se dirigiesen a ella en aquel aparte—. Una fiesta maravillosa, por cierto. Muchas gracias por invitarme —añadió Gabriella con voz lánguida y monótona.

Más tarde, la señora March se enteraría de que había adquirido aquel acento seductor y difícil de identificar durante su infancia itinerante por Europa.

—De nada. Gracias a ti —replicó la señora March—. Y los amigos de George son mis amigos. ¿Has diseñado alguno de sus libros?

—No. Ojalá. —Gabriella apagó su cigarrillo en los restos de su blinis de caviar y *crème fraîche*, que un camarero se apresuró a retirar.

La señora March no estaba segura de si debía ofenderse por el comportamiento de Gabriella. El blinis, inacabado, habría ido a parar a la basura de todas formas, pero profanarlo de aquella manera podía considerarse un insulto a su hospitalidad. De repente la invadieron unas intensas ganas de llorar, y sintió pánico solo de pensar que eso pudiera ocurrir.

—Me pidieron que diseñara la cubierta de su nueva novela —continuó Gabriella—, pero por desgracia ya tenía otro encargo. Sin embargo, todo salió bien: el diseñador al que contrataron escogió ese cuadro tan icónico. Es perfecto, y conecta con el espíritu de la novela mucho mejor que nada que se me hubiese podido ocurrir a mí.

La señora March asintió inexpresiva mientras se preguntaba cómo debía de ser el cuerpo que Gabriella ocultaba bajo su fino vestido de raso: de qué color serían sus pezones, si tendría pecas o lunares, o tal vez una verruga que a ella le pareciese fea pero que los hombres coincidieran en encontrar increíblemente sexy.

—Supongo que has leído el libro, ¿no? —dijo Gabriella, mirándola a los ojos y ladeando la cabeza, con los labios un poco separados, aparentando una curiosidad pícara.

—Sí, claro. Leo todos los libros de George —repuso la señora March con voz temblorosa.

Antes de que la conversación pudiese derivar hacia la temida dirección de la protagonista de la novela, otro invitado (que por lo visto acababa de llegar, pues todavía llevaba puesto el abrigo y unas gotas de lluvia brillaban en sus hombros) se acercó y saludó a Gabriella besándola en las mejillas. La señora March sintió de una forma casi física cómo le arrebataban la atención que le estaba prestando Gabriella, cómo se la arrancaban del cuerpo igual que si fuese un órgano que todavía latía. Bajó la vista y miró la mesita de café. En el cenicero había tres colillas de cigarrillo blanco manchadas de pintalabios. Junto al cenicero estaba la pitillera de plata de Gabriella, con sus iniciales grabadas. Movida por un impulso insólito, la señora March la cogió y se la metió en el sujetador, donde quedó incómodamente instalada contra su pecho izquierdo.

Se alejó sin que se fijaran en ella, un tanto alterada por la emoción de su fechoría, pero hizo un esfuerzo por sonreír, en parte para no levantar sospechas, pero sobre todo para enmascarar la culpa que sentía por lo que acababa de hacer. Por desgracia, o quizá por fortuna, en ese momento se le acercó la agente de George.

—Qué tal, querida, una fiesta simplemente espectacular —dijo Zelda de corrido, y entonces inhaló bruscamente. Zelda, fumadora empedernida, intentaba formular frases largas, pero sus pulmones se colapsaban cada vez que lo intentaba. Hablaba con una voz cada vez más ronca, y la señora March imaginó que, hacia el final de la velada, sus frases se habrían reducido a meros silbidos.

—Gracias, Zelda. —Se fijó en los dientes de la agente, amarillos tras décadas acumulando nicotina y con manchas de pintalabios marrón rojizo—. Tienes que probar el *foie gras* —añadió al ver acercarse a un camarero que llevaba una gran pieza rodeada de cebolla caramelizada y compota de fresas—. Es de una granjita de las afueras de París. Nos lo regaló mi hermana. Lo hizo su marido. En esa granjita, durante unas vacaciones.

—¡Espectacularmente rústico! —dijo Zelda. Estiró ambos brazos y miró al techo con gesto teatral.

—¿Eso no lo hacen alimentando a los gansos a la fuerza, un método de lo más cruel?

La señora March se volvió hacia esa otra voz, que pertenecía a la alargada y escuálida figura de Edgar, el editor de George. Siempre iba encorvado, con las manos a la espalda y la cabeza gacha, como un signo de interrogación.

—¡Claro que no! —exclamó Zelda, aunque su rostro no expresaba tanta incredulidad cuando se volvió hacia la señora March; todo su cuerpo se sacudía para escenificar una risa que sus pulmones no tenían fuerza suficiente para producir.

—Es un proceso llamado *gavage* —explicó Edgar, pronunciando la palabra con un acento francés tan exagerado que resultaba irritante, y con la boca, pequeña, llena de saliva—, que consiste en alimentar a la fuerza al animal a través de un tubo que le llega hasta el estómago.

—¡Oooh! —exclamó Zelda, torciendo el gesto pero sin parar de reír. Ahora su dolorosa risita nerviosa alcanzaba a oírse de forma intermitente, como el gimoteo de un perro.

—Por eso el hígado tiene ese sabor tan característico —añadió Edgar.

Como si hubiese recibido una señal, el camarero reapareció con el *foie gras*, que rezumaba ríos viscosos de grasa amarilla.

Edgar se subió los puños de la camisa, cogió el cuchillito sin filo que había junto al *foie gras*, cortó una porción mientras el camarero sujetaba la temblorosa bandeja y untó con él una tostada. Miraba fijamente a la señora March, y esbozó una sonrisita de satisfacción antes de meterse la tostada en la boca. Ella le sostuvo la mirada, concentrándose en sus gafas, gruesas y de montura transparente, y en su pelo ralo, fino y blancuzco como el de un bebé. Tenía la piel de un blanco repugnante salpicado de rosa: el rosa de sus nudillos, de sus lunares con relieve, de las arañas vasculares que veteaban su nariz.

El tintineo de una cucharilla golpeando repetidamente una copa de cristal interrumpió su momento de odio, y Edgar y ella desviaron la mirada hacia el origen de aquel sonido. Era George, afortunadamente: estaba de pie, un tanto cohibido, delante de la chimenea, agradeciéndoles a todos su asistencia. Zelda se le había acercado en algún momento sin que la señora March ni Edgar se hubiesen percatado de que desaparecía, y estaba a su lado.

—Quiero darles las gracias a todos los que están aquí esta noche —empezó a decir George—, porque si han venido, significa que, en mayor o menor medida, han tenido algo que ver con este libro. Ya sea editar, promocionar, soportar mis caprichos de escritor estos meses pasados, o sencillamente inspirar mi última novela. —Su mirada fue a posarse en la señora March, cuyas nalgas se contrajeron de inmediato.

Zelda intervino para comentar que, ese invierno, las listas de obras de ficción habían estado especialmente bien surtidas, y que era toda una hazaña que el libro de George todavía no hubiese encontrado rival.

—Bueno, eso es porque los lectores son fieles... —dijo George; bajó la vista y asió con fuerza el tallo de su copa de champán.

—¡Tonterías! No seas tan modesto —volvió a interrumpirlo Zelda, y miró a los invitados—. ¡Se pasa de modesto! —Se rio, un resuello áspero y apenas audible.

La señora March se llevó una mano al lóbulo de la oreja que se había quemado y se acarició la incipiente costra con el pulgar. Se acordó fugazmente de la textura de una corteza de cerdo y, sin darse cuenta, se lamió el dedo.

—La verdad —continuó Zelda— es que este libro va a ser revolucionario. No solo atrae a los fans de su autor, sino a todo el mundo. No, no —agitó el índice mirando a George, que había empezado a protestar—, espera. Tengo que decirlo: es mi libro favorito de la última década. ¡Y eso que yo detesto leer!

Hubo risas estridentes. La señora March se quedó mirando el jarrón ligeramente torcido que estaba en la repisa de la chimenea, detrás de Zelda, y se le olvidó unirse al júbilo general.

—Así que, sin más preámbulos, ¡brindemos por nuestro amigo George, el escritor excelente y encantador! ¿Edgar?

La mirada de la señora March se desvió hacia Edgar, a quien Zelda hizo salir de entre la multitud. El editor levantó una mano en un gesto de modestia cuando los invitados aplaudieron animándolo a hablar.

—Bueno... ¿Saben qué? —dijo mientras se arreglaba el pañuelo de seda de lunares—, prefiero no brindar por este libro, porque sinceramente no lo necesita. Brindemos por el próximo libro de George, porque ese sí que lo tiene negro.

—¡Eso, eso!

Los invitados se buscaron unos a otros para entrechocar las copas, y algunos se volvieron hacia la señora March, que abrió mucho los relucientes ojos al tiempo que tensaba el rostro para componer una sonrisa exagerada, casi histérica; entonces, bruscamente, se llevó la copa de champán a los labios y el líquido burbujeante y ya tibio descendió por su gaznate.

9

La señora March aprovechó el brindis y el subsiguiente júbilo para escabullirse del salón e ir a la cocina, donde Martha, inclinada sobre la isla, envolvía minuciosamente las sobras con film transparente. El cocinero ya se había marchado, los camareros habían empezado a servir los digestivos y había llegado la hora del postre.

Las fresas estaban en el colador, en el fregadero de la cocina, lavadas y listas. La señora March las colocó, una a una, en una bandeja de porcelana, y se maravilló de su frescura y de su porosidad. Parecían cubiertas de rocío. Le pidió a Martha que preparase la nata y se dispuso a llevar las fresas al salón con objeto de que los invitados pudiesen admirarlas antes de que las embadurnaran.

Cuando estaba a punto de cruzar el umbral y salir al pasillo, una voz femenina, clara e impertérrita, le llegó desde el salón:

—¿Tú crees que ella lo sabe? Lo de Johanna.

La señora March se detuvo, con un pie en la cocina y el otro en el pasillo. Se oyeron risas, y la señora March estuvo segura de haber distinguido una ruidosa carcajada de George, seguida de chitones y risitas dispersas.

El miedo se apoderó de ella. Le pitaron los oídos, y de pronto sintió que se le taponaban. Bajó los brazos, y la bandeja que llevaba en las manos se inclinó. Las fresas cayeron al suelo como granizo escarlata, rodaron hacia los rincones y se metieron debajo de los muebles (algunas las encontrarían semanas más tarde).

Se quedó allí plantada, parpadeando, hasta que Martha hizo un ruidito detrás de ella y sus manos rollizas y con manchas aparecieron y cogieron la bandeja que aún sostenía la señora March.

—Madre mía, qué desastre. Voy a limpiarme —dijo la señora March con una voz extraña, somnolienta, mientras Martha se arrodillaba y recogía las fresas del suelo.

Atravesó el salón como pudo y fue a su dormitorio; caminó un rato en círculos y luego entró en el cuarto de baño, cerró la puerta y echó el pestillo. Se sentó en el borde de la bañera, se sacó la pitillera de plata de dentro del sujetador y acarició las iniciales grabadas antes de abrirla con un leve clic. Sacó un cigarrillo y, con manos temblorosas, lo encendió con una cerilla que extrajo de la caja de cerillas que había en uno de los cajones del cuarto de baño. Se fumó uno, y luego otro, y después un tercero, aspirando con avidez aquel humo repugnante. Echó la ceniza en la bañera y dejó las colillas en el desagüe. Estaba terminándose lo que se había prometido que sería el último cigarrillo cuando vio una mancha negra que correteaba por el suelo. Siguió el repentino movimiento con la mirada y lo identificó: era una cucaracha que correteaba por las baldosas. Sintió que la cubría el oscuro velo del pánico. Dio un grito, salió precipitadamente del cuarto de baño y cerró de un portazo. Se tapó la boca con una mano para no volver a gritar, y con la otra se tocó la herida de detrás de la oreja; entonces agarró las almohadas de la cama y tapó con ellas la rendija que quedaba entre el suelo y la puerta.

Agotada, se sentó en el suelo del dormitorio, con la espalda apoyada en la cama. Se planteó brevemente la posibilidad de no regresar a la fiesta, pero las normas sociales dictaban que volviera al salón. ¿Y si fingía padecer una enfermedad terrible? Pero la gente hablaría. Interpretarían su ausencia como la confirmación de que Johanna estaba basada en ella, y no solo eso, sino algo aún más patético: que a ella le importaba.

«¿Te has enterado de lo de la señora March? —imaginó que el banquero privado de George le decía a su esposa—. Pobre mujer. Ahora se pasa el día encerrada en el piso. ¡Qué desgracia!». Entonces se imaginó a su esposa (a la que no conocía; de hecho, quizá ni siquiera existiera) compadeciéndose de ella, de aquella desconocida patética y fea (el banquero no habría dudado en describirla como «fea») cuyo marido la detestaba a tal punto que se había basado en ella para crear su espantoso personaje. «¿Qué personaje, concretamente?», preguntaría la esposa mientras se secaba las delicadas manos en un paño de cocina.

El banquero esbozaría una sonrisa y pasaría a describir a Johanna, la prostituta con la que nadie quería acostarse, ni siquiera sus clientes habituales. «La verdad es que el libro es muy bueno —explicaría—. Dicen que ese espabilado va a ganar el Pulitzer por insultar a su mujer».

Se reirían los dos con cierto remordimiento, y la mujer comentaría que todo aquello era una pena, y que ella siempre había creído que los March eran una pareja feliz. «Bueno, supongo que ahora ya sabemos la verdad».

La señora March se preguntó cómo sufrirían otras mujeres esa humillación si se encontrasen en la situación en que estaba ella; a Patricia, la pastelera bobalicona, con su pelo crespo y su cara estúpida que parecía una bola de masa, seguro que se le antojaba divertidísimo que su marido se hubiese inspirado en ella para crear el personaje de una prostituta patética. La opinión de los demás no le importaría ni lo más mínimo. Pero ¿era esa la clase de mujer que quería ser la señora March? ¿La clase de mujer a la que le traía sin cuidado su imagen, a la que no le importaba de qué manera la veían los demás? Intentó imaginar cómo se lo habría tomado Gabriella. Pero, compungida, se dio cuenta de que a Gabriella jamás le habría pasado una cosa así. A Gabriella, sin duda, la retratarían como una diosa atractiva, vulnerable y al mismo tiempo resiliente, alguien por quien los personajes masculinos se retarían a duelo y morirían. Un personaje menos profundo, seguramente, menos «realista» (y por cierto, ¿qué tenía el realismo para que la gente lo valorase tanto?), pero mucho más atractivo. Evidentemente, el problema de la señora March no era que Johanna fuese desagradable, sino que, por lo visto, nadie dudaba que ella también lo era.

¿Se habrían dado cuenta los invitados de que se había ausentado del salón? ¿Habrían sentido alivio? Se planteó cambiarse aquel condenado vestido tan estúpido y ponerse otro más sencillo, más sexy, pero entonces los demás lo notarían, la juzgarían, la criticarían por darle demasiada importancia a todo. Anhelaba algún tipo de venganza, y, si bien robar la pitillera de Gabriella (que había vuelto a guardarse en el sujetador) había apaciguado un poco esas ansias, se merecían algo peor. Debería envenenarlos, caviló. Con arsénico. Una vez George le había contado que, en la época victoriana, en todas las casas había veneno. La venta de arsénico no estaba regulada y cualquiera podía comprarlo; se utilizaba para fabricar los pigmentos de los papeles pintados y los vestidos. Podía sacar otro postre, envenenarlos a todos con un plato de tostadas con queso y opio. Se los imaginó desplomándose por el salón, el silencio que se produciría, la extraña paz que reinaría después de una fiesta tan bulliciosa; y a ella pasando por encima de los cadáveres como aturdida.

Salió de golpe de esa fantasía al darse cuenta de que no llegaba ningún sonido del salón. ¿Y si los invitados se habían marchado, apremiados por George, que seguía riéndose nerviosamente, porque habían disgustado a su hipersensible esposa, ya sabéis cómo es, muy frágil, no soporta este tipo de bochornos, ya habéis leído el libro?

Se levantó del suelo, fue hasta la puerta del dormitorio y la entreabrió. La fiesta seguía viva: al fondo del pasillo todavía se oían risas, música, voces. Respiró hondo antes de abrir la puerta del todo y salir; luego, vacilante, se dirigió al salón apoyándose en las paredes con ambas manos, rebotando a cámara lenta de un lado al otro. Algo crujió bajo sus pies. Agachó la cabeza y vio una ramita de acebo, y unas pocas bayas rojas y pequeñas rodaron por el suelo.

Qué ingenua había sido. ¿Cómo se le había ocurrido pensar que algo pudiera interrumpirse por ella? La fiesta continuaba: las copas tintineaban, un disco giraba en el tocadiscos, el reloj de pie hacía tictac en el recibidor y su cara de luna de mejillas coloradas le sonreía. Todo seguía exactamente como lo había dejado.

En una mesita auxiliar vio la bandeja con las últimas fresas: algunas estaban embadurnadas de nata, otras sumergidas en ella y otras sangraban. La señora March las contempló un momento con cierta tristeza y entonces se zambulló en la fiesta, como si se sumergiera en el agua y observara las extremidades de los otros bañistas desde las profundidades.

Se acercó a un grupito que mantenía una conversación. «El libro», decían, y «talento», y «su generación». Ella sonrió y los saludó con un gesto de la cabeza, pero como ellos no se percataron de su presencia, se dio la vuelta con la sonrisa congelada en los labios y se enjugó una gota de sudor de la sien. Fue entonces cuando vio a Gabriella de pie junto a George en medio del salón; ambos resplandecían bajo la luz de su foco de atención particular, dejando todo lo demás, y a todos los demás, en penumbra. Gabriella tenía una mano apoyada en el brazo de George y se tapaba la boca con la otra, como si reír estuviese mal visto socialmente, igual que bostezar o eructar. La señora March los observó mientras bebía de una copa de champán que ya estaba a temperatura ambiente y que había encontrado junto a las fresas. George sonreía radiante (aquella irritante sonrisa suya, detestable por su falsa modestia), hasta que un amigo suyo se les acercó para presentarse él mismo a Gabriella.

Alegre por el influjo del alcohol (y también de la atención que recibía, sin duda), George vio a la señora March y la guio por el codo para presentarle a dos mujeres, una rubia y otra morena, que, como explicó con orgullo, habían sido de sus últimas alumnas antes de que decidiese dedicarse exclusivamente a escribir. La señora March no había invitado a ninguna de aquellas dos mujeres; debía de haberlo hecho George sin decírselo, aunque no estaba claro cómo había recuperado la relación con ellas después de tanto tiempo.

—Profesor March...

—Por favor, ahora ya no sois mis alumnas. Llamadme George.

—De acuerdo, George... —dijo la morena con una risilla.

La señora March las miraba fijamente sin sonreír. No podían tener mucho más de treinta años, calculó, pero no estaba muy segura. ¿Cuándo había dejado George la docencia? Intentó acordarse del año.

—¿No está usted orgullosa, señora March? —dijo la rubia con vehemencia, como si ansiara que algún día a ella le hiciesen la misma pregunta.

—Oh, me parece que mi mujer está muy harta de mí —dijo George sonriéndole a la señora March—. Soportar a un escritor no es nada fácil.

Las dos invitadas volvieron a reír tontamente, y luego suspiraron, como si la risa las hubiese dejado agotadas. Entretanto, se había producido un pequeño alboroto en el otro extremo del salón. Gabriella estaba buscando su pitillera, ayudada por unos esforzados voluntarios (todos hombres y todos a gatas) que miraban debajo de los muebles y entre los cojines. La señora March notaba la presión de la cajita contra su pecho mientras fingía que la buscaba por las estanterías.

La fiesta no se alargó mucho más, porque las paredes eran delgadas y los vecinos ya se habían quejado otras veces. Para cuando el último invitado salió tambaleándose, alegre, por la puerta principal, Martha se había marchado, con el bolsito cuadrado en la mano, igual que los empleados del catering (con el abrigo abrochado sobre el uniforme sucio), dejándolo todo tan limpio como habían podido.

En el dormitorio principal, el señor y la señora March se desvistieron en silencio.

Él, de pie cerca del cuarto de baño, olfateó el aire y dijo:

—¿Habrá estado alguien fumando aquí?

La señora March tragó saliva y se puso seria.

—George —dijo con la esperanza de que su marido atribuyera el temblor de su voz a la ingesta de alcohol—, ¿esa mujer está basada en mí?

George parpadeó.

—¿Cómo dices?

—Johanna. ¿La has basado en mí?

—No está basada en nadie, solo... —Hizo un ademán, como si buscara la palabra adecuada, que resultó ser un «es».

—Entonces ¿por qué te has reído cuando lo ha dicho esa mujer?

George arrugó el ceño y la miró por encima de la montura de las gafas.

—¿Qué mujer?

—¡Esa! ¡La de la fiesta! ¡Ha dicho, ha insinuado, que Johanna estaba basada en mí!

George caviló unos instantes, como si se lo planteara por primera vez.

—Pues a mí ni se me había ocurrido. En serio, nunca me lo planteé de ese modo mientras escribía la novela. Supongo que quizá tengáis ciertas cosas en común...

La señora March soltó una risotada.

—Ah, ¿sí? ¿Como cuáles, George? Cuéntame. ¿Qué características maravillosas comparto con la prostituta? —Pese a la rabia que sentía, controlaba el volumen de su voz por temor a que la oyesen los vecinos.

George suspiró.

—Mira, creo que lo estás interpretando mal. Johanna no está basada en una única mujer, aunque supongo que es una mezcla de cualidades de muchas mujeres diferentes a las que he conocido a lo largo de mi vida. Desde luego, podría enumerar algunos rasgos que comparte con varias mujeres que me han influido, y sí, tú estarías entre ellas. En eso consiste escribir obras de ficción.

—Pues hazlo.

—Que haga ¿qué?

—Siéntate y redacta una lista. Una lista de rasgos.

—¿Hablas en serio?

—¡Sí! Quiero saber quiénes son todas esas mujeres en las que te has inspirado. Quiero saber cuál es mi relación con Johanna.

—¿Tu relación con...? Pero ¡si es un personaje ficticio!

—Entonces ¿por qué da la impresión de que ella existe y yo no?

Esa última pregunta, formulada con un volumen que solo según el baremo de la señora March podía considerarse exagerado, resonó sin fuerza en la habitación, que ahora estaba en silencio. No sabía de dónde había salido, no tenía claro qué sentimiento había intentado transmitir, pero era lo bastante sólida para haber dejado un regusto amargo en su lengua una vez pronunciada.

George frunció el ceño.

—No quiero entrar en esta conversación. Creo que estás... Bueno, estás cansada. Los dos estamos cansados. Vamos a dormir un poco. Ya hablaremos de esto por la mañana.

—No quiero acostarme. No si tú estás aquí —dijo la señora March, abrazándose la cintura.

George suspiró.

—Dormiré en el despacho. —Cogió una manta de lana que había en la butaca del rincón—. Buenas noches —dijo sin mirarla siquiera; pasó por su lado, salió y cerró la puerta.

Cuando George se hubo marchado, la señora March se quedó mirando fijamente el panel de madera blanca de la puerta. Echó el pestillo y se apartó de ella lentamente, como si alguien fuese a destrozarla con un hacha. Tambaleándose, se dirigió a su lado de la cama, el que quedaba más cerca de la ventana, y se tumbó boca abajo sobre las frías sábanas.

10

Dos ruidosas palomas se posaron en el alféizar de la ventana de la señora March. Se pusieron a arrullar *in crescendo*, una de ellas de forma especialmente estridente: producía un sonido cada vez más bochornoso, cada vez más parecido a una mujer a punto de tener un orgasmo, así que la señora March se alegró de despertarse sola en su dormitorio. La luz entraba sesgada por la ventana y se colaba por resquicios entre las cortinas; la señora March se tapó los ojos y gimió, y entonces rodó hacia el otro lado del colchón para llamar a Martha al teléfono supletorio de la cocina. Le pidió que le llevara el desayuno a la cama: solo una macedonia de fruta y un huevo pasado por agua, por favor. Y una aspirina.

Al cabo de unos minutos, el picaporte se movió un poco y, tras una pausa, llamaron a la puerta con los nudillos. La señora March se levantó, descorrió el pestillo y dejó entrar a Martha con gesto de turbación.

—Hay que airear esta habitación —dijo Martha, y posó la bandeja del desayuno encima de la cama—. No huele bien.

La señora March olfateó el aire, pero era imposible detectar otra cosa que no fuese el vigorizante olor a café que Martha había dejado a su paso.

—Ah, ¿sí? —preguntó—. ¿A qué huele?

—A habitación que no se airea desde hace mucho.

—Bueno, estoy un poco indispuesta, así que ya abrirás las ventanas más tarde. El aire frío no me sentaría bien.

—Desde luego. ¿Necesita algo más, señora March?

Martha se quedó mirando hacia el cuarto de baño con los brazos caídos. La señora March siguió la dirección de su mirada hasta el desordenado fuerte que había construido con almohadas la noche anterior a los pies de la puerta del cuarto de baño.

—No, por ahora nada —dijo con un tono un tanto brusco—. Gracias, Martha.

En cuanto la asistenta se marchó, volvió a cerrar la puerta con pestillo. Seguro que aquellos pequeños añadidos suyos («no, *por ahora* nada», «pues no, *creo*», «sí, *supongo*») eran un tormento para Martha, una mujer que consideraba la indecisión una señal de debilidad e ineficacia, la marca inconfundible de los malcriados.

La señora March se centró en su desayuno, minuciosamente servido en la vajilla rústica de porcelana, con dibujos de flores, que había comprado en un mercadillo de las afueras de París. La aspirina reposaba en su propio platillo pintado a mano. Martha, sin que nadie se lo pidiera, también había frito unas gruesas tiras de beicon grasiento. La señora March se sorprendió despedazándolas con las manos y salivando como una salvaje mientras la grasa resbalaba por sus muñecas.

Disolvió la aspirina en un vaso de agua con una cucharilla. Mientras se la bebía, oyó una especie de susurro detrás de ella y, al volverse, vio que un sobre se deslizaba por debajo de la puerta del dormitorio. De George, supuso. Se acercó de puntillas, por si él todavía estaba al otro lado, e inmediatamente reconoció el sobre color cáscara de huevo y las iniciales granates: G. M. Ella le había ayudado a elegir los artículos de papelería en Dempsey

& Carroll trece años atrás, cuando George recibió su primer anticipo importante para escribir un libro. Desde entonces no había cambiado de diseño.

El sobre permaneció intacto sobre la moqueta durante lo que a ella le pareció una eternidad, hasta que decidió cogerlo y abrirlo. Dentro había una invitación: «¿Tregua? En Tartt a las seis». La arrugó y la tiró a la chimenea, que estaba apagada.

Esa mañana se quedó en su dormitorio leyendo, cortándose las uñas y evitando a George. Cada vez que entraba en el cuarto de baño, encendía la luz con un movimiento brusco tratando de sorprender a las cucarachas. Inspeccionó el suelo y miró debajo del lavamanos, pero no vio ninguna.

A la hora del almuerzo ya había desistido de esconderse. Martha la llamó para decirle que la comida estaba servida, y la señora March oyó que la puerta del despacho de George, que estaba justo enfrente de la de su dormitorio, se abría un poco. Pegó una oreja a la puerta y oyó los pasos de su marido alejarse por el pasillo. Se miró en el espejo del cuarto de baño, se recogió unos mechones de pelo detrás de la oreja todavía dolorida, todavía áspera, y se dirigió al comedor.

El parquet estaba fregado y el árbol de Navidad y los sofás habían vuelto a su posición original. George ya se había sentado a la mesa, en su sitio de siempre, y estaba sirviéndose un vaso de agua cuando ella entró por las puertas cristaleras. La señora March se sentó sin decir nada, mirándose primero los mocasines de piel y, luego, la servilleta bordada que se puso en el regazo para no tener que mirar a su marido. Le pareció distinguir, en la periferia de su visión, a un George borroso que la observaba y le enseñaba los dientes, un gesto extraño. Carraspeó y cogió un trozo de pan de aceitunas del cestito. Había acabado comprando su pan favorito en la misma pastelería donde había comprado los postres para la fiesta. Era un local minúsculo que quedaba por debajo del nivel de la calle, embutido entre una lavandería y un salón de manicura barato; no podía compararse con la pastelería acogedora, de buen gusto y absolutamente mágica de Patricia, pero era el precio que tendría que pagar para no volver a ver a la pastelera nunca más.

—Ha llamado Gabriella —dijo George, rompiendo el silencio de forma tan brusca que la señora March dio un respingo—. Todavía no ha encontrado su pitillera.

La señora March no contestó. Había metido la pitillera de plata en uno de sus cajones de lencería, cuidadosamente envuelta en un chal de organza. Gabriella había demostrado ser una irresponsable al pasearse con semejante reliquia familiar encima, llevársela a las fiestas y dejársela olvidada en la mesa de unos desconocidos. Le estaba bien empleado.

—Bueno —continuó George, que seguramente se había dado cuenta de que aquel desvío no lo llevaría a ninguna parte—. ¿Vas a aceptar mi invitación para cenar?

La señora March se encogió de hombros mientras untaba mantequilla en un trozo de pan.

—No te sientas obligado a llevarme a ningún sitio...

—No me siento obligado. Te llevo porque me apetece. Será un placer, por supuesto.

—No lo sé, tengo la impresión de que lo haces para tenerme contenta, para que me calle, como si fuese uno de tus hijos.

—De acuerdo, de acuerdo —dijo George, y levantó las manos en un gesto de rendición—. A ver qué te parece esto: vamos a salir a cenar para celebrar la increíble fiesta que me organizó mi mujer.

—Ya. ¿Vamos a ir a celebrar una celebración?

Lo había dicho con la intención de que George se sintiera estúpido, pero, al oírlo, a él se le iluminó la cara.

—¡A celebrar una celebración! —dijo—. Me encanta. Nos pega mucho, ¿no te parece? —Le cogió una mano, se la llevó a los labios y le besó los dedos.

La señora March no creía que aquello les pegara lo más mínimo, aunque tampoco estaba segura de qué les pegaba. En lugar de inquietarla, aquella pregunta la intrigó: ¿quiénes eran? Antes se reían, discutían y conversaban hasta altas horas de la noche. Ella soltaba un chillido cuando él la besaba en la nuca, y chascaba la lengua fingiendo enfado cuando le daba una palmada en el trasero al salir del metro. ¿No? ¿O eran escenas que había sacado de películas y de libros? Miró de reojo a George, que masticaba enérgicamente sus champiñones salteados. ¿Quién era él?

11

Fueron al restaurante en taxi. Habrían podido ir a pie, pero esa noche las aceras estaban mojadas, la atmósfera era fría y húmeda, y la señora March llevaba zapatos de tacón alto.

Hicieron la mayor parte del trayecto en silencio.

—En el Monkey Bar ya no hay nada de ambiente —dijo George mientras el taxi circulaba por la calle Cincuenta y cuatro.

—Hum... —dijo ella.

El Monkey Bar, con sus llamativos murales llenos de caricaturas, había sido el escenario de sus cenas románticas durante años. Con el tiempo, George empezó a llevar allí también a sus amigos y a sus colegas de profesión. Como hacía casi con todo, lo frecuentó en exceso, y en cuanto el sitio perdió el encanto de la novedad, se cansó. Por eso cambiaron las mesas con bancos corridos de piel roja y las columnas con espejos del Monkey Bar por los salones tranquilos con las paredes tapizadas de Tartt.

El taxi se detuvo junto al bordillo y produjo una salpicadura. George pagó al taxista, y un conserje uniformado se acercó corriendo con un paraguas. Entraron en el restaurante a las seis en punto, y el *maître*, un tipo pálido con el pelo engominado y una naricita perfecta, les preguntó a qué nombre se había hecho la reserva. La señora March escudriñó el rostro del *maître* en busca de alguna señal de reconocimiento mientras George le daba su nombre completo, pero el *maître* mantuvo una expresión indescifrable; los tachó de la lista del dietario y los acompañó hasta su mesa.

—¿Por qué no nos han dado un salón privado? —preguntó ella cuando se sentaron y el *maître* ya no podía oírlos. Siempre se sentaban en un saloncito separado del comedor principal mediante unas gruesas cortinas rematadas con un ribete de pompones, lo que a ella le hacía sentirse importante y protegida.

—Es que he hecho la reserva esta mañana —dijo George—, y ya me ha costado conseguir mesa.

—Pero si les hubieras dicho quién eres, ¿no te habrían dado una mesa mejor?

—Querida, esta mesa es perfecta. Además, no me gustaría quedar como un prepotente.

—Ya, supongo que tienes razón —dijo la señora March, pese a que no suponía eso en absoluto.

Estiró el cuello para inspeccionar el local. Estaba decorado con gusto y débilmente iluminado. Ya había bastantes clientes sentados, y seguían llegando más, todos impecablemente vestidos y peinados. Nadie se fijó en ellos ni reconoció a George; en el pasado, eso habría molestado a la señora March, pero ese día le produjo alivio. Empezó a leer la carta. «Oxalis, sabayón al marsala, kabocha...». George llevaba las gafas de montura de carey colgadas de un cordón sobre el pecho, y de vez en cuando golpeaban contra los botones de su camisa. La señora March lo miró asomándose por el borde de la carta y carraspeó, pero George no se dio cuenta. Cuando por fin se puso las gafas para elegir el vino, la señora March se recostó y siguió leyendo los ininteligibles entrantes.

—Suena todo delicioso, querido —dijo—. No sé decidirme. ¿Por qué no eliges por mí?

—Claro —dijo George sin levantar la vista—, y también voy a pedir un vino que te va a encantar.

Apareció el camarero, se encorvó con las manos entrelazadas delante del cuerpo como si pidiera perdón y, con una cautela muy ensayada («¿Ya sabemos lo que queremos? ¿Alguna pregunta?»), les tomó nota. Mientras George recitaba sus pedidos, la señora March dejó de prestar atención; desenfocó la mirada, y el rumor de las conversaciones y de los cubiertos se apagó momentáneamente. Desde la lejanía, el camarero le preguntó a George si querrían *baked Alaska*, pues por lo visto tardaba un tiempo exorbitante en prepararse. Como si saliera del agua, emergió y vio a George contestar afirmativamente. No se lo había consultado, pero lo prefería así, pues ella siempre se arrepentía de no haber pedido postre o de haberlo pedido. Lo mejor era que George decidiera por ella. La señora March había renunciado a hacer régimen años atrás, ya que nunca había conseguido respetarlo. Cuando no estaba cerca Martha para controlarla, siempre sucumbía a los peculiares antojos que había adquirido de niña (galletas con arroz, yogur con salsa de tomate).

Bajó la vista y vio un plato de nacarado pez lorito, el plato del día. Ni se había enterado de que se lo servían. ¿Ya se habían comido los aperitivos? No recordaba si George había pedido alguno. El pez lorito parecía sacado de una tira cómica, con sus rayas de colores y sus iris de un amarillo intenso. Lo paseó por el plato, reacia a comérselo, mientras observaba a George chupar ruidosamente el suyo. El ojo del pez la miraba con fijeza; tenía la pupila rodeada por un colorido anillo tras otro. De pronto parpadeó. La señora March arrastró la silla hacia atrás y se disculpó para ir al servicio.

Los lavabos de señoras de Tartt eran asombrosamente masculinos: paneles de madera recubrían las paredes y estaban poco iluminados; olían a canela y limón. En un rincón había una librería de madera con puertas de malla, y, a lo largo de la pared del fondo, un lavamanos de porcelana muy largo con grifos que semejaban cuellos de cisne, donde una mujer estaba retocándose el maquillaje ante el espejo. La señora March intentó saludarla, pero la mujer no advirtió su presencia. La señora March llamó educadamente a la puerta de un cubículo y, al no obtener respuesta, la abrió. El cubículo que había elegido era casi más bonito que el resto de los lavabos, con su propio lavamanos, sus grifos dorados y sus paredes tapizadas con seda china. De unos altavoces salía una voz masculina que leía un audiolibro con un relajante acento británico. Captó algunos fragmentos mientras se subía la ceñida falda y se bajaba las medias con cuidado de no hacerles ninguna carrera.

Todavía se percibía el olor que había dejado la mujer que había utilizado aquel cubículo antes que ella. El olor de sus tripas, a carne cruda. La señora March tragó saliva para contener las náuseas y se agachó sobre el inodoro con cuidado de no tocar la taza con la piel, tal como le había enseñado su madre. Esperó a que su vejiga se vaciara mientras oscilaba ligeramente sobre el inodoro. Para mantener el equilibrio, se concentró en las palabras del narrador del audiolibro.

«Se quitó el cierre delantero de marfil del corsé que le comprimía el torso, amarillento por efecto del sudor que se acumulaba entre sus pechos salpicados de granos. Las iniciales "B. M." estaban talladas en la varilla. No era suya, porque ella se llamaba Johanna».

La señora March ahogó un grito, y el chorro de orina se desvió hacia el suelo. No podía ser; ¿ya habían publicado el audiolibro? Se limpió como pudo con papel higiénico antes de subirse las medias, y al hacerlo las desgarró. «Se lo había robado unos años atrás, patética, amparándose en la negrura de la noche, a otra prostituta». Mientras abría el grifo dorado, una gota de orina se deslizó por su pierna. «Un marinero había tallado aquella varilla para B. M., lo que expresaba una ternura que Johanna nunca había recibido de nadie, ni siquiera de ninguno de sus clientes». Se echó agua en las manos con torpeza y estiró el brazo para coger una toallita de papel; la voz salía por los altavoces, cada vez más fuerte, más amenazadora: «Sabemos que estás ahí dentro, Johanna». Dio un grito; se abalanzó sobre la puerta y se puso a sacudir el picaporte dorado.

Cuando salió del cubículo, encontró los lavabos vacíos y un grifo abierto. Tiró la toallita de papel arrugada a la papelera y se precipitó afuera.

El restaurante se había quedado en silencio. No se oía el ruido de los cubiertos contra la porcelana, ni el tintineo de las copas, ni el bullicio de las conversaciones, ni el susurro de los rígidos pantalones del sumiller. Silencio. Atravesó el comedor en penumbra, y los comensales que tenía a ambos lados la observaron, volviendo la cabeza para seguirla con la mirada, con gesto serio y censurador. Hasta los camareros la miraban fijamente; uno lo hizo con una sonrisa en los labios por encima del rosbif que llevaba en el carrito de trinchar. Solo había una pareja, en un rincón del fondo, que no la miraba, pero se reían. Entonces la mujer volvió la cabeza y la miró; todavía tenía una sonrisa en los labios, manchados de vino tinto. La señora March se apresuró para llegar a su mesa, donde George seguía comiendo con toda tranquilidad.

De repente apareció un camarero que blandía unas pinzas. La apuntó directamente con ellas, mirándola con fijeza, y ella se estremeció y cerró los ojos. Cuando los abrió, vio que el camarero había utilizado las pinzas para ponerle una servilleta limpia en la falda. La señora March no se atrevía a girarse de nuevo hacia los otros comensales, así que miró su reflejo en el interior de la cuchara de plata. El comedor se extendía, del revés y cóncavo, alrededor de su deformado reflejo, y ella no pudo descifrar las caras de su jurado.

Les llevaron el *baked Alaska* en un carrito, ceremoniosamente, desde el otro extremo del comedor. El camarero lo colocó sobre un soporte para pasteles entre los March y, con una floritura, le prendió fuego al postre. La señora March lo vio arder bajo una llama psicodélica azul; sus cremosas espirales de merengue parecían rosas blancas marchitas por la sequía.

Dio un largo trago de vino de su copa. Odiaba a George por mentirle, y se odiaba a sí misma por creer siempre que él tenía buenas intenciones. Se prometió que, en adelante, se concedería el beneficio de la duda. Volvió a beber y, al inclinar la copa, contempló la ornamentada moldura del techo. Se merecía tomarse más en serio a sí misma, valorarse más. Al fin y al cabo, ¿alguna vez se había traicionado? Se volvió a llenar la copa sin esperar a que lo hiciera el camarero, y sintió que de su interior surgía un torrente de ternura hacia sí misma. Su pobre y hermoso ser, siempre luchando para que todo funcionase correctamente. A partir de ahora, se comprometió con aire triunfante, su actitud iba a cambiar.

12

Todos sus propósitos se desvanecieron bajo la luz fría y pragmática de la mañana. Ver otra cucaracha la había desanimado especialmente. En plena noche, incapaz de aguantar más después de todo el vino que se había bebido en la cena, la señora March se había levantado a regañadientes para ir al cuarto de baño. Nada más encender la luz, su mirada fue a dar en un punto negro que había en medio del suelo blanco. Un cuerpecito rechoncho avanzaba despacio agitando sus antenas. La señora March gritó y llamó a George, que no estaba en la cama, y golpeó al insecto una y otra vez con la zapatilla, dejando una mancha que parecía de jalea negra en el mármol. Con un trozo de papel higiénico recogió los restos y los tiró al inodoro, y se pasó un buen rato, seguramente más del necesario, frotando la suela de su zapatilla y la baldosa. «Fuera, maldita mancha», dijo en voz alta. Una risa salió revoloteando de sus labios y la sorprendió.

A la mañana siguiente corrió al cuarto de baño blandiendo una zapatilla. Captó su reflejo en el espejo, despeinado y con los ojos desorbitados, y se compadeció de sí misma. La aterrorizaba la idea de que un exterminador uniformado entrase en el vestíbulo del edificio. Mientras desayunaba con George, sopesó sus opciones. Estaban los dos callados: él leía el periódico y ella removía su té. La señora March miraba fijamente el centro de mesa mientras George clavaba los dientes en su tostada y unas migas caían como gotas de lluvia sobre el periódico. Entretanto, el reloj de pie hacía tictac, siempre fiel, en el recibidor.

Mientras el reloj hacía tictac, George masticaba su tostada y las migas caían sobre el periódico, a la señora March, se le ocurrió, en un arrebato de inspiración, que ese día iría al museo. Había estudiado Historia del Arte (una carrera que su padre había considerado «absolutamente inútil»; seguramente se había imaginado a su hija dibujando las trenzas de sus compañeras de clase todo el día y limándose las uñas mientras esperaba a que apareciese algún marido en potencia) en un *college* de Nueva Inglaterra tan bucólico, tan inmerso en un follaje rojo y color mostaza y tan aislado del mundo exterior que a veces tenía la impresión de hallarse dentro de un cuadro. Había disfrutado con el concepto del arte, la idea en sí, pero la intimidaba que pareciese abarcarlo todo, desde la iconografía medieval hasta los cuadros de Kandinski, pasando por las óperas, los libros vanguardistas y la arquitectura barroca. El último año incluso llegó a matricularse en una asignatura de cine con los alumnos más bohemios del departamento de teatro, que fumaban en clase y que cuando les decían que apagaran el cigarrillo, salían del aula con un aire de absoluta indiferencia. Ella era tranquila y estudiosa, una alumna obediente que sacaba notas satisfactorias, aunque nunca espectaculares. En el papel de observadora era como se sentía más cómoda, y como testigo impresionada de los animados debates sobre lo que constituía arte, sobre su verdadero valor.

«El arte es intención —había afirmado en una ocasión su profesor favorito—. El arte tiene que conmoverte. No importa cómo: de manera positiva o negativa. Apreciar el arte consiste sencillamente en comprender qué se proponía hacer la obra. No es imprescindible que sientas la necesidad de colgarla en tu salón».

Años después, la señora March repetiría esas palabras como si fueran suyas en diversas cenas benéficas, presentaciones de libros y entregas de premios. Nunca se detuvo a interpretar el mensaje del profesor, y jamás habría admitido, ni siquiera ante sí misma, que no sabía interpretarlo. Sin embargo, le gustaba la idea de poseer ese conocimiento, esa pequeña ventaja intelectual sobre los demás. Además, le encantaba visitar museos. Mientras se paseaba por las salas silenciosas y frías, se emocionaba solo de pensar en la posibilidad de que algún conocido la encontrase allí, apreciando todo aquello.

Decidió ir ese día: así desaparecerían todos sus problemas. Sonriente, siguió tomándose el té.

Hacía frío, pero el sol llevaba días sin brillar con tanta intensidad, y, en un arrebato de optimismo, decidió ir a pie y no coger el paraguas, que solía llevarse por precaución. Si empezaba a nevar, podría parar un taxi, aunque siempre le fastidiaba tener que coger uno para hacer un trayecto tan corto.

La atmósfera, fría, coloreaba las mejillas y hacía moquear las narices. La señora March tenía la sensación de estar viendo Nueva York por primera vez. Echó a andar por la calle y le sonrió a un sofá abandonado en la acera (el relleno de algodón salía como espuma de la tapicería), al lado de un contenedor rebosante de basura. Pasó sin prisa por delante de una hilera de fragantes árboles de Navidad amontonados contra un andamio, y saludó con la mano a los vendedores que, acurrucados contra ellos, se echaban el aliento en las manos para calentárselas. En la otra acera, un vendedor de perritos calientes con la cara surcada de venas abultadas que recordaban a las de los caballos atendía su carro bajo una sombrilla de rayas mientras otros ofrecían pretzels amontonados que se mantenían calientes bajo unas lámparas de calor. La señora March se gastó el último dinero en efectivo que le quedaba en un cucurucho de castañas asadas. Se las guardó en el bolso, pues no tenía intención de comérselas: solo le gustaba su olor.

Adelantó a una anciana que llevaba un mullido abrigo de pieles y empujaba un cochecito con un bebé. La mujer tenía el pelo blanco y lo llevaba muy corto y de punta, y eso la impresionó. Ella nunca tendría valor para revelar su edad de esa forma. Además, el pelo corto solo les quedaba bien a las mujeres de constitución delgada, y, al paso que iba, dudaba mucho de que ella llegase a ser una abuela flaca.

El corazón se le hinchó de orgullo inmerecido cuando se acercó al majestuoso edificio con su elegante fachada Beaux Arts. Entre las columnas griegas había colgadas unas pancartas publicitarias rojas, lo que la hizo sentirse importante y, al mismo tiempo, impostora por entrometerse donde no le correspondía.

A esa hora del día, el museo estaba casi vacío, a excepción de algunos turistas y grupos de colegiales acompañados por sus maestros. Un grupo más numeroso que se dirigía hacia la salida pasó por su lado, y, entre sus ropas, a la señora March le pareció distinguir un estampado de raquetas de tenis que le resultó familiar. En los oscuros recovecos de su mente estallaron las alarmas y resurgió un recuerdo (como el tufillo a fruta podrida del fondo de la nevera), pero cuando se volvió para mirarlo comprobó que no era él, sino una señora con una gabardina con estampado de fresas.

El taconeo de sus zapatos resonó por la escalera cuando subió a las galerías del primer piso.

Allí, todos los protagonistas de los retratos la necesitaban. Parecía que la buscaran con la mirada, no importaba en qué rincón de la galería se encontrase, y algunos estiraban el cuello para observarla. «Mírame a mí», parecían decir todos. La señora March recorrió el interminable laberinto de pasillos; todas las galerías estaban llenas de ojos y manos y ceños fruncidos. Pasó por delante de un cuadro al óleo de Jesús, cuyo cuerpo sin vida bajaban de la Cruz y dejaban sobre un montón de suntuosas telas rojas y azules. Estaba familiarizada con aquellas imágenes: evocaban todas las mañanas de domingo que había pasado en la iglesia. A sus padres siempre les había gustado ir a la catedral de San Patricio, que estaba al final de la calle del piso donde vivían. Los sermones la aburrían. Un día se inclinó hacia su madre y, en voz baja, le preguntó por qué las mujeres no podían ser sacerdotisas. «Las mujeres se quedan embarazadas», le respondió su madre.

Contempló la escena de la Crucifixión, en la que Jesucristo miraba al cielo, con las cejas arqueadas y la boca un poco abierta. El sufrimiento representado en sus facciones era tan dramático, tan persistente... Tan femenino, ahora que lo pensaba.

Siguió hasta el fondo de la sala, torció a la derecha y entró en la sala donde sabía que se exhibía, con su marco dorado barroco, la variante menos popular de Vermeer de *La joven de la perla*. La señora March ladeó la cabeza para inspeccionar el retrato. La muchacha, envuelta en un chal sedoso y brillante, era tan fea y sus rasgos eran tan raros (frente amplia, ojos separados, cejas casi inexistentes) que, de no ser porque sonreía, habría dado miedo. Además, aquella sonrisa tenía algo perturbador. Se diría que la muchacha sabía qué destino horripilante te esperaba y que disfrutaba con aquella visión.

—Hola, Kiki —dijo la señora March.

Había visto a aquella niña por primera vez en los inicios de la pubertad, durante una visita con sus padres. En un primer momento, había dado por hecho que la niña sufría alguna discapacidad mental o, como gritaban los niños crueles en el patio del colegio, que era «subnormal». No tenía los ojos bien alineados, y su expresión ausente la hacía parecer boba. La señora March se había escondido detrás de su padre la primera vez que había visto aquel cuadro; cuando se asomó por detrás de los pliegues de su chaqueta, habría jurado que aquella niña estaba burlándose de ella.

La señora March enseguida reparó en el parecido entre las dos: la piel clara, los rasgos vulgares y, sí, aquella sonrisita estúpida. En su casa había suficientes fotografías suyas poco halagadoras para reforzar aquella asociación.

Esa noche, en su dormitorio a oscuras, la despertó el ruido de una respiración carrasposa. Era la niña del retrato: se la habían llevado a casa. Al principio sintió pánico, pero pasaron los días y aquella respiración, a la que se había acostumbrado, casi la reconfortaba, y empezó a hablarle a la niña.

Al poco tiempo, la señora March ya se relacionaba con ella a diario: jugaba, se bañaba y soñaba con ella. Aquella cara se fundía irrevocablemente con la suya, y la niña ya no era la niña del retrato, sino su hermana gemela, a la que llamaba Kiki. Sus padres, a quienes la señora March había presentado a Kiki durante una incómoda cena, no le dieron importancia y lo atribuyeron a una fase, hasta que Kiki empezó a aparecer en todas las comidas. Un amigo psicólogo de la familia, a quien consultaron de pasada para no despertar sospechas, especuló que Kiki era una elaborada herramienta de la señora March para expresar sus sentimientos. A Kiki, como a la señora March, no le gustaba la tarta de calabaza, por ejemplo, así que la señora March pedía que no la incluyeran en el menú. A Kiki no le gustaba pasar frío, así que le pedían a la asistenta que se diera prisa cuando aireaba las habitaciones.

La señora March se llevaba a Kiki a todas partes. Kiki le susurró las respuestas al oído en un examen de matemáticas. Kiki la distraía mientras su madre examinaba muestras de cortinas en unos grandes almacenes. Llamaba por teléfono a sus amigas del colegio y les decía que su prima Kiki había ido a verla y la hacía ponerse al teléfono, y hablaba con una especie de ceceo infantil. Una vez escribió una carta llena de elogios hacia sí misma (con la mano izquierda, para que no identificaran su letra) y se la enseñó con orgullo a sus amigas, afirmando que la había escrito Kiki. Poco después, una de sus compañeras de clase le dijo que ya no podía jugar con su grupo porque no les gustaban las mentirosas. «No era mentira», replicó la señora March indignada. Sabía perfectamente que había mentido, por supuesto, pero no podía afrontar la humillación de confesar, y tampoco habría sabido explicar por qué había hecho una cosa tan absurda. La vergüenza que sentía la señora March al rescatar aquellos recuerdos era evidente. Nunca le había confesado a nadie hasta dónde había llegado con su amiga imaginaria.

Le lanzó una última mirada escrutadora a la muchacha, a su Kiki, que, reservada, la miró a su vez con gesto de cansancio, casi de decepción.

13

La señora March se pasó todo el día siguiente yendo de un lado para otro por el piso, preparándose para el regreso de su hijo de la excursión escolar. Llenó la nevera de batido de chocolate, tiras de queso y salchichas de Frankfurt, y la despensa de tofe y galletas de *nougat*. Ordenó sus peluches de mayor a menor en el estante. No había vuelto a ver más cucarachas, y ya tenía el lóbulo de la oreja liso, pues la costra se había desprendido. Su estado de ánimo podía describirse, a falta de otra palabra más emocionante, como que estaba «contenta».

Mientras ahuecaba las almohadas de la cama de Jonathan, se puso a canturrear «Anidando, anidando, anidando...» en voz baja. Era algo que no hacía desde que estaba embarazada, y esa asociación desató una sucesión de recuerdos desagradables. Recuerdos de la fiesta de canastilla, para la que había decorado el salón con cigüeñas de papel y banderines azules. Había invitado a Mary Anne, su compañera de habitación del *college*, confiando en que sintiera envidia de ella por haber pescado a George («George March es el hombre más atractivo del campus»); y a Jill, una compañera del instituto que se había dedicado a seguirla a todas partes hasta que se dio por hecho que eran amigas. También estaban dos primas de George, así como una exalumna suya que parecía sentirse incómoda allí. De su familia no pudo asistir nadie.

La señora March había tenido un fuerte acceso de náuseas y se había retirado al cuarto de baño de invitados, y entre arcada y arcada oyó a una de las mujeres decirles a las otras: «Todas sabemos que no está preparada para tener un hijo. Ni siquiera es capaz de cuidar de sí misma». Otra dijo: «¿Y con un hombre que ya ha tenido una hija con otra mujer? Yo no podría. Él no se va a preocupar de ese embarazo, ni de ese bebé. Pero ¡si ya ha pasado por todo eso una vez! ¿Para qué se va a molestar?». Al vaciar la cisterna, la señora March habría jurado que había oído risas.

Se enjugó la boca y regresó al salón con una gran sonrisa en los labios. Con voz temblorosa a causa de una euforia exagerada, anunció: «¡Ya estoy aquí!». Participó en algunos juegos humillantes (como «Adivina las medidas de la madre», a petición de sus alegres invitadas, que sujetaban el hilo de lana y las tijeras con tanto gusto que se les ponían blancos los nudillos), y luego se disculpó alegando que volvía a tener náuseas y las mandó a todas a casa. Se quedó sola en la habitación del futuro bebé, en silencio, contemplando el gancho que habían clavado en el techo para colgar el móvil, lo que todavía no había encontrado el momento de hacer. Después recogió la comida que había sobrado y las decoraciones, así como los regalos para el bebé, lo metió todo en una bolsa negra enorme y lo tiró a la basura.

Y llegó el día del parto, que fue horroroso. Pese a sus intentos de borrarlo de su mente, todavía se acordaba del médico separándole las sudadas piernas mientras ella intentaba cerrarlas como podía, mareada por el efecto de la anestesia epidural, con objeto de ocultar su vagina a aquellos focos deslumbrantes. Cuando una enfermera dobló y se llevó el empapador que le habían puesto debajo (señal reveladora de que había defecado), se puso a sollozar, aunque no le brotaron las lágrimas. El equipo médico lo atribuyó a una reacción hormonal, pero la humillación de verse manoseada y expuesta durante horas resultaba atroz. La señora March se dio cuenta de que lo único que les interesaba era el bebé. A nadie le importaba lo que pudiera pasarle a ella.

Durante el letargo inducido por los fármacos que los médicos llamaban «recuperación», despertó sola en la habitación del hospital y vio a su padre sentado junto a su cama leyendo el periódico. Eso la sorprendió mucho, dado que su padre llevaba dos años muerto. «Papá», lo llamó una y otra vez. Él no levantó la cabeza.

Después del parto, se le cayó el pelo a mechones. Su cuerpo expulsó una densa secreción mezclada con sangre. Las compresas higiénicas no bastaban para recoger aquellos hilos carnosos, y los pañales de adulto de la caja que había escondido detrás de las toallas para invitados hacían mucho ruido cada vez que se movía. Los puntos cicatrizaron muy despacio, y le causaron molestias hasta mucho más tarde de las cuatro semanas estipuladas de recuperación. Pero eso no fue lo peor. El hecho de estar embarazada había sido especial. La gente (los amigos y familiares, pero también los desconocidos en la calle, en las tiendas y en los restaurantes) le sonreía, la amaba, la veía. En cuanto nació el bebé y su vientre dejó de estar abultado, las dependientas ya no se le acercaban para preguntarle cuándo salía de cuentas, nadie se ofrecía a llevarle las bolsas de la compra hasta su casa, nadie le cedía el taxi que acababa de parar.

Al principio, la gente iba a visitarla y a conocer al bebé, y los vecinos le preguntaban cómo estaba en el ascensor; sin embargo, cuando su hijo empezó a andar, ese interés fue menguando, y una niebla silenciosa de indiferencia la envolvió de nuevo. Ella culpaba a su hijo de aquella situación, de aquella inesperada falta de atención, de los lamentables cambios que había experimentado su cuerpo, de la repentina y mutua pérdida de interés que sentían tanto George como ella. Estaba enfadada con su hijo, pero su sentimiento de culpa hacía que, al mismo tiempo, temiese por aquel ser frágil de piel veteada y lechosa. No podía resistir la compulsión de asegurarse de que el niño respiraba, unas treinta o cuarenta veces al día; en una ocasión regresó al piso a mitad de una representación de *El lago de los cisnes*, tarareando la partitura mientras atravesaba a toda prisa Central Park, ya a oscuras, asustando a los vagabundos con los que se cruzaba y a la niñera cuando irrumpió jadeando en el cuarto de su hijo.

Se quedaba junto a la cuna, a veces hasta muy entrada la noche (con el camisón sin lavar, el pelo suelto, largo y grasiento), inmóvil, observando el subir y bajar de la barriga de Jonathan, convenciéndose de que se lo había imaginado, esperando para ver si volvía a moverse. Tras varios inquietantes encuentros nocturnos con la catatónica y espectral señora March, George decidió actuar y contrató a la niñera a jornada completa. La señora March seguía teniendo la compulsión de comprobar si el bebé estaba bien, pero saber que había una mujer mucho más cualificada que ella vigilándolo hacía que el impulso ya no fuera tan irrefrenable.

Ahora, mientras volvía a doblar la manta que estaba encima de la cama de Jonathan, se dio cuenta de que hacía mucho tiempo que no iba a comprobar si su hijo estaba bien. Jonathan nunca había sido un niño exigente; dormía toda la noche, casi nunca tenía pesadillas, no temía que hubiese monstruos debajo de la cama ni dentro del armario, y la señora March supuso que ella se había adaptado a su autonomía. Esa observación fue acompañada de una punzada de remordimiento: ¿y si no se había ocupado lo suficiente de él? ¿No debería haber ido a recogerlo ella misma al colegio en lugar de dejar que lo llevaran a casa el señor y la señora Miller, los padres de un compañero de clase de Jonathan que vivían en el mismo edificio que los March? Pero ¿cómo iba a hacer eso? La señora March no conducía, y George estaba en el centro, en una firma de libros.

Los Miller eran gente de bien, o eso suponía ella, aunque no le gustaba que, a veces, Sheila Miller la mirase con una sonrisa compasiva; ni que se hubiese cortado tanto el pelo, dejándose toda la nuca al aire; ni que los Miller siempre estuviesen ofreciéndose muestras físicas de afecto, cogiéndose de la mano o masajeándose el hombro el uno al otro, como si no pudiesen contenerse. Quizá fingiesen sentir aquella pasión, había fantaseado la señora March. Quizá, especuló ahora, y un escalofrío le recorrió la espalda, él ocultara su homosexualidad y ella llorara todas las noches deseando que su marido la acariciara en la intimidad del dormitorio igual que lo hacía en público.

Al final, Sheila Miller llegó sin su marido cuando llamó a la puerta número 606. Llevaba unos vaqueros ceñidos metidos en unos descansos de colores chillones (ambos artículos inapropiados para su edad, en opinión de la señora March), y daba la impresión de que se esforzaba por ser una madre moderna y simpática. Lo que más exasperaba a la señora March era tener que admitir que Sheila lo lograba con facilidad. Sheila era la clase de madre de la que su hijo alardearía porque sabía pelar una naranja sin romper la piel. Una madre que también era una amiga. La madre de la señora March le recordaba a menudo a su hija cuando era pequeña: «Yo no soy tu amiga, ni quiero serlo. Soy tu madre». La señora March captó el mensaje: nunca debía acudir a su madre para contarle ningún problema que fuese más apropiado confiarle a una amiga.

Cuando la señora March abrió la puerta para dejarla entrar, Sheila sonrió y la miró a los ojos, como era su costumbre, lo que hizo que la señora March bajara la vista al suelo. Detrás de Sheila entró Jonathan. Jonathan, cuya nariz respingona y cuyas grandes ojeras le daban un aire melancólico que había inspirado a George, en una pretenciosa muestra de extravagancia literaria, a apodarlo «Poe». Jonathan era tranquilo, incluso exageradamente tranquilo para su edad; sin embargo, a veces, cuando estaba con algún amiguito, se alborotaba y se volvía vulgar. Si tenía compañía, tendía a hacer unos ruidos que nunca hacía cuando estaba solo (risotadas, chillidos, rebuznos) y que resonaban por todo el piso, como si este estuviese habitado por fantasmas rabiosos.

La señora March se inclinó para abrazarlo y, al sonreír, estiró los labios hasta sentir que se le iba a desgarrar la cara; entonces empezó a hablarle a su hijo con un sonsonete, una voz cantarina que no empleaba con él en privado. El pelo de Jonathan olía al frío de la calle y un poco a humo de fogata. Él se quedó quieto, asintiendo a las preguntas que le hacía su madre con aquella voz de pito («¿Te lo has pasado bien? ¿Era muy bonito? ¿Estaba todo nevado?»), mientras le daba vueltas a un cubo de Rubik que, como explicó Sheila, su hijo le había regalado a Jonathan. Entretanto, su hijo, Alec, permanecía en el pasillo, sin entrar, y negó con la cabeza cuando la señora March le ofreció un batido de chocolate.

—Me parece que todavía están hartos de todas las golosinas y las patatas fritas que han comido estos días —dijo Sheila con tono de reprimenda fingida. Le guiñó un ojo a la señora March, que no supo cómo se esperaba que reaccionara.

—Bueno, muchas gracias por traérmelo, Sheila —dijo la señora March—. ¿Te apetece tomar algo? ¿Té? ¿Agua?

—No, gracias. Te dejamos tranquila para que puedas pasar el resto del día con tu hijo.

—Muy bien —dijo la señora March, y se alegró de no tener que seguir conversando—. Si necesitas algo, ya sabes dónde estoy.

—¡Vale, hasta luego! Di adiós, Alec.

Pero Alec ya iba camino del ascensor. Sheila se encogió de hombros («¡Estos niños!») y fue tras él. La señora March cerró la puerta. Cuando se dio la vuelta, Jonathan había desaparecido. Supuso que habría ido corriendo a su habitación, impaciente por volver a su entorno familiar y a sus juguetes favoritos, pero cuando recorrió el pasillo se dio cuenta de que estaba en la cocina, hablando con Martha en voz baja, muy emocionado.

—Me comí el gusano —le estaba diciendo—. Hicimos una apuesta y me lo comí.

La señora March, cohibida, no quiso interrumpirlos y pasó de largo.

14

La señora March, de soltera Kirby, había vivido toda su vida en una casa con servicio. El desfile de sirvientas, cocineras y niñeras que había visto pasar durante su infancia había sido largo y, en gran medida, poco memorable, salvo una excepción.

Alma fue su última sirvienta interna. Vivía, concretamente, en una habitación abarrotada y sin ventanas que había al lado de la cocina. La señora Kirby había transformado lo que en origen debía de haber sido un lavadero y había instalado una pequeña ducha y un lavamanos fijado a la pared.

Alma era rechoncha y de piel aceitunada. Tenía el pelo largo y negro, y lo llevaba siempre recogido en una trenza gruesa como un cabo de barco, porque la madre de la señora March consideraba que las melenas esplendorosas y sueltas eran una afrenta personal. Hablaba con una voz dulce y burbujeante, una especie de sonsonete salpicado de términos mexicanos. La señora March, que entonces tenía diez años, nunca había conocido a ninguna mujer tan humilde y vulgar que estuviese tan dispuesta a reírse sin complejos de sus propios defectos. Es más: hasta los aceptaba. «Comes muchísimo», le había dicho en una ocasión mientras Alma engullía samosas sentada a la mesa de la cocina. «¡Sí, ya lo sé! ¡Por eso estoy tan rellenita!», le había contestado la asistenta, pellizcándose una lorza de grasa abdominal. La frescura casi sensual con que se entregaba al placer de comer (como si el hambre fuese un deseo carnal) había impresionado mucho a la joven señora March, que había crecido rodeada de mujeres en huelga de hambre permanente. Su hermana mayor, Lisa, que de niña siempre había sido regordeta, regresó de la universidad con medio cuerpo menos, acostumbrada a una dieta a base de patatas hervidas y obsesionada con el jogging. A lo largo de los años, la señora March había visto menguar a todas las amigas de su madre mientras ofrecían todo tipo de excusas para rechazar una comida («He desayunado mucho»; «A esta hora nunca tengo hambre, pero deberías verme cenando»; «¡He comido tanto estas vacaciones!»). Vivían agobiadas por el régimen que hacían, como si cargaran con una penitencia eterna. Su madre, sin ir más lejos, se limitaba a picotear la comida como si temiese que esta fuese a contraatacarla. Cuando estaba embarazada de la señora March, había alcanzado tal nivel de malnutrición que había dado a luz prematuramente. Entre las páginas del álbum de fotos familiar, suelta, había una fotografía de la señora March en la incubadora: una bolita rosa diminuta, con una etiqueta hospitalaria de plástico cómicamente enorme alrededor de la muñeca. Ella no se identificaba con aquel cuerpo arrugado, con aquellos ojos saltones e hinchados. Se había preguntado muchas veces si el bebé de la fotografía sería la verdadera hija de sus padres, que había muerto en la incubadora; y si ella no tenía ninguna relación con ellos, sino que solo era un sustituto que sus padres se habían visto obligados a adquirir.

En el álbum había fotografías anteriores de su madre embarazada, muy flaca y pálida, con un cigarrillo entre los finos labios, en las que el vientre apenas abultaba bajo el vestido de tirantes; y algunas más de después, con su hija recién nacida en brazos, en las que el codo sobresalía de su brazo como la ramita de un árbol.

Alma era toda ella redonda y gorda, excepto por los dedos, larguiruchos y con las articulaciones marrones, acabados en unas uñas estrechas de color morado. La señora March la seguía por la casa y le hablaba mientras ella limpiaba. Intentaba cenar muy deprisa en el comedor, porque así podía ir a la cocina y estar con ella mientras cenaba. Alma le contaba historias: recuerdos de su infancia y cuentos populares mexicanos. Enseñó a la señora March a quitarle la piel a la mortadela antes de comérsela y a poner los cuchillos con la punta hacia abajo en el lavavajillas por seguridad.

La asistenta también era una agradable compañía a la hora del desayuno, cuando, si no, la señora March habría tenido que desayunar sola en la gigantesca mesa del comedor, porque su hermana ya estaba en la universidad, su padre se había ido a trabajar, y su madre se comía el requesón y las uvas en la cama. Alma le hacía preguntas (cómo le iba en el colegio, si tenía muchas amigas, quién era su maestra favorita, si había alguna niña que se portara mal con ella) y parecía sinceramente interesada en sus respuestas.

A la señora March no le interesaba ningún aspecto de la vida de Alma que no la incluyera a ella, como los hijos a los que había dejado en México, a quienes enviaba casi todo su sueldo. Alma tenía una fotografía de sus hijos clavada con una chincheta a la pared, encima de su cama. La señora March la había examinado muchas veces, y nunca había podido discernir el sexo de los niños porque todos llevaban el pelo cortado a lo paje y camisetas muy holgadas. A pesar de que Alma siempre le decía que ella era «mi chica especial», la señora March no soportaba la idea de tener que compartirla con nadie. Un día hizo trizas la fotografía de los niños, que le sonreían, desdentados, mientras ella los destrozaba.

Cuando Alma entró y vio a la señora March con los restos de la foto junto a sus pies, rompió a llorar, fervientemente, tapándose la cara con las manos y meciéndose adelante y atrás. La señora March fue de puntillas hasta la puerta, abochornada por aquella exagerada exhibición de emoción (un comportamiento que jamás había visto en su casa) y salió de la habitación sin pronunciar palabra.

Al día siguiente, en el desayuno, Alma estaba muy callada. La señora March le preguntó varias veces por qué no hablaba, primero en voz baja, y luego cada vez más alto, hasta gritarle por encima del cuenco de cereales. Alma se limitó a esbozar una sonrisa.

Pasaron las semanas, y al final todo parecía olvidado. La señora March recuperó la costumbre de sentarse en uno de los taburetes altos que había alrededor de la mesa de la cocina y escuchar a Alma a pesar del sonido de la radio y el crepitar de la sartén. En las noches de tormenta, iba corriendo a buscar a Alma y se quedaba dormida envuelta en su húmedo olor a soja verde. A la mañana siguiente se despertaba en su cama: no recordaba que la hubiesen trasladado allí, y odiaba comprobar que la vida de Alma había continuado sin ella mientras dormía.

Fue más o menos por esa época cuando la señora March empezó a maltratar físicamente a Alma, pellizcándola, arañándola y, por último, en el momento álgido, mordiéndola. Al principio muy flojo, como si no lo hiciese con mala intención, y luego con saña, dejándole las marcas húmedas e inflamadas de los dientes en la piel. Alma casi nunca protestaba; se quitaba de encima a la señora March sin decir nada, o la sujetaba por los hombros hasta que se calmaba.

Cuando la madre de la señora March vio una de aquellas marcas con forma de media luna en el cuello de Alma, decidió atajar el problema de inmediato. Llevaron a la señora March a un psicólogo infantil (con tanto secretismo que ni siquiera ella sabía adónde iba), quien reveló que la niña padecía «falta de atención parental», así como «escasez de herramientas emocionales para controlar su desbordante imaginación». Su madre escuchó muy seria esos diagnósticos. No volvió a llevar a su hija a terapia y, en cambio, despidió a Alma. Le pareció una solución mucho más fácil.

La señora March había trabajado mucho para olvidar aquello. Le daba tanta vergüenza pensar que había sido una niña tan insegura, malcriada y cruel que ahora se preguntaba si no se lo habría imaginado todo. Al fin y al cabo, era una adulta muy dócil.

Despidieron a Alma, y la señora March no volvió a preguntar por ella. Sabía lo que le convenía. La serena y nada sentimental aceptación de su comportamiento por parte de sus padres la avergonzaba, y a partir de entonces se dedicó a ignorar intencionadamente al resto de las asistentas. Ninguna de ellas volvió a vivir con la familia en el piso, y, con el tiempo, la extraña habitacioncita junto a la cocina se convirtió en una despensa. Pasaron los años, y la señora March aprendió a valorar la tranquila soledad de sus desayunos.

Cuando el señor y la señora March se mudaron a su piso del Upper East Side, la señora March llamó a Martha a instancias de su hermana Lisa, que la había tenido empleada muchos años y lamentaba haberse visto obligada a separarse de ella al mudarse a Maryland para atender a su suegra moribunda. Ahora Lisa vivía en una calle pintoresca de Bethesda, en una casa de ladrillo rojo con porticones verde oscuro. La clase de sitio donde los vecinos encontraban animales salvajes ahogados bajo la lona protectora de su piscina y donde los niños torturaban hormigas en las aceras hasta que, al anochecer, les hacían volver a casa para cenar.

Poco después de fallecer la suegra de Lisa, su madre, la señora Kirby, había empezado a presentar síntomas de senilidad. Vivía sola en el viejo piso de Manhattan, pues su padre había fallecido unos años atrás. Una sirvienta, muy preocupada, había empezado a encontrar estampas religiosas en la nevera, y una extensa colección de fichas del metro y muñecas rusas sueltas en el cajón de la ropa interior de la señora Kirby. Entonces la señora Kirby comenzó a no dejar entrar en el piso a las empleadas, alegando no conocerlas. Lisa, quien evidentemente había encontrado su vocación en la atención a los ancianos, decidió llevársela a Bethesda. Así pues, la señora Kirby pasaba el resto de sus días en una residencia que se jactaba de tener un jardín topiario y un patio. Sus dos hijas se repartían los gastos. Para la señora March era un alivio que su hermana se hubiera hecho cargo de la situación, pues la enfermedad de su madre la trastornaba mucho. Había ido varias veces a visitarla a la residencia, y odiaba aquellas visitas. Detestaba el olor a limón del ambientador, el tufillo subyacente a deterioro, y que los ancianos residentes se aferraran a ella cuando la veían. Lisa, en cambio, avanzaba por los pasillos como si se sintiera la dueña del lugar, aparentemente ajena a los intentos de interacción de los desconocidos afectados de demencia que tiraban de su rebeca. La señora March había decidido no sentirse culpable por el hecho de que su hermana se llevase la peor parte del cuidado de su madre. Lisa parecía satisfecha con la situación, y además su marido y ella viajaban mucho (demasiado, en opinión de la señora March), de modo que tampoco iba a ver a su madre muy a menudo.

Lisa había intentado que Martha se mudara a Maryland con ellos; al fin y al cabo, había razonado, Martha estaba soltera y sin hijos, así que nada la retenía. Pero a Martha, por lo visto, no le atrajo la propuesta y decidió quedarse en Nueva York por algún motivo que a nadie le preocupó muchísimo entender.

Cuando la señora March entrevistó por primera vez a Martha, se sintió intimidada por ella de inmediato, pero llegó a la conclusión de que así debía sentirse una con su asistenta doméstica; debía de significar que la empleada era estricta, lo tenía todo controlado y, sobre todo, hacía extremadamente bien su trabajo. Y así fue como Martha entró en su casa y en sus vidas: una persona firme y directa, de hombros anchos, pelo entrecano recogido en un moño y uñas gruesas y largas. La señora March estaba encantada de contar con ella; agradecía todo lo que no compartía con Alma, y agradecía que Martha hubiese ido a parar allí, a su piso, a su cocina, donde ahora le hablaba en voz baja a Jonathan, susurrándole todo tipo de cosas de las que la señora March no estaba enterada.

15

Cuando, nada más despertarse, la señora March vio otra cucaracha que la contemplaba desde la pared del dormitorio, decidió por fin llamar a una empresa de control de plagas. Había interrogado al conserje, con mucha discreción, acerca de la posibilidad de que hubiese una plaga en el edificio, pero él la había descartado y le había recomendado a la señora March que realizara una limpieza a fondo. Ella había respondido con una risita nerviosa, avergonzada de que él la considerase sucia y, por ende, indigna de vivir en aquel edificio de pisos de lujo. No volvió a sacar el tema a colación.

No obstante, tras encontrar aquel ejemplar voyerista en la pared de su dormitorio (tenía un caparazón negro como el betún, tenso sobre las rugosidades del tórax, que le recordaron a las manos coriáceas y surcadas de venas de un anciano), decidió acabar con el problema de una vez por todas. No podía arriesgarse a que a alguien más le llegasen rumores de la infestación, una invasión infame que en las películas y en los libros siempre era un signo de pobreza e indolencia. Las cucarachas prosperaban en los alojamientos mugrientos y decrépitos de los drogadictos, y no en los pisos decorados con buen gusto ni en las viviendas sencillas pero pulcras de la gente decente. Ella jamás había visto cucarachas en casa de sus padres ni en el antiguo piso que George tenía alquilado cerca del campus cuando se conocieron. La señora March había evitado contarle a Martha lo de los insectos por temor a que la juzgara, pero se estremecía cada vez que se imaginaba que la asistenta encontraba uno en el cuarto de baño.

El día después de llamar a la empresa de control de plagas, el exterminador se presentó en su casa. Era un hombre bonachón de tez rubicunda; llevaba un mono verde oscuro y unas botas macizas. Fue directo al baño de los March, procurando no golpear nada con su lata de insecticida. Se arrodilló en el suelo junto al inodoro, revisó todos los rincones, las rendijas y los desagües, y le aseguró que las cucarachas no vivían en el piso. «No veo ninguna... y tampoco excrementos. A lo mejor una o dos encontraron la forma de llegar a su cuarto de baño por las cañerías —dijo mientras examinaba una grieta diminuta del zócalo—, quizá desde el exterior, o desde el piso de algún vecino... —Esa posibilidad en concreto hizo que a la señora March le diese un vuelco el corazón—. Pero no nos enfrentamos a una plaga —continuó el exterminador—, así que haremos lo siguiente: voy a poner el veneno en el cuarto de baño, un poquito en cada rincón, y durante un par de días es posible que encuentre usted alguna muerta. Pero no se preocupe: al cabo de pocas semanas, dejarán de aparecer». Todo eso se lo explicó con una rodilla hincada en el suelo, gesticulando como un comandante que les expone una estrategia de guerra a sus soldados.

El exterminador aplicó el veneno, un gel marrón y espeso, en todas las rendijas que encontró mientras la señora March sorbía el té de una taza con la leyenda: «¡Hoy puede ser un gran día!». La taza, vieja y desportillada, era uno de los elementos del desayuno sorpresa que le había enviado su hermana por su cumpleaños. Ella nunca se habría comprado una taza como aquella: la encontraba amenazadoramente optimista. Iba dentro de un bonito cesto de pícnic de mimbre que contenía frambuesas maduras y jugosas, uvas moradas, una botella de vidrio con tapón de corcho llena de zumo de naranja recién hecho, *scones* con costra de azúcar y un ramillete de margaritas. Su hermana tenía fama de ser muy meticulosa con sus regalos y siempre se las ingeniaba para regalar unas cosas preciosas. Era un fastidio, la verdad. De hecho, parecía una competición. Seguramente, la señora March todavía tenía aquel cesto en algún sitio, quizá sepultado en el armario de la ropa blanca. Podía buscarlo y llenarlo de flores, quizá ponerlo en un estante, o en la cocina, encima de la nevera. Hasta podía renovar la cocina de arriba abajo siguiendo ese estilo y convertirla en una fantasía rústica de sillas con respaldo de mimbre, manteles de cuadros rojos y flores secas en viejas regaderas de hojalata o colgadas boca abajo de las vigas de madera del techo.

El exterminador, que seguía arrodillado, miró hacia arriba. «Con esto tendría que ser suficiente para matarlas. ¿Le importa que me lave las manos?».

Después de acompañarlo hasta la puerta, la señora March se dirigió a la cocina sin ninguna prisa, aparentando la máxima indiferencia, tiró la toalla de manos sucia a la basura y le pidió a Martha que rebozara los escalopes de pollo para la comida. Había decidido contarle a Martha, solo en caso de que ella preguntara, que la visita del exterminador era meramente preventiva, pues había oído rumores de que había una plaga en el edificio de al lado, pero Martha se limitó a asentir con la cabeza cuando le pidió que rebozara el pollo y siguió pelando patatas.

Después de comer, la señora March se sentó en el salón y se puso a limarse las uñas, con el televisor encendido para que le hiciera compañía en una casa por lo demás indiferente (Jonathan había vuelto del colegio y estaba en su habitación, y George, en la ducha). Martha, entretanto, aprovechando la inusual ausencia de su ocupante, se había colado en el despacho de George y se había puesto a limpiar.

«Ha aparecido el cadáver de Sylvia Gibbler, desaparecida desde el 18 de noviembre. Sigue sin conocerse la causa de la muerte, y todavía se esperan los resultados de la autopsia».

La señora March dejó de mirarse las moteadas uñas y miró la pantalla del televisor, donde en ese momento mostraban aquella fotografía en blanco y negro desde la que Sylvia le sonreía alegremente, como ya había hecho cuando había encontrado el recorte de periódico en la libreta de George.

«La policía están interrogando a sus amigos y vecinos, así como a los dueños de la tienda de regalos donde trabajaba Gibbler hasta su desaparición». La cámara hizo una panorámica (muy dramática, en opinión de la señora March) por la fachada morada de la tienda, mostrando un escaparate caótico sin un patrón de color claro: un revoltijo de teteras viejas y latas de galletas, con tiras de llamativo espumillón colgando del techo. Sobre la puerta morada estaba escrito con letras doradas: THE HOPE CHEST. «Esta comunidad, pequeña y muy unida, está de luto, pues ha perdido toda esperanza de volver a ver a Sylvia con vida —dijo el reportero—. Devolvemos la conexión al estudio, Linda».

La señora March apagó el televisor: la ansiedad serpenteaba por su vientre como un puñado de gusanos. Aprovechando que George seguía en la ducha, fue a su despacho con la intención de echarle otro vistazo al recorte de periódico escondido en la libreta, pero se lo cruzó yendo del despacho al dormitorio y metiendo cosas en una maletita de piel que estaba abierta sobre la cama.

—¿Qué haces, George?

—La maleta. Me voy a Gentry.

—¿Te marchas hoy?

—Sí. —La miró con gesto de sorpresa—. ¿No te acuerdas, cariño? Ya lo hablamos.

—Ah, ¿sí? ¿Y seguro que me dijiste que era hoy?

No, no recordaba que le hubiese avisado que se iba a cazar con su editor. Edgar tenía una cabaña en un pueblecito muy sencillo llamado Gentry, cerca de Augusta, en Maine. Ella nunca había ido (ni a ella le había apetecido visitarlo ni él la había invitado), pero tenía una idea de cómo era por las fotografías que George le había enseñado a lo largo de los años. Casi podía decirse que la señora March estaba más al corriente de las temporadas de caza que de su propio ciclo menstrual.

Se quedó viendo cómo George hacía la maleta.

—¿Y tienes que ir con Edgar necesariamente?

—Mujer, sería un poco raro que fuese sin él. Al fin y al cabo, la cabaña es suya.

Ella se miró las manos y se encontró un padrastro. Empezó a tirar de él.

—Es que tengo la sensación de que siempre se mete conmigo. A veces me hace sentir... incómoda.

—¡No digas tonterías! Edgar te quiere mucho. Vamos, es que te encuentra absolutamente adorable. Más de una vez me ha dicho que se te comería.

La señora March se acordó del engreído Edgar hincando sus dientes amarillentos en el *foie gras* de color carne y de pronto sintió náuseas.

—Es que no entiendo por qué pasas tanto tiempo con una persona que disfruta matando. La caza es un deporte cruel.

—Lo sé, sé cómo te sientes, y lo entiendo. Puede parecer salvaje e innecesario, el colmo del complejo de superioridad.

—Entonces ¿por qué lo haces?

George la miró por encima de la montura de las gafas al tiempo que se inclinaba sobre la maleta; tenía una bufanda de cuadros escoceses en la mano.

—Es estimulante. Tiene algo muy instintivo, atávico, a pesar de que desde la Edad del Bronce se ha suavizado mucho. —Sonrió—. Es enternecedor que te preocupes tanto por los animales, cariño. Pero no dudes ni un segundo de que ellos nos harían lo mismo a nosotros. O algo peor.

La señora March se imaginó brevemente a un alce erguido sobre las patas traseras y sosteniendo una escopeta; a su lado estaba su inerte trofeo humano, apuntalado para que pudieran tomarles una fotografía. Quizá hubiese visto una ilustración parecida en alguno de los tebeos de Jonathan.

—No te preocupes —dijo George, y cerró la cremallera de la maleta—. Piensa que está todo muy regulado. Demasiado para mi gusto, incluso. Seguramente hoy en día es menos problemático cazar humanos. —Rio por lo bajo y se acercó a la señora March—. ¿Vigilarás el castillo durante mi ausencia?

La besó en la frente y fue hacia la puerta principal con su maleta. Ella lo vio entrar en el dormitorio de Jonathan, donde se despidió de su hijo alborotándole el pelo, y salir del piso. Se quedó plantada frente a la puerta cerrada, como un perro sin la capacidad de comprender que su amo se ha marchado. Apoyó delicadamente los dedos en la hoja de la puerta, y de pronto notó unos golpes que la sobresaltaron. Supuso que sería George, que, despistado, se habría olvidado de coger un gorro de lana;

giró la llave que siempre dejaban en la cerradura (una vez, su cuñado le había dicho que era más difícil forzar la puerta de una casa si la llave estaba puesta en la cerradura), abrió la puerta y se encontró ante Sheila Miller.

Se quedaron mirándose con cierto malestar, hasta que Sheila dijo:

—Hola. Queríamos saber si Jonathan puede venir a casa y quedarse a dormir.

Por una vez, Sheila eludía la mirada de la señora March. Se rascaba la muñeca, y la señora March se fijó en que tenía la piel del escote enrojecida. La señora March oyó abrirse la puerta del dormitorio de Jonathan al final del pasillo.

—Ah, bueno, no lo sé...

—Alec me está insistiendo mucho, y por lo visto han hecho muy buenas migas en el campamento.

Jonathan llegó al recibidor y ladeó la cabeza.

—Hola, Jonathan —dijo Sheila, y luego le dijo a la señora March—: Perdona que irrumpa así, sin llamarte antes por teléfono. ¡Soy un desastre! —Miró al techo y sonrió—. Bueno, ¿qué te parece? ¿Puede venir Jonathan?

Jonathan, sin decir nada, cruzó el umbral y se quedó al lado de Sheila, desde donde miró a la señora March con sus ojos oscuros y hundidos.

—Es que mañana hay colegio...

—Bueno, no pasa nada —dijo Sheila, y apoyó las manos en los hombros de Jonathan.

—Debes de estar muy ocupada —dijo la señora March, incómoda—. ¿Seguro que no te complica la vida?

—¡En absoluto! —dijo Sheila.

La velocidad y el volumen de su respuesta fueron tales que la señora March no tuvo más remedio que entregarle a Jonathan, junto con su mochila escolar, un cepillo de dientes, y una camisa y unos calzoncillos limpios. Cuando su hijo se marchó de la mano de Sheila, la señora March se quedó mirando la insignia escolar que llevaba en la mochila, que iba haciéndose cada vez más pequeña, y la mascota del colegio, un búho (pero ¿no había sido siempre un tejón?), la miró a ella fijamente hasta que los dos se metieron en el ascensor.

16

Esa noche, la señora March se quedó sola en el piso. Martha le había preguntado si podía marcharse un poco antes porque tenía algún tipo de compromiso (no le había prestado mucha atención: se había limitado a regocijarse con la satisfacción que le había procurado su magnanimidad al concederle a Martha el favor que le había pedido. «No te preocupes por mí, por favor —le había dicho agitando una mano—, esta noche cenaré sola, así que prepárame algo ligero y déjamelo en la cocina. Ya me lo calentaré yo y te dejaré los platos en el fregadero»).

Esa tarde, la señora March se había dado un baño, pero solo utilizó unas porciones muy pequeñas de las carísimas sales de baño, que se habían apelmazado por falta de uso en sus respectivos tarros con tapón de corcho desde que las había comprado, en París, doce años atrás.

Luego experimentó una sensación desagradable y persistente. La había inquietado la actitud de Sheila, la forma mecánica y distraída con que le había puesto las manos sobre los hombros a Jonathan, y ahora, ya de noche, sola, le estaba costando quitárselo de la cabeza. Se ató el cinturón del albornoz tan fuerte que le dolió el estómago, y salió del dormitorio al pasillo con aprensión, pisando con cuidado, como si el suelo, al rozarlo ella con la zapatilla, fuera a convertirse en una masa de agua en la que se ahogaría, para luego volver a convertirse en parquet, una vez que ella hubiese desaparecido bajo la superficie, donde jamás la encontrarían.

A medida que recorría el pasillo, fue encendiendo las luces del techo hasta llegar al salón. Miró minuciosamente alrededor por si descubría unos zapatos de hombre asomar por debajo de algún mueble o de los cortinajes. Vio un bulto detrás de una cortina. Se acercó con un brazo estirado, preguntándose qué cara descubriría al otro lado de la tela, pero antes de tocarla se dio un cachete en la muñeca. Las luces del árbol de Navidad parpadeaban al ritmo del tictac del reloj de pie del recibidor: las bombillas seguían el patrón amarillo-apagado-amarillo. La señora March chasqueó la lengua siguiendo aquella cadencia, y entonces imaginó que el sonido camuflaba los pasos sigilosos de un desconocido y se dio rápidamente la vuelta. Notó una presión en el pecho. Desenchufó las luces.

Se sentó en el sofá soltando un bufido y canturreó en un intento de fingir indiferencia por si hubiera alguien observándola; encendió el televisor y se puso a zapear a una velocidad vertiginosa tratando de encontrar algo, cualquier cosa agradable que pudiera reforzar su falsa calma. Las imágenes pasaban rápidamente ante ella: un refresco con sabor a fresa, un pato amarillo de dibujos animados, un coche de policía que petardeaba, un grito en blanco y negro, un abrazo dramático. Siguió clavando la uña del pulgar en el botón de goma del mando a distancia para cambiar de canal hasta que oyó:

«Todo el noreste llora la muerte de Sylvia Gibbler, cuyo cadáver fue descubierto tras semanas de búsqueda desesperada por parte de la policía y grupos de voluntarios civiles».

La señora March parpadeó: quería cambiar de canal, pero no lo hizo. La reportera atravesaba la pantalla con la mirada y expresión grave. Llevaba un abrigo granate de tweed y los labios pintados del mismo color; estaba frente a un fondo de calles nevadas por donde de vez en cuando pasaba algún coche, y sujetaba el micrófono con tanta fuerza que parecía que le hubiesen esculpido la mano en él. Continuó: «Dos cazadores desavisados descubrieron su cadáver en una zona muy remota de Gentry, Maine...».

A la señora March se le hizo un nudo en la garganta. Se le nubló la visión y de pronto vio unos puntos negros que parecían manchas de tinta. Dentro de su cabeza resonaban miles de voces distintas. «¡Una coincidencia, solo una coincidencia!», gritaba una. «Pero ¿y si no lo es?», gritaba otra. Porque ¿cuántas coincidencias puede pasar por alto una mujer? ¿Acaso no era así como al final descubrían a los asesinos, cuando alguien muy observador juntaba todas las diversas piezas?

La reportera explicó que la víctima, que era huérfana, vivía desde hacía unos años con su abuela. «Pero no —se dijo la señora March—, George no habría regresado a la escena del crimen si fuese culpable». La indiferencia que había demostrado hacia la cantidad de policías y reporteros que estarían pululando por allí era una prueba irrefutable de su inocencia. Sin embargo, su alivio no duró mucho, pues enseguida se preguntó si habría organizado aquel viaje para destruir pruebas ahora que habían encontrado el cadáver, un error de principiante, un fallo tonto que podría conducir a su detención. ¿Y Edgar? ¿Estaba implicado? No estaba claro. George tenía un juego de llaves de la cabaña de Edgar. Las guardaba en un cuenco, en su despacho. Podía ir y venir sin que Edgar lo supiera.

«El informe forense preliminar confirma que la asesinaron hace algo menos de un mes, lo que coincide con la fecha de su desaparición...».

¿No había ido George a cazar hacía cerca de un mes? Entró en casa imitando el glugluteo de un pavo, y llevaba uno en la mano para la cena de Acción de Gracias. Ella se acordaba porque no tenía ni idea de qué había que hacer con aquella masa inerte de plumas, ni con el moco rojo colgante, así que Martha se lo había llevado a su hermano, un carnicero de Brooklyn, para que lo desplumara y lo dejara presentable.

La señora March tragó saliva; el corazón le latía tan fuerte y tan deprisa que casi podía ver palpitar las venas de sus muñecas.

«... Será necesario hacer más análisis para determinar la causa de la muerte, pero los forenses creen que la víctima murió estrangulada...», continuó la reportera con tono apagado, como si informar de aquella tragedia con apremio hubiese resultado grosero. Solo se apreciaba alguna señal de sentimiento en sus cejas, que se arqueaban cuando describía los detalles especialmente horripilantes. «El cadáver presenta signos de violación... —hizo una brevísima pausa— y diversos traumatismos».

Presa del pánico, la señora March se puso a buscar en su memoria y repasó cada prosaica conversación que había mantenido con los vecinos en un intento de recordar quiénes estaban al corriente de las cacerías de George en Gentry. Se imaginó a Sheila en su piso, viendo las noticias y llamando a su marido, que entonces llamaría a la policía.

«... las manos atadas a la espalda con un cable... arañazos que indican que intentó defenderse...».

El apodo de George cuando era profesor era «la Bella y la Bestia», un sobrenombre que había adquirido décadas antes, en su época de universitario. En general, lo apreciaban tanto sus alumnos como los otros profesores; a menudo encontraba clásicos encuadernados en piel, galletas de mantequilla o una pluma estilográfica con una inscripción que le habían dejado en su buzón de la sala de profesores. Lo elogiaban por su teatralidad; en una ocasión muy celebrada, cuando estudiaban a las hermanas Brontë, recreó los páramos de Yorkshire vertiendo carretadas de musgo y ramas de brezo morado en las gradas del aula magna. Sin embargo, su ira era igual de dramática (a veces sus reprimendas interrumpían las clases de la facultad de Física, que estaba al lado), y tenía tendencia a imponer castigos desproporcionados por las infracciones más nimias (la historia de cómo había expulsado temporalmente a un alumno excelente por no haber sabido citar una fuente tenía aterrorizado a los de cada nuevo curso de primero).

«... cadáver medio oculto por la nieve; y solo gracias a un fiel perro sabueso...».

Durante sus años de docente había recopilado algunas anécdotas sobre alumnos de ambos sexos que le habían pedido «puntos extra» o «clases particulares», pero eran cuentos que George contaba para reírse cuando estaba con sus colegas. A diferencia de otros profesores, por lo visto él nunca se había quitado los pantalones. O, al menos, no habían circulado rumores a ese respecto, así que la señora March jamás había tenido motivos para sospechar nada. Tampoco tenía ninguna razón para temerlo; de hecho, con el tiempo George se había convertido en un intelectual más tranquilo y más sensato. Seguía gustándole estar con sus amigos: las comidas con largas sobremesas, un partido de tenis de vez en cuando, las cacerías con Edgar y el whisky escocés y los puros en su club privado: nada de eso podía considerarse indicio de una corrupción más grave. Y cuando ella necesitaba hablar con él, tanto si estaba en el club como en un restaurante, siempre lo encontraba.

Sin duda, si George hubiese sido algún tipo de desviado o de depredador, habría habido señales de ello, o rumores. Si su exmujer lo hubiese visto transformarse en un monstruo, lo habría dicho, si no para prevenir a la nueva señora March, sí al menos para proteger a su hija Paula de un padre violento o pervertido.

«Esto es absurdo», se dijo. Por supuesto que George no tenía nada que ver con el asesinato de aquella pobre chica. Toqueteó el mando a distancia y el televisor se apagó con un débil clic: la pantalla se redujo a un pequeño círculo blanco antes de quedarse completamente negra y revelar el reflejo de la señora March, que estaba sentada en el sofá con la boca abierta.

—No —dijo, simplemente—. No.

Se levantó del sofá y volvió a ceñirse el cinturón del albornoz como si hacerlo pudiese protegerla. Fue a la cocina, pero antes pasó por el cuarto de baño de invitados y se lavó las manos. Mientras se las secaba, arrugando la nariz al oler el sempiterno y medicinal olor a pino, oyó el televisor de los vecinos a través de la pared. Al reconocer la voz monótona de la reportera, salió a toda prisa (todavía con espuma entre los dedos) y cerró de un portazo.

Intentó calentar un trocito del lenguado rebozado que Martha le había dejado en la encimera de la cocina tapado con papel de aluminio, peleándose con el microondas, que se apagaba sin motivo aparente una y otra vez. El fastidio sustituyó la poca satisfacción que pudiera conservar la señora March por haberse mostrado benevolente al permitir a Martha salir antes de su hora habitual.

La asistenta había dejado la mesa del comedor puesta como siempre: con la mantelería, los cubiertos de plata y el pan de aceitunas negras preferido de la señora March cortado en rebanadas perfectas. La señora March encendió las velas (la iluminación no acababa de convencerla sin ellas) y puso los nocturnos de Chopin en el tocadiscos, porque era el disco que siempre escuchaban a la hora de la cena y buscar algo diferente en la intimidante colección de discos de George le habría llevado una eternidad.

Pese al tintineo ondulante de las notas del piano por el piso vacío, o tal vez a causa de él, la noche parecía más tranquila de lo habitual. La señora March se llevó a la boca un trozo de pescado a temperatura ambiente. En la calle, la risa borracha de una joven desgarró el silencio y la asustó. Cogió el tenedor, que había soltado de golpe, y, por lo bajo, se reprendió por ser tan asustadiza.

Los personajes de los retratos de la pared del comedor la miraban con severidad, como solían hacer cuando la señora March comía sola. Una era una mujer mayor que llevaba casquete y una gargantilla de terciopelo; el otro, un hombre con gafas y alzacuellos. Ella les devolvió la mirada.

Nadie dijo nada.

17

La señora March se preguntó, como hacía a menudo, si aquella sería su última comida. ¿En qué habría consistido la última comida de Sylvia Gibbler? ¿Se la habría preparado su captor? ¿Le habría gustado? ¿Y si estaba a régimen para poder ponerse un vestidito precioso al que le había echado el ojo? Pero ya no podría asistir a aquella fiesta tan especial, ¿verdad? Qué pensamiento tan terriblemente deprimente.

La señora March apagó las velas de la mesa y la que había encendido en el aparador, y al hacerlo roció de cera roja la pared de detrás. Apagó las luces y, como no soportaba encontrarse sola en el comedor a oscuras más tiempo del imprescindible, se apresuró a la cocina y dejó los platos en el fregadero, pero entonces se lo pensó mejor por miedo a que aparecieran más insectos. Estaba cerrando la puerta del lavavajillas y pensando en prepararse una infusión calmante de camomila cuando sonó el supletorio de la cocina. El timbrazo fue tan estridente e inesperado que la señora March se pilló un meñique con la puerta del lavavajillas.

¿Estaría George en apuros?, se preguntó mientras se chupaba el dolorido meñique. Se lo imaginó en la cabaña de Edgar: con las manos ensangrentadas, Edgar muerto en el suelo. Descolgó el auricular sumamente agitada.

—¿Diga? ¿George?

—Hola —contestó una voz educada. Era una voz masculina, pero no la de George.

—Hola... —repuso ella con un tono cauteloso pero alegre, por si se trataba de algún amigo íntimo o alguien importante.

—¿Johanna? —dijo la voz.

Sintió como si un rayo le hubiese alcanzado en el pecho, y apoyó una mano en la pared para no caerse. Oía una respiración muy fuerte, pero no estaba segura de si era la del interlocutor o la suya.

—¿Perdone? —dijo por el auricular, aunque, más que a pregunta, sonó a afirmación.

—¿Eres Johanna?

—¿Con quién hablo?

Esta vez el miedo se reflejó en su voz. Creyó oír, en el otro extremo de la línea, la risita sofocada de su interlocutor, como si este se hubiera apartado del teléfono o hubiera tapado el auricular para reírse.

—No vuelva a llamar a este número ¿me oye? —dijo la señora March tratando de conferir cierta autoridad a su voz. Antes de que él pudiese responder, colgó bruscamente el auricular en la horquilla (que emitió un tintineo de sorpresa) y, de un fuerte tirón, arrancó el cable de la pared. Había otros teléfonos en el piso: el de su dormitorio, para empezar; pero ese no podía desconectarlo por si le pasaba algo a Jonathan, o a George, o...

¿Habrían asesinado a Sylvia Gibbler cerca de un teléfono? Se imaginó a esa mujer a la que nunca había visto: se imaginó que la estrangulaban en un piso muy parecido al suyo, y que miraba un teléfono que había cerca, suplicándole con los ojos que la ayudara, deseando que sonara aunque ella no pudiese contestar.

—Ya basta —dijo la señora March.

Se recogió un mechón de pelo, todavía lacio después del baño, y salió de la cocina caminando de espaldas, sin dejar de mirar el teléfono.

Cerró la puerta principal con llave y accionó el picaporte; entonces abrió la cerradura y la cerró otra vez, y volvió a accionar el picaporte para comprobar que estaba bien cerrada. Bebió con ansia de la copa de vino (debía de llevar rato con ella en la mano, sin darse cuenta) y fue con ella al dormitorio. El largo pasillo se extendía ante sí, negro y amenazador: ¿había apagado las luces del techo sin querer? Recordó que, de niña, Paula odiaba aquel pasillo, y que cuando la despertaba una pesadilla, se negaba a salir de su dormitorio para no pisarlo. Entonces llamaba a su padre desde la cama, y la señora March, molesta, se asomaba por la puerta de su habitación y, feliz de tener una excusa para reprender a la niña, le decía: «¡No seas ridícula!».

Ese día lo recorrió deprisa (el parquet crujió como la cubierta de un barco antiguo), y evitó mirar en las habitaciones que iba dejando atrás por temor a ver a alguien en alguna.

Ya en su dormitorio, cerró la puerta y echó el pestillo, y entonces se apoyó en ella y se quedó mirándose las raídas pantuflas de lana. Notaba el corazón hinchado y dolorido en el pecho. ¿Se habría encerrado Sylvia en su dormitorio, perseguida en su propia casa por su asesino? ¿La habrían sacado a rastras de allí, chillando, y se le habrían clavado astillas en la yema de los dedos cuando intentaba aferrarse al suelo? Después de que su asesino la dejara tirada o la enterrara (la señora March no estaba segura de qué había hecho con ella), habían tardado semanas en hallar su cadáver. Cuando la encontraron, ya debía de estar cubierta de gusanos.

La señora March fue a su mesilla de noche para quitarse el reloj, y se preguntó si algún animal habría mordido y arañado el cuerpo inerte de Sylvia. Un coyote, unos cuervos... De niña, había visto a su gato cazar un gorrión desde una ventana abierta. Atrapó el pájaro con un solo y fluido movimiento de la pata, como si nada, con la típica indiferencia de los felinos, igual que si el piso de la undécima planta del edificio fuese una herbosa sabana. Jugó un rato con el gorrión, golpeándolo con las pezuñas, y entonces, ante la mirada de la pequeña señora March, empezó a comérselo, arrancándole las plumas y tirándole de la piel con sus afilados dientes. La señora March vio la cara blanda e inmóvil de Sylvia rajada y agujereada por las fauces de un depredador, cuyo cálido aliento hacía que se le movieran las pestañas.

Se clavó las uñas en la palma de las manos. Se planteó fumarse un cigarrillo para relajarse, pero ir a por la pitillera de plata robada que tenía envuelta en el chal y airear la habitación después era demasiada molestia, y además no sabía por qué necesitaba relajarse. Así que, en lugar de fumar, se lavó la cara (el vino había dejado en sus labios unas manchas que parecían arañas vasculares), se lavó los dientes, se aplicó crema hidratante y se metió en la cama con su libro. Apaciguada por la sensación de limpio, por el roce de las sábanas nuevas en los talones recién frotados, por el perfume a jazmín o a lavanda de la crema hidratante, leyó un rato, hasta que la interrumpió el repiqueteo de los pasos de la vecina de arriba, que volvía a llevar zapatos de tacón alto. No sabía quién vivía en el piso de encima, pero cada vez que veía a una mujer con zapatos de tacón alto en el vestíbulo le daban ganas de abordarla y quizá hacerse amiga suya para, algún día, poder mencionarle con tono displicente y relajado los asombrosos beneficios de las pantuflas. Como si reaccionaran a ese pensamiento, el taconeo sonó aún con más fuerza.

La señora March dejó el libro (la letra era demasiado pequeña, y eso, sumado al vino, le había provocado dolor de cabeza) y se levantó para ir a buscar una aspirina al cuarto de baño.

Cuando volvía caminando de puntillas a la cama, algo en el edificio de enfrente captó su atención. Había una luz roja en una ventana. Se puso en tensión, pues lo primero que pensó fue que había un incendio, pero entonces se fijó mejor y comprobó que era una lámpara que, tapada con un pañuelo de organza de color cereza, proyectaba una luz cálida. Casi todas las otras ventanas del edificio estaban oscuras; en algunas, el reflejo luminoso tenue y pulsante de un televisor creaba un efecto estroboscópico.

Se acercó más a su ventana, casi hasta apoyar la nariz en el cristal. Había empezado a nevar. Los copos descendían flotando; los que pasaban por delante de aquella ventana se teñían de rojo una milésima de segundo, iluminándose como brasas antes de seguir cayendo, y la negra noche lanzaba infernales parpadeos de color azafrán.

Volvió a fijarse en la ventana iluminada. Era un dormitorio, y estaba a oscuras salvo por aquel resplandor rojizo. Al cabo de unos segundos consiguió distinguir a una mujer: inclinada, de espaldas a la ventana. Llevaba una combinación rosa de seda que dejaba al descubierto sus muslos blanquecinos. La señora March carraspeó y giró la cabeza, como si alguien la hubiese sorprendido espiando. Volvió a fijar la vista en la mujer. ¿Sobre qué estaba inclinada? La señora March veía la esquina de un colchón o el cojín de un sofá. Se acercó un poco más, hasta golpearse la frente contra el cristal, y, como si la hubiese oído, la mujer de la combinación rosa se dio la vuelta.

La señora March emitió un sonido involuntario, un ruido distorsionado, indefinido, a medio camino entre un grito y una aspiración brusca. Había sangre, mucha sangre: en el delantero de la combinación de la mujer, empapado; en el pelo enmarañado y en las manos, unas manos que entonces apoyó contra el cristal de la ventana, donde dejaron su huella. La señora March se apartó de la ventana dándose impulso, con un movimiento espasmódico; cayó de espaldas en la cama, encima del libro. Estiró los brazos hacia la mesilla de noche de George, agitándolos para liberar a sus manos del entumecimiento que estaba apoderándose de ellas. Cogió el teléfono y se lo llevó a la ventana. El cable se tensó hasta impedirle el movimiento.

Se quedó allí de pie, con el auricular pegado a la oreja (el tono de marcación era un pitido estridente) y mirando el edificio del otro lado del patio. El resplandor rojizo había desaparecido, y la mujer también.

La señora March siguió con el auricular pegado a la oreja y con la vista fija en la ventana; un sudor le resbalaba por el cuello, y parecía que tuviese en el estómago una maraña de ortigas. Permaneció un rato así, hasta que se le secó el sudor y volvió a respirar con normalidad.

Había parado de nevar y ahora llovía: las gotas de lluvia tamborileaban ruidosamente en el patio, y la señora March se asustó cuando una golpeó contra algo metálico que estaba muy cerca y que resonó con estrépito.

Colgó el auricular en la horquilla, pero sin apartar la vista ni un instante de la ventana de enfrente. La ventana seguía oscura, aunque ella todavía adivinaba aquella luz roja que latía en su campo visual como una aparición, como cuando ves el sol con los párpados cerrados después de mirarlo directamente.

No soltó el teléfono, sino que lo apretó contra el pecho mientras pensaba si debía llamar a la policía. Pero ya no estaba segura: tanta sangre, aquella mujer que la miraba fijamente desde la ventana, con la combinación manchada... ¿Realmente lo había visto? Y luego estaba el otro problema, por supuesto, la verdadera razón por la que no podía llamar a la policía. Le había parecido... No podía ser, claro que no, pero le había parecido que aquella mujer tenía su cara. Que aquella mujer era ella.

18

El despertador de los vecinos, un zumbido que taladraba los tímpanos, sacó bruscamente a la señora March de una serie de sueños sombríos y melancólicos; a continuación se oyeron los pasos sordos y pesados de los ocupantes del piso de arriba, un ruido pulsante parecido a una migraña que se desplazaba por el techo.

Se incorporó lentamente en la cama y miró hacia la ventana, iluminada por la lúgubre luz matutina. Por el resquicio que quedaba entre las cortinas veía el otro edificio. Todo estaba quieto. No se movía nada.

Se recostó contra las almohadas; el corazón le latía muy deprisa y le producía una sensación muy desagradable. En cuanto se acordó de la noche anterior, se puso a sudar; de hecho, debía de haberse pasado toda la noche sudando, porque notó que el colchón estaba empapado. Se asomó debajo de la manta y la sábana encimera, sofocó un grito y saltó de la cama. En medio de la sábana bajera, una mancha amarillenta, redonda y caliente oscurecía la inmaculada tela de color marfil. Orina.

—¡Oh, no! —exclamó. Se abrazó el torso y se meció adelante y atrás—. ¡Oh, no, oh, no, oh, no!

No se acordaba de la última vez que había mojado la cama. Tal vez fuera la primera noche que Kiki apareció en su dormitorio, con su sonrisa inquietante y aquellos ojos sin cejas de mirada turbadora, respirando a su lado hasta el amanecer.

La señora March se volvió ansiosa hacia la mesilla de noche para ver qué hora era: todavía faltaban treinta minutos para que llegara Martha. No podía pedirle a la asistenta que cambiara las sábanas; no, de ninguna manera. Suponía que podía decirle que se le había derramado vino en la cama, pero entonces tendría que verterlo, y solo de imaginarse en camisón rociando las sábanas con cabernet le entraban ganas de reír y llorar a la vez.

Arrancó las sábanas de la cama, las juntó y, con ellas en los brazos, abrió la puerta que daba al pasillo. Era curioso que aquel pasillo le hubiese parecido tan estrecho y hostil la noche anterior. Ahora una tenue luz entraba por las puertas abiertas de las habitaciones y flotaban motas de polvo en los rayos de sol que cruzaban el parquet.

Fue a toda prisa al armario de la ropa blanca, al final del pasillo, donde, bajo los estantes, estaba la lavadora. Le había comentado muchas veces a George lo afortunados que eran por tener una lavadora en el piso, pues así no tenían que recurrir al lavadero del sótano del edificio ni a la indignidad de las lavanderías públicas. Ella no la había tocado desde que habían contratado a Martha.

Jadeando, hizo una bola con las sábanas y las metió en la lavadora; entonces se acordó de que se había ensuciado el camisón, así que se lo quitó y también lo metió. Giró el programador hacia un lado y hacia el otro y pulsó varios botones a la vez hasta que la lavadora se puso en marcha. Regresó a su dormitorio desnuda, sudorosa y temblando, y nada más ponerse el albornoz oyó que se abría la puerta principal y que Martha saludaba mecánicamente desde el recibidor.

Sintiendo los latidos del corazón golpeándole las costillas con tanta fuerza que le causaban dolor, la señora March salió al pasillo en albornoz.

—Ah —dijo, como si hubiese olvidado que Martha trabajaba en su casa casi todos los días de la semana—. Buenos días, Martha.

Martha se quedó inmóvil, con el bolsito de color verde oliva oscilando colgado de una muñeca.

—¿Se me olvidó lavar algo? —preguntó, y miró más allá de la señora March, hacia el armario de la ropa blanca, donde giraba el tambor de la lavadora: la señora March había olvidado cerrar la puerta.

—Ah, no —dijo la señora March, retorciéndose las manos—. Es que quería lavar mis sábanas. Tendrás que poner unas limpias. Porque... Bueno, en realidad no importa por qué. He tenido... Bueno, se han manchado, y mi camisón también... Bueno...

Martha compuso una expresión con la que daba a entender que lo entendía perfectamente.

—Claro, señora March —dijo—. Espero que haya elegido el ciclo del agua fría. Si no, podemos volver a lavarlas con vinagre blanco. Es lo mejor para quitar las manchas de sangre.

Por su mente pasaron fugaces imágenes de la mujer, la mujer que tenía su cara, de la ventana del edificio de enfrente. La palma de las manos ensangrentadas, la combinación ensangrentada. ¿Cómo lo sabía Martha?

—En mi casa éramos seis mujeres —añadió Martha—. Esto pasaba continuamente. No se preocupe, yo me encargaré de las manchas. —Asintió escuetamente con la cabeza (un intento de transmitir bondad maternal, quizá) y se dirigió a la cocina.

La señora March se quedó plantada en el pasillo, con el albornoz abriéndose por el escote, y entonces comprendió que Martha creía que había manchado las sábanas de sangre menstrual. Se sonrojó. Desde hacía unos meses, su regla («la maldición», como la llamaba su madre) se había vuelto irregular: cada vez se le retrasaba más, y últimamente, además, tenía sofocos frecuentes y le dolían los pechos. Cuando la tenía, la sangre era más fluida y de un rojo más claro, como una acuarela. Intentó recordar cómo era antes esa función que había dominado su vida. En el pasado lo planeaba todo pensando en ella: las vacaciones, las reuniones sociales, hasta su boda; se hinchaba a analgésicos y se pasaba el día arriba y abajo con la botella de agua caliente. Todo se había reducido mucho. Con los años, se evaporaba gran parte de lo que una era, caviló.

La señora March se pasó el día vigilando de forma compulsiva el edificio de enfrente desde la ventana de su dormitorio. Se asomaba por el resquicio de las cortinas con la esperanza de sorprender a quienquiera que fuese con las manos en la masa, ansiosa por descubrir alguna pista que pudiera explicar lo que había visto. La ventana del otro edificio estaba a oscuras, y en el cristal se reflejaba el de la señora March. No había ni rastro de la mujer de la combinación, ni de ninguna otra mujer: solo vio a un hombre con traje comiéndose un sándwich envuelto con papel de aluminio en una salida de incendios, unos cuantos pisos más abajo.

Ese día el teléfono sonó dos veces. La primera, la señora March contestó, pero al otro lado solo había silencio. Cuando el teléfono sonó por segunda vez, la señora March se puso en tensión al ver que Martha descolgaba el auricular y se lo acercaba a la oreja.

—¿Qué dicen, Martha? —le preguntó con voz ronca—. ¡No contestes! —Fue corriendo hacia Martha, que, desconcertada, le entregó el auricular. La señora March lo agarró con fuerza, temblando, y se lo pegó a la sien. Al otro lado de la línea no se oía nada, ni siquiera la más leve exhalación, ni una risita—. ¡No sé quién es, pero no vuelva a llamar! —dijo antes de colgar.

Martha negó con la cabeza y dijo:

—Comerciales.

Esa tarde, la señora March subió a recoger a Jonathan a casa de los Miller. Sheila le abrió la puerta con un jersey holgado y unos calcetines de deporte blancos de hombre.

—¡Ah, hola! ¡Pasa! —Sheila parecía sorprendida de verla, a pesar de que la señora March había telefoneado para avisarle de que iba a subir.

Era la primera vez que la señora March entraba en el piso, y lo hizo con paso vacilante. Normalmente, Jonathan salía a la puerta cuando ella iba a recogerlo.

—¿Te apetece tomar algo? —le preguntó Sheila—. ¿Un café? ¿Té?

Sheila no era exactamente guapa, pero sí atractiva; tenía los pómulos marcados y cubiertos de pecas, y su pelo, rubio y lacio, siempre brillaba. En ese momento llevaba unas gafas de lectura que le daban un aire interesante, y cuando se las quitó, se las colgó desenfadadamente del cuello del jersey. A la señora March siempre le habían quedado mal las gafas, del tipo que fueran. Acentuaban todos los defectos de su cara.

—Sí, té. Muchas gracias —dijo.

Siguió a Sheila a la cocina; por el camino observó su diminuta espalda, su diminuta cintura. Su nuca desnuda, donde, bajo la luz, apenas se apreciaba un suave vello rubio. Muchas veces la señora March tenía la impresión de que a ella la habían dibujado desproporcionadamente en comparación con la silueta del resto de las mujeres. Su cuerpo, hinchado y desgarbado, no tenía nada en común con la figura esbelta y angulosa de Sheila.

Aprovechó el corto trayecto hasta la cocina para tomar nota de todo lo que veía en el piso. El buen gusto de Sheila, su estilo natural, se hacía patente en su alegre y moderna afición por las alfombras marroquíes, y en el diván tapizado con un terciopelo color mostaza con estampado de gaviotas. Los Miller habían optado por una elegante iluminación en cornisa en lugar de los apliques, las bombillas de techo o las lámparas de pie. La alegre alfombra del pasillo hacía que este pareciese más luminoso y más corto. Aunque el piso tenía la misma planta que el de la señora March, parecía diferente. Más moderno. Superior. Se preguntó si alguno de los conserjes habría entrado allí, y en especial el crítico conserje de día. Si lo habría comparado con el suyo.

—¿Habéis cambiado la cocina de sitio? —le preguntó a Sheila cuando llegaron. La cocina de los March estaba cerca de la entrada. La de los Miller, al fondo del pasillo y en el lado opuesto del piso, donde estaba el despacho de George.

—Ah, sí. Queríamos más espacio para el salón. Echamos abajo la pared de la cocina y juntamos las dos habitaciones. Así tenemos mucha más luz.

La señora March frunció los labios. Se sentó con torpeza (la falda se le subió por los muslos) en uno de los taburetes que había alrededor de la isla de la cocina mientras Sheila, con sus dedos finos de uñas rojas, encendía el hervidor de agua. Sheila siempre llevaba las manos perfectas, como si acabara de hacerse la manicura. Le pegaba mucho hacérsela ella sola (tan campechana, tan informal), pero tenía las uñas tan perfectamente limadas y pintadas que la señora March prefería pensar que su vecina se gastaba cientos de dólares en el salón de belleza. Mientras reflexionaba sobre eso, Sheila sacó dos tazas de té de un armario. Estaban desparejadas pero con mucha gracia, y la señora March se dio cuenta de que formaban parte del mismo juego.

—¿Leche? —preguntó Sheila.

—Sí, por favor.

Cuando Sheila abrió la nevera, se oyó un ligero tintineo de botellas y tarros de cristal. Dentro todo estaba muy bien ordenado, en hileras de recipientes pulcramente apilados y etiquetados. Antes de que se cerrara la puerta, la señora March se maravilló con aquel almacenaje tan eficiente y estéticamente satisfactorio. En lugar de utilizar una jarrita, Sheila, sin cortesías, le puso el cartón de leche delante, donde permaneció, transpirando sobre la superficie reluciente de la isla, hasta que se terminaron el té.

Cuando Sheila vertió el agua humeante del hervidor sobre el capullo de hojas de té secas que había en el fondo de las tazas, la señora March se inclinó hacia delante, atónita, y vio que las hojas se abrían y se convertían en flores. Sheila la vio observarlas y sonrió.

—Son flores de té chino —dijo—. ¿Verdad que son bonitas? Las compramos en Pekín el mes pasado.

—Qué interesante. Pero es un viaje muy largo. ¿Cómo le sentó a Alec?

—Alec no vino. Fuimos Bob y yo solos.

—Ah —dijo la señora March. La idea de que Sheila y Bob no tuviesen suficiente con vivir juntos le resultó irritante. Llevaban casados como mínimo diez años y, aun así, necesitaban hacer viajes románticos por el mundo—. Qué bien.

—Sí. Este té lo encontramos en una tiendecita preciosa que había justo al lado de nuestro hotel. No pude resistirme.

—Me lo imagino —replicó la señora March con una pizca de aspereza. Se exprimió los sesos tratando de recordar cómo se ganaba la vida Bob Miller; si podía pagarse viajes a China, debía de tener un buen sueldo.

Se tomaron el té en silencio. La señora March vio abrirse su flor de té, que cada vez se parecía más a una gruesa araña que, hecha un nudo, despliega las patas. Una gota de condensación resbaló por el cartón de leche hasta el tablero de la isla. De repente, Sheila empezó a quitarse el jersey. La señora March hizo una mueca y se preparó para lo que vendría a continuación: las lisas clavículas de Sheila; sus costillas marcadas bajo la camiseta cuando levantó los brazos por encima de la cabeza; sus brazos delgados y musculosos. La señora March se removió en la silla y, sin darse cuenta, se tiró de las mangas de la blusa para taparse las muñecas. Cuando el silencio se le hizo insoportable, dijo:

—Me encanta como habéis dejado el piso.

Sheila le sonrió abiertamente, y la señora March se fijó en que le faltaba un trocito de un incisivo.

—Muchas gracias. Tendrías que haberlo visto antes de que entráramos nosotros. Era horrible. Aquí vivía una anciana desde hacía una eternidad. Por lo visto, al final apenas salía a la calle.

—¿Murió aquí?

—No, no, qué va. Pero te aseguro que olía como si sí. A mí me daba pánico abrir los armarios.

—¿Había algo dentro? ¿Insectos? —preguntó la señora March esperanzada mientras seguía dando sorbitos de té.

—Pues mira, no tengo ni idea. Tiramos los armarios sin mirar dentro. Y me alegro mucho. Ahora tenemos un vestidor nuevo. De madera de pino.

La señora March entrecerró los ojos.

—Pero no, nunca he visto insectos —continuó Sheila, y se mordisqueó una uña, pero inexplicablemente el esmalte rojo permaneció intacto, lo que hizo enfurecer a la señora March.

—Es una gran suerte que no haya cucarachas en el edificio —comentó la señora March.

—Uy, ya lo creo —repuso Sheila—. Si me encuentro una, me muero. Son unos bichos repugnantes.

—Pero no has visto ninguna, ¿no? —dijo la señora March.

—¡No, no! —Entonces Sheila frunció el ceño y añadió—: Pero bueno, no creo que... ¡Yo limpio! —Se rio, mostrando su diente roto y sus encías rosas como un pezón.

La señora March hizo un esfuerzo para reír también, aunque su risa sonó un poco histérica.

—Pero ¡seré maleducada! —dijo Sheila—. ¡No te he enseñado el piso! ¿Quieres verlo?

—Gracias, pero hoy no puedo. Tengo que hacer unos recados. Lo siento. —No soportaba la perspectiva de descubrir ni una sola cosa bonita más en el piso de su vecina.

—No pasa nada —dijo Sheila. Recogió las tazas de té y las puso en el fregadero. La señora March bajó del taburete y siguió a su vecina al pasillo—. ¡Chicos! —gritó Sheila—. ¡Jonathan, ha venido tu madre!

Al final del pasillo se abrió una puerta y aparecieron los niños; entonces la señora March se volvió hacia Sheila con una sonrisa muy bien ensayada mientras clavaba las uñas en la correa de piel de su bolso.

—Bueno, muchas gracias por el té, Sheila. Estaba delicioso.

Le cogió la mano a Jonathan, que se soltó inmediatamente. No le gustaba que lo cogieran de la mano delante de otras personas (ni cuando no había otras personas). Salió corriendo al rellano, y su madre fue tras él. Al dirigirse al ascensor, la señora March notó la mirada de Sheila clavada en la nuca.

19

Esa noche, la señora March cerró todas las puertas con llave y aseguró todas las ventanas, incluida la ventanita alta del cuarto de baño, aunque era imposible que alguien entrase por ella debido a su tamaño y su posición, justo en medio de la fachada, fuera del alcance de bajantes o cornisas.

Sin pensarlo, llevada por un impulso, abrió de par en par la puerta del dormitorio de Jonathan y lo encontró sentado en el suelo, de cara a la pared. Corrió hacia él y fue a pronunciar su nombre, pero la voz se le ahogó en la garganta; lo cogió por los hombros y le dio la vuelta. Pero solo era Jonathan, el triste Jonathan, que levantó la barbilla y la miró.

—Estoy castigado —explicó el niño.

Su madre entró otra vez a ver qué hacía antes de cenar, y de nuevo cuando ya dormía.

Esa noche no les sucedió ninguna calamidad a ninguno de los dos, y tampoco a la mañana siguiente. No obstante, la señora March estuvo muy tensa todo el día, con los hombros encogidos y el cuello rígido, preparada para recibir el impacto.

Se sentó en el sofá del salón e intentó hojear una revista. Se fijó en la fotografía de una modelo con un maquillaje estrafalario (pestañas rosa y pecas dibujadas), y leyó el pie de foto,

«Katarina lleva una diadema de diamantes rosa de Tiffany's» una y otra vez; pero al mismo tiempo miraba repetidamente los edificios de enfrente por la ventana, sin lograr ver en su interior porque estaban demasiado lejos.

Pasó lánguidamente las páginas de la revista, en las que aparecían modelos que posaban con la boca abierta, con grandes ojos y en unas posturas tan exageradas que parecían contorsionistas. Llegó a la fotografía de una mujer vestida de regalo navideño y cayó en la cuenta, con un leve ataque de pánico, de lo atrasada que iba con las compras navideñas. El piso apenas estaba decorado (solo había montado el árbol de Navidad), porque la señora March no había querido recrearse mucho antes de la fiesta de George. Ese año iban a celebrar la Nochebuena en su casa; su hermana y su cuñado y la madre de George, viuda, ya les habían confirmado su asistencia (Paula, que por Navidad siempre estaba en algún lugar exótico, divirtiéndose con sus atractivos amigos extranjeros, no podía ir). ¿Cómo había podido despistarse tanto?

Se retorció las manos y decidió ir a los grandes almacenes inmediatamente. Dejaría a Jonathan en la caseta de Papá Noel y, mientras tanto, compraría todo lo necesario. Desde hacía años, empleaba toda su energía en lograr que las Navidades fuesen memorables y mágicas para todos: colocaba grandes centros de mesa con manzanas y piñas de abeto, y se esmeraba mucho con los regalos. Un ex libris con bordes dorados para George, después de que un día él le mencionase de pasada que, de niño, sus padres le habían negado ese sencillo lujo. O una elegante pluma estilográfica de su marca favorita, con la fecha de la publicación de su primera novela grabada. Excelentes ejemplos de su consideración para los que ese año no iba a tener tiempo por culpa de su agotamiento y su aturdimiento.

La repentina certeza de que si no se iba inmediatamente de compras, sucedería alguna desgracia impregnaba la atmósfera como un olor rancio y putrefacto. Así que irrumpió en la habitación de Jonathan (que entornó los ojos y la miró con reproche cuando ella interrumpió..., bueno, lo que fuera que estaba haciendo) y salieron los dos precipitadamente del piso.

En la calle sonaban las campanas del Ejército de Salvación en todas las esquinas. La gente se amontonaba para admirar los maniquís flexibles y sin rostro de los escaparates navideños de la Quinta Avenida, envueltos en pieles y terciopelos, contra fondos nevados o en medio de dioramas navideños. En uno de esos escaparates, una bombilla fallida parpadeaba con una luz blanca azulada, como una tormenta que se acerca, mientras un maniquí permanecía circunspecto y valiente con su vestido de organza y su sombrero de ala ancha.

La señora March y Jonathan bajaron del taxi a toda prisa y estuvieron a punto de chocar con una niña que llevaba un lujoso abrigo de visón blanco y el pelo recogido en dos rodetes. Iba paseando a un cachorro de labrador que mordisqueaba su correa con movimientos espasmódicos (o mejor dicho, era el perro el que paseaba a la niña); la madre iba detrás, un poco rezagada, enfrascada en su agenda de piel. Un hombre achaparrado y sucio con un abrigo andrajoso y unos mitones mendigaba en la otra acera de la calle.

—¿Podemos darle dinero, mami? —preguntó Jonathan, y la señora March, concentrada en aquella firme determinación alimentada por el pánico, se sobresaltó.

—Ay, Jonathan —dijo. A veces bastaba con eso.

Jonathan se quedó mirando al mendigo con intensidad, y estiró el cuello al pasar de largo.

—¿Podemos?

—No, no puedo. No llevo nada suelto.

La última persona sin hogar que se le había acercado en la calle había sido una mujer que llevaba sandalias y calcetines y que tenía la cara arrugada como si se la hubieran doblado un montón de veces. Alrededor de la nariz tenía una costra blanca y seca, y las mejillas, picadas de viruelas, eran de un rosa tan intenso que parecían cubiertas con una gruesa capa de maquillaje teatral. Había increpado a la señora March, y ella le había dicho la verdad: que no llevaba cambio. Habría podido ignorar a la mendiga, pero le gustaba pensar que era una persona muy empática; lo había mencionado como una de sus mejores cualidades en su solicitud de plaza universitaria.

—No quiero dinero —le dijo la mujer—. Solo necesito un medicamento. Solo quiero un medicamento, ¿me entiende? No le pido que me dé dinero, pero, por favor, cómpreme el medicamento.

Convenció a la señora March para que le comprara el medicamento en cuestión en una farmacia cercana. Dijo que estaba a la vuelta de la esquina. La señora March regresaba a casa del mercado e iba bastante cargada, pero accedió a acompañar a aquella mujer a la farmacia. La verdad era que no tenía excusa, sobre todo después de haber continuado el diálogo, forjando una especie de acuerdo tácito que, por desgracia, estaba demasiado avanzado y ya no podía romper. La farmacéutica levantó la cabeza y miró entrecerrando los ojos a la mendiga, que entró cojeando detrás de la señora March con sus sandalias bastas y su desagradable olor.

—¿Qué necesita? —le preguntó la señora March.

La mendiga se lo dijo a la farmacéutica, que fulminó con la mirada a la señora March antes de sacar una cajita y ponerla sobre el mostrador. «Diecinueve con cincuenta», dijo, y la señora

March tragó saliva. De repente, diecinueve dólares con cincuenta parecían una limosna exagerada. ¿Y por una caja de qué, si podía saberse? Miró el envase que estaba encima del mostrador, pero no supo deducir nada de él. Sabía que la habían manipulado, que podía parar aquello en cualquier momento, negarse a desembolsar aquella cantidad de dinero, pero si lo hacía, montaría una escena. Así que apretó la mandíbula y pagó con la tarjeta de crédito; luego cerró el puño alrededor de la bolsa de papel donde la farmacéutica había metido la caja y esperó a estar en la calle para dársela a la mendiga. Vaciló un momento antes de separarse de ella: hallaba cierta redención en aquel trasvase de poder, en el control que ahora ejercía sobre aquella mujer, que seguía la trayectoria de la bolsa de papel no solo con los ojos, sino con todo el cuerpo. La señora March estaba castigándola por haberla avergonzado de forma tan íntima, y porque quería que la farmacéutica, en el caso de que estuviese mirando, pensara que ella todavía tenía la situación controlada. Había comprado aquel medicamento porque había querido, y se lo entregaría a la mendiga cuando le diera la gana.

Aprendió la lección. Unas semanas más tarde, cuando la abordó un mendigo con un vaso de papel en una mano (la otra era un muñón), le dijo: «Lo siento, pero esta mañana mi madre le ha pegado un tiro a mi padre, y todavía estoy un poco afectada».

El hombre la miró achicando los ojos («¿Cómo?»), y ella se encogió de hombros; él siguió su camino, farfullando y observándola de reojo como si temiera que fuese a seguirlo.

Cuando la señora March y Jonathan se acercaron a la entrada de los grandes almacenes, ella le lanzó una ojeada furtiva al mendigo de la otra acera. El hombre giró la cabeza, la miró a los ojos y sonrió, mostrando los dos únicos dientes, negros, que le quedaban. La señora March avivó el paso, tirando de Jonathan.

La señora March apretó con fuerza la mano de su hijo cuando se adentraron en aquel reino de niños que lloraban, dependientes agobiados y mujeres que metían todo tipo de artículos en unos cestitos, mientras un coro de voces estridentes entonaba alegres villancicos que sonaban por los altavoces. Una mujer lloraba en un rincón. Se le había corrido el maquillaje y tenía unos surcos negros en las mejillas; pero... no, no estaba llorando: solo sudaba profusamente.

Un vigilante de seguridad pasó corriendo por su lado para interceptar a una adolescente que hacía estragos en los expositores de perfume, y luego la señora March notó que alguien le cogía la mano libre. Sintió que una piel desconocida envolvía la suya y, horrorizada, miró hacia abajo y vio a una niñita colgada de su mano. La niña, que respiraba ruidosamente por la boca, miró hacia arriba y, al ver que aquella no era su madre, soltó la mano de la señora March como si le estuviera haciendo daño (¡qué cara!, ¡como si hubiera sido la señora March quien la había tocado a ella!). Entonces se apartó de aquella adulta desconocida y rompió a llorar.

La señora March y Jonathan se abrieron paso por aquel laberinto de suelos de mármol pulido. Rodearon expositores de vidrio llenos de joyas, guantes de piel y bufandas de cachemira, y otros de pintalabios expuestos como si fueran caramelos multicolores, hasta que llegaron ante una nutrida cola de madres e hijos (bajo un letrero que rezaba PAPÁ NOEL) que serpenteaba detrás de un cordón de seguridad. Más allá, a una distancia descorazonadora, Papá Noel, sentado en su trono de madera, posaba para que lo fotografiaran con un crío berreando en el regazo.

La señora March se unió a la cola y se puso de puntillas. Escudriñó a las madres que tenía delante y se acercó a la que llevaba abrigo de pieles y collar de perlas.

—Perdone que la moleste —dijo, componiendo la sonrisa más amplia que le permitían sus músculos faciales—, ¿le importaría vigilar a mi hijo un momento? Espero que no lo considere un atrevimiento... —La mujer arqueó las cejas, indignada, y la señora March se apresuró a añadir, en voz baja y tratando de infundirle a su voz un tono de complicidad—: Solo será un momento, unos minutos a lo sumo, mientras me escapo a comprar unos regalos. Es que no quiero estropearle su sorpresa de Navidad, ¿sabe? —Intentó guiñar un ojo; estaba empezando a corrérsele el maquillaje.

La mujer parecía recelosa, y se levantó el cuello del abrigo de pieles; la señora March la imitó, colocándose a la defensiva.

—¿Cuándo piensa regresar, exactamente? —preguntó la mujer con fastidio.

La señora March lo interpretó como un signo prometedor de que no la habían rechazado de forma categórica y, escabulléndose hacia los ascensores, le aseguró a aquella desconocida que no tardaría mucho.

Arriba, ni siquiera los mostradores más caros se libraban del tumulto, y la señora March se contagió del ambiente general de pánico y furor: docenas de manos la rozaban y la empujaban, la alegre música navideña que salía por los altavoces se mezclaba con el bullicio, las intensas luces la desorientaban; sin entusiasmo, cogió un alfiler de corbata de plata de ley para George y un trenecito para Jonathan.

En el último momento, también compró materiales para decorar el piso: ramilletes de canela, rodajas de naranja seca, piñas rociadas con pintura dorada y guirnaldas de hojas frescas de pino adornadas con cintas de cuadros escoceses. Quizá aún estuviera a tiempo de preparar una bonita Navidad.

Después de pagar y esperar a que le envolvieran los paquetes para regalo en la caja, miró la hora y se dio cuenta de que ya hacía cuarenta minutos que había dejado a Jonathan en la planta de abajo. Corrió hacia los ascensores, pero le bastó una ojeada a la masa de clientes impacientes que se empujaban tratando de entrar en la única cabina disponible para optar por la escalera. Cuando se dio la vuelta para rectificar la ruta, cargada de bolsas que colgaban de sus muñecas, chocó contra alguien. Avergonzada, giró la cabeza para disculparse y se encontró cara a cara con la mujer de la ventana. La mujer parecía igual de asustada que ella (vio la misma expresión de terror en sus ojos desorbitados), y entonces la señora March reparó en que estaba ante un espejo de cuerpo entero. Inspiró hondo, esperando a que su reflejo parpadeara o diera un respingo, casi con miedo a darse la vuelta; y al final giró sobre sí misma y se encaminó a la escalera.

Llegó justo a tiempo: Jonathan estaba bajándose del regazo de Papá Noel. Saludó a su madre con su actitud habitual, sosa y poco entusiasta, cuando la vio salir de entre aquella muchedumbre. La señora March le dio las gracias a Papá Noel, que sonrió a través de su barba falsa y dijo:

—¡Gracias por venir a verme! Lo hemos pasado en grande, ¿verdad? —Miró a Jonathan y le sonrió; el niño había perdido todo interés y ya estaba pensando en otra cosa. Entonces miró otra vez a la señora March y añadió—: Tienes un hijo adorable, Johanna.

La señora March lo miró fijamente.

—¿Cómo dice?

—Digo que tienes un hijo adorable.

La señora March siguió mirándolo, y él le sostuvo la mirada.

—Jo, jo, jo —dijo Papá Noel sin dejar de sonreír.

La señora March no recogió la fotografía. Agarró a Jonathan por un brazo y se lo apretó tanto que el niño dio un grito (su madre también le hacía eso a ella: le clavaba en el brazo unas uñas afiladas como las garras de una harpía), y se abrieron paso entre aquella horda de madres cuyos pintalabios brillaban y cuyos pendientes destellaban, y a la señora March se le quedó el olor químico de su laca para el pelo pegado en la garganta. Consiguió saludar con la cabeza a la madre del collar de perlas que le había vigilado a Jonathan, y ella le devolvió el saludo, estoica, mientras su hijito, berreando y con la cara llena de mocos, se negaba a sentarse en el regazo de Papá Noel.

La señora March logró salir de los grandes almacenes tirando de Jonathan; las bolsas le pesaban y le costaba andar. Ya fuera, aspiró aliviada el frío aire invernal (pero al mismo tiempo fue como si recibiera una bofetada), y se dejó caer en el primer taxi libre que encontró.

20

El conserje le preguntó si quería que le subiera las bolsas al piso, pero ella rechazó el ofrecimiento, pues temía que sus compras navideñas le pareciesen escasas (o todo lo contrario: excesivas, una prueba de que los March eran unos materialistas y unos privilegiados). Sin embargo, entonces se preocupó por si el conserje habría interpretado su negativa como una muestra de orgullo, o incluso de desconfianza, lo que haría que le cogiera aún más antipatía.

Cuando por fin irrumpió en el piso, con las marcas de las asas de las bolsas en los antebrazos, se encontró cara a cara con George.

—¡Oh! —exclamó, y se quedó paralizada en el recibidor—. Has vuelto.

Jonathan, que había entrado detrás de ella, le dio a su padre un abrazo lánguido y corrió a su habitación. George se quedó mirándolo con una sonrisa en los labios. A ella le pareció que iba desaliñado: estaba despeinado y llevaba la camisa por fuera. Había adelantado su regreso.

—Bah, ha sido una pérdida de tiempo —explicó mientras se limpiaba las gafas con el puño de la camisa—. Llegamos tarde y no encontramos ni un solo animal. Ni siquiera un miserable faisán.

—Vaya.

—Esta temporada no está resultando nada buena.

—A lo mejor el año que viene tenéis más suerte —dijo la señora March, que todavía sujetaba las bolsas.

—Sí, a lo mejor —dijo George.

—¿Te has enterado de lo de esa mujer desaparecida? —le preguntó a su marido mirándolo fijamente.

Había previsto diferentes reacciones posibles (que haría una mueca de dolor, o dejaría de sonreír, o sonreiría como un maniaco y lo confesaría todo), pero George apenas pestañeó cuando contestó que sí, claro, había carteles por todas partes. No se podía ni poner gasolina sin que la policía le preguntara a uno si sabía algo.

—¿La policía te preguntó por ella?

—Sí, por supuesto. Preguntaban a todo el mundo.

—¿Y qué les dijiste?

—¿Que qué les dije? ¿A qué te refieres? Les dije que no sé nada y que había ido allí a cazar.

Seguía plantado ante ella y la miraba de una forma extraña, impávido; y entonces a ella se le ocurrió que a lo mejor lo hacía a propósito. Como una especie de amenaza. «Créete lo que te cuento —decían sus ojos—. Más te vale». La señora March tragó saliva y dejó las bolsas en el suelo. Estaban ridículos: él frente a ella con las manos en los bolsillos, y ella junto a la puerta, sin hacer nada, con el abrigo y el gorro puestos y las bolsas junto a los pies, cuando lo normal habría sido que hubiese entrado en el piso mientras hablaban y se las hubiese llevado a su dormitorio. Eso era lo que ella quería hacer, solo que ahora, cuanto más lo pensaba, más incapaz se sentía de hacerlo de una forma que resultara natural. Era como si estuviese intentando utilizar un músculo que no recordaba cómo mover.

Por fin, tras una pausa que pareció artificiosamente larga, George dijo:

—Bueno. Voy a darme una ducha. Vengo muy sucio del viaje.

Ella asintió, y él la observó un momento más y esbozó una ínfima sonrisa antes de dirigirse al dormitorio.

La señora March se quedó un poco más en el recibidor, explorando aquellas nuevas sensaciones y tratando de ahuyentarlas. Se sobresaltó al oír un extraño silbido que procedía del interior de las paredes. Últimamente, al abrir el grifo de la ducha, las tuberías producían aquel chirrido estridente.

Vio una figura a su izquierda y se sobresaltó.

—¡Oh! ¡Martha!

La asistenta, que acababa de salir de la cocina, iba secándose las manos con un trapo.

—¿Quiere que me lleve las bolsas, señora March?

—Sí, por favor. Mételas en el arcón del salón, de momento, ¿quieres? Gracias.

Martha se marchó con las bolsas y la señora March, indecisa, la siguió. Pasó por delante del despacho de George. La puerta estaba abierta: el papel pintado rojo con escenas chinas amortiguaba la luz, y la maletita de George descansaba sin deshacer encima del sofá Chesterfield.

No le gustaba que Martha la viera en el despacho de George. Era como si aquella mujer supiera que ella no debía entrar allí y patrullara por el piso para vigilarla. Así que esperó a que volviera a la cocina y entró en la habitación en cuanto oyó ruido de cacharros.

Se acercó a la maleta y levantó la tapa con cuidado. No sabía exactamente qué buscaba, ¿quizá alguna prueba incriminatoria de que su marido era un violador y un asesino? Absurdo. ¿Y de que había regresado al lugar del crimen para destruir pruebas? Va, por favor. Decidió que ya sabría lo que buscaba cuando lo encontrara, y eso la tranquilizó y le infundió valor. Examinó el forro de la maleta por si había algo cosido dentro, pero no se apreciaban bultos, y las puntadas estaban tan firmemente cosidas a la piel que no cedían ni un ápice por muy fuerte que tirara de ellas. Apartó una bufanda, unos guantes, calcetines, unos cuantos artículos de tocador y una gamuza para limpiar lentes. Entonces se fijó en una camisa. Estaba manchada. La sacó tirando de la manga para inspeccionarla a la luz. Rascó la mancha granate y pensó que debía de ser de vino. O sangre de algún animal. Pero George acababa de decirle que no habían cazado ninguna pieza. Ni siquiera un miserable faisán.

Se acercó al escritorio, rebuscó un poco, no vio nada sospechoso, nada fuera de lugar. Todo estaba organizado de acuerdo con un desorden controlado. Reconoció la libreta en la que había hurgado la vez anterior y la abrió, buscando el recorte de periódico sobre Sylvia Gibbler. Ya no estaba allí. La hojeó, la sacudió un poco para ver si caía algo de su interior. Leyó unas cuantas palabras de la libreta: parecían anotaciones hechas al azar, ideas o frases inconexas para futuros libros. Abrió los cajones del escritorio y sus dedos palparon entre plumas, sobres, clips sujetapapeles y cajitas de grapas.

—¿Buscas algo?

La señora March, que estaba inclinada sobre el escritorio, soltó un gritito y levantó la cabeza, y entonces vio a George, que estaba plantado en el umbral con los brazos cruzados. Llevaba el pelo mojado, pues acababa de salir de la ducha, y tenía una gota (de agua o sudor) atrapada, inmóvil, en la sien.

—¡Ah! Estoy... —Miró en el cajón y sacó una cajita de grapas—. Jonathan necesita grapar sus deberes, y he encontrado muchas cajitas de estas, pero ¿dónde está la grapadora? No la veo por ninguna parte.

George se acercó; la gota que tenía en la sien seguía negándose a resbalar por su cara. La señora March se estremeció un poco cuando él la rozó al estirar un brazo y coger la grapadora, perfectamente visible encima de una torre de libros, en una esquina del escritorio. George se la dio, pero ella titubeó. Estaban mirándose de esa forma inquietante, porfiada, cuando ella se oyó decir:

—Se me ha olvidado. —Hizo una pausa y añadió—: Tengo que ir a comprar leche. Para Jonathan.

George ladeó la cabeza.

—Pídele a Martha que vaya ella.

—No, no importa. Martha tiene mucha ropa por planchar.

—Pero si acabas de llegar a casa...

—Se me ha olvidado. Se me ha olvidado.

Fue al recibidor, abrió el armarito donde siempre dejaba el abrigo y el gorro, y entonces se dio cuenta de que todavía los llevaba puestos; abrió la puerta principal, salió y cerró de un portazo. Ya fuera, caminó de espaldas hacia el ascensor sin perder de vista la puerta de su piso, preguntándose si George estaría observándola por la mirilla, temiendo que él saliera al rellano y fuese a por ella, en cuyo caso, decidió, echaría a correr.

Sin embargo, la puerta del piso siguió cerrada, y eso la tranquilizó considerablemente. Pensó que lo mejor que podía hacer era ir a comprar la leche. Si volvía con las manos vacías, quedaría como una idiota.

En el supermercado, las mujeres, muy abrigadas, empujaban sus carros arriba y abajo por los pasillos mientras por los altavoces sonaba una versión lenta y jazzística, casi ebria, de «Dance of the Sugar Plum Fairy».

La señora March cogió un cartón de leche de la ruidosa nevera del fondo de la tienda mientras observaba a las otras clientas. Parecía que empujaran los carros sin rumbo fijo: caminaban siguiendo líneas rectas y parejas, ordenadamente, sobre una cuadrícula invisible, sin chocar nunca y sin mirarse unas a otras cuando se cruzaban.

Recorrió los pasillos con el cartón de leche en la mano y de pronto, en la sección de conservas, se encontró con un carro solitario, abandonado delante de unos estantes llenos hasta arriba de sopa Campbell. Se acercó al carro con recelo, temiendo que las otras clientas aparecieran por detrás de una esquina gritando: «¡Pillada!», condenándola a deambular por el supermercado en su lugar, exánime, hasta que consiguiera engañar a alguien para que la sustituyera.

En un primer momento, cuando miró con disimulo dentro del carro, no vio nada raro. Salchichas en sus envases, latas de alubias, bolsas de malla llenas de patatas y cebollas; y entonces (por sorpresa, un golpe cruel), un ejemplar de la novela de George. Se volvió rápidamente, cerró los ojos y apretó los párpados, y entonces volvió a mirar el libro con la esperanza de que la cubierta hubiese cambiado. Pero no: era el mismo. Los muros de color rojo y blanco de sopa Campbell se cernían sobre ella; estiró un brazo y, como si no lo hiciese voluntariamente, agarró el libro y se lo escondió dentro del abrigo, bajo el brazo.

Fue presurosa a la caja registradora a pagar la leche y, mientras hacía cola, notó que se le acumulaba sudor en las axilas y que el libro empezaba a resbalar. Cuando le llegó su turno, sacó la cartera de piel de avestruz con todo el cuidado que pudo, al tiempo que apretaba el libro contra el torso con el brazo. Pagó y le dirigió una sonrisa falsa a la cajera.

Una vez en la calle, le dio unas cuantas vueltas al libro antes de tirarlo en la papelera de la esquina.

Esa noche fue a acostarse temprano, pero se quedó horas despierta, inmóvil en la oscuridad. Al final oyó abrirse y cerrarse la puerta del dormitorio. Al notar que George se metía en la cama a su lado, se puso tensa. Últimamente ya estaba dormida cuando él se acostaba, y por la mañana George se levantaba tan temprano que muchas veces ella se preguntaba si realmente había dormido en su cama. Con los ojos cerrados, fingiendo que dormía, imaginó que, de repente, su marido la estrangulaba. Que la violaba. No recordaba la última vez que habían tenido relaciones sexuales. ¿Quizá la primavera pasada, después de la fiesta en casa de Zelda? Al principio, el sexo había estado muy presente en su relación: George tomaba la iniciativa todos los días, y ella se había sorprendido a sí misma mostrándose dispuesta durante varios años. El sexo con George era fácil. No exigía mucho esfuerzo. Cuando tenían relaciones, la señora March vaciaba la mente, y eso la tranquilizaba. Una vez, durante el coito, cuando Jonathan aún era un bebé, ella empezó a tener la sensación de que no era George quien la tocaba. Las manos que notaba en los hombros parecían más delgadas, de nudillos más duros. La piel de su cara, a oscuras, se le antojaba más áspera (por entonces él iba afeitado, todavía no se dejaba barba de varios días). Se puso muy nerviosa preguntándose quién sería aquel desconocido que la acariciaba e imaginándose cómo sería su cara (¿tendría las mejillas hundidas y los ojos verde claro?), hasta que no pudo más y buscó el interruptor de la lámpara. Cuando encendió la luz, vio que era George el que estaba encima de ella (¿quién iba a ser si no?); le dio la primera excusa que se le ocurrió («Creía que estaba a punto de tirar el jarrón con el pie...») y retomaron el coito. Estaba tan enamorada de George, se dijo más tarde, que ni siquiera soportaba imaginarse en brazos de otro hombre.

Cuando ya llevaban varios años casados, su relación con el sexo se tornó más ambigua, y al final acabó teniéndole pavor. Lo incomodísimo que era, lo antipático de los movimientos, el olor a húmedo y salado de George, la humedad que le dejaba entre las piernas. Su cuerpo retrocedía de forma instintiva ante cualquier insinuación sexual, y con el tiempo él acabó proponiéndoselo cada vez menos. Ella hacía como si no pasara nada; pese a saber que existían profesionales a los que se podía consultar sobre aquellos asuntos, jamás habría reunido el valor para acudir a uno. Ya sufría suficiente analizando el tema ella sola, y habría preferido morir antes que planteárselo a su marido.

Los ronquidos de George la sacaron de sus pensamientos tan de repente que se preguntó si se habría quedado dormida. Al ver que él seguía roncando, se relajó: al menos esa noche no iba a matarla.

21

Hubo varios días de nieve muy desagradables, o, como lo describieron las noticias, «una ventisca histórica». Estaba previsto que cayera más de medio metro de nieve, lo que obligaría a cerrar las escuelas, alteraría el suministro eléctrico en algunas zonas y dificultaría seriamente los viajes. Por todo el noreste, las familias se aprovisionaron de alimentos y se prepararon para el confinamiento inminente.

La primera noche solo fueron unos copos, un susurro discreto, de una suavidad casi decepcionante después de aquellas previsiones tan exageradas. Pero siguió nevando, incesantemente, y al poco la nevada ya no era pintoresca, sino agotadora por su persistencia, y sepultó la ciudad y los dejó a los tres atrapados en el piso, solos.

Por la mañana, la nieve había engullido los coches aparcados y seguía cayendo lenta y esmeradamente. Bajaron al vestíbulo y lo encontraron frío y silencioso, con las luces del mostrador de la conserjería apagadas, pues el conserje no había podido ir a trabajar. Se asomaron a la calle y observaron el níveo paisaje que los rodeaba, semejante al resplandor de una bomba atómica. Los árboles cercanos apenas se distinguían contra el fondo blanco, y las ramas parecían dedos que los señalaban.

El colegio de Jonathan había cerrado, así que se había cancelado la función navideña, lo que lo puso de muy mal humor. Para la señora March también fue frustrante que el disfraz que tanto le había costado que la modista tuviese acabado a tiempo nunca fuese a ser admirado por las madres de los otros niños, quienes seguro que no habían confeccionado los trajes de sus hijos con tres metros de la mejor lana merina (Jonathan iba a interpretar a un oso en una obra teatral original escrita por su ambicioso profesor de literatura sobre unos animales del bosque que intentaban subirle la moral a un abeto que padecía inseguridad).

Muchas familias tuvieron que suspender la cena de Nochebuena, y la suya fue una de ellas. La hermana de la señora March llamó desde el aeropuerto (habían cancelado todos los vuelos desde Washington) y prometió que irían a celebrar la Nochevieja. La madre de George no se atrevió a enfrentarse a la tormenta y prefirió no moverse de Park Slope.

La situación se complicó aún más por la ausencia de Martha. La señora March intentó convencerla por teléfono, pero Martha insistió con firmeza en que no tenía forma de llegar a la estación de metro más cercana. En un arrebato de jovialidad alarmante, George se ofreció para preparar la cena de Navidad. «Hay un pollo entero en la nevera», dijo alegremente, como si eso lo solucionara todo.

Del pollo cayeron unos hilillos de líquido rosa cuando George lo sostuvo sobre el fregadero cogido por las patas de modo que parecía un bebé sin cabeza sujeto por los brazos. La señora March vio cómo los dedos de su marido acariciaban los bordes de la cavidad, los vio tirar de los pliegues. George se inclinó sobre el pollo con avidez, casi embriagado, mordiéndose el labio inferior con algo similar a la excitación sexual, y en sus gafas se reflejó su puño, que entró empujando en la cavidad y arrancó primero el hígado morado y luego el corazón. Resbaladizos e hinchados como sanguijuelas.

Cenaron los tres: una cena de Nochebuena tranquila, durante la cual la señora March fue escupiendo discretamente trozos de pollo a medio masticar en la servilleta cuando se limpiaba los labios después de cada bocado. Luego tiró la servilleta sucia a la basura.

El día de Navidad pasó sin pena ni gloria. A Jonathan le gustó su tren de juguete, y George le regaló a la señora March una bufanda de lana beis que debía de ser muy cara. «Lana de vicuña», dijo George. Cuando se la dio, sus dedos se rozaron. Ella sonrió mientras tomaba nota de que debía buscar en el libro por si había alguna mención de que Johanna llevase una bufanda de lana de vicuña beis.

Para quitarle importancia a la situación en que se encontraban, fingieron que eran prisioneros, y se pasearon a gatas por el salón, escondiéndose detrás de los muebles de su misterioso captor (interpretado por George). Pasaban las horas como olas incesantes, y la señora March empezó a sentirse realmente prisionera; hasta le salió una erupción roja como la pulpa de sandía en el cuello. No hacía ninguna falta que intentasen salir del edificio, porque ya tenían todas las provisiones que podían necesitar, y estaba previsto que la ventisca cesara al cabo de un par de días; y sin embargo, con cada hora que transcurría le costaba más creer que aquel confinamiento tendría fin, que volvería a sus tranquilizadoras rutinas: a la calle, a la tintorería, a comprar pan de aceitunas.

Empezó a esperar con ansia cualquier suceso, por insignificante que fuera, que pudiera servir como pequeña alteración de la monotonía. La merienda, por ejemplo, se convirtió en uno de los momentos más emocionantes de la jornada. A veces creía ver arañas escondidas en las bolsitas de té: en una ocasión inspeccionó una pata peluda que asomaba por la muselina y que resultó ser una hoja de té verde.

Jonathan subía periódicamente a casa de los Miller a jugar con Alec, o Alec bajaba a su piso. Sus risas se colaban por debajo de la puerta del dormitorio de Jonathan, y a veces parecía que allí dentro hubiese más gente.

George, entretanto, pasaba horas solo en su despacho, o viendo la televisión: los titubeos de Jimmy Stewart, que tartamudeaba en blanco y negro, resonaban por todo el piso.

Recordaba haber leído, en un curioso librito de la biblioteca abandonado en un cubículo de los lavabos de su residencia universitaria, la historia de Peggy, un velero que había quedado a la deriva en el Atlántico en el siglo XVIII. Extraviados en el mar, agotadas todas las provisiones, comiendo botones y cuero, los hombres decidieron echar su destino a suertes. La «ley del mar». Ella se imaginaba el hambre, la claustrofobia, la desesperación. Cómo los hombres iban dándose cuenta de que, poco a poco, estaban enloqueciendo, y de que no podían hacer nada para remediarlo; su vista solo registraba un mar infinito y las mismas caras afligidas y demacradas de los tripulantes que todavía quedaban en las entrañas de madera del barco.

La señora March se preguntó si, llegado el caso, George o ella serían capaces de comerse a su propio hijo para sobrevivir, o si George y Jonathan se volverían en su contra.

Una noche estaba sentada en el borde de la bañera tratando de matar una fastidiosa mosca a la que oía pero no veía. El zumbido era constante, y la mosca le hacía pedorretas burlándose de sus intentos de dar con ella.

Fue a abrir el grifo, pero se detuvo y pestañeó. Había algo en la bañera. Estaba quieto. Era una paloma muerta. Tenía las alas extendidas, y el cuello, recubierto de plumas de color verde metalizado que parecían escamas, torcido en un ángulo extraño. Los ojos eran de color ámbar. La señora March quiso tocarlos. No recordaba haber visto ninguna paloma tan de cerca. La arrulló con ternura.

Entusiasmada con ese nuevo y emocionante suceso, fue corriendo al salón para informar a George.

—Me temo que hay una paloma muerta en la bañera, querido —le dijo al oído, porque Jonathan estaba tumbado en el suelo viendo la televisión, y ella no quería que lo oyera y fuese a manosear el cadáver.

—Ah, ¿sí? —George cerró el periódico.

—¿Crees que podrás deshacerte de ella? —le preguntó la señora March—. A mí me da mucho asco tocarla.

Así que George se arremangó la camisa y fue al dormitorio a ocuparse de la paloma.

—¿Qué estás viendo, Jonathan? —le preguntó la señora March a su hijo.

Jonathan se encogió de hombros y ni siquiera giró la cabeza para mirarla.

La señora March cogió el periódico que había estado leyendo George y, al doblarlo, vio que era del día anterior a la tormenta de nieve.

—¡Cariño! —le gritó George desde el cuarto de baño del dormitorio—, ¡ven un momento!

Encontró a George de pie con los brazos en jarras junto a la bañera. Al oírla entrar, él se dio la vuelta.

—Aquí no hay nada.

La señora March se acercó a mirar. La bañera, de un blanco impoluto, estaba vacía e intacta: allí no quedaba ni una sola gota de sangre, ni resto alguno de plumas. Miró la ventanita que había sobre la bañera. Estaba cerrada. Intentó recordar si antes la había visto abierta.

Se llevó las manos a la cara.

—Estaba... Estaba aquí hace solo unos segundos.

—A lo mejor ha salido volando.

—No, no... —Quería explicarle que eso era imposible, y que estaba muy asustada, pero en lugar de continuar miró a George, que escudriñaba su rostro con sus ojitos negros detrás de las gafas y con las manos en los bolsillos. Ella se mordisqueó la yema del pulgar.

—A lo mejor es que estás cansada —dijo George con cautela—. Tanto tiempo encerrada aquí...

Ella se quedó mirando a George con gesto inexpresivo. Él le sostuvo la mirada.

—Sí —contestó—. Seguramente.

La señora March se planteó la posibilidad de que George estuviera torturándola. Que le estuviera gastando una broma de mal gusto para divertirse. O quizá la paloma había sido un aviso para que dejara de molestarlo.

La última noche de su confinamiento, cuando iba al dormitorio a acostarse, oyó una repentina risotada que provenía del salón. Entró sigilosamente y encontró a George sentado, solo, en su sillón favorito con un vaso de whisky en la mano.

—¿Qué te hace tanta gracia? —le preguntó, y se puso en tensión por si resultaba que se estaba riendo de ella.

—Estaba acordándome de una cosa que decía mi padre.

—¿Y qué decía?

George la miró y agitó el whisky, haciendo rodar los cubitos de hielo, que tintinearon al chocar con las paredes de cristal del vaso.

—No me acuerdo —respondió con una sonrisita de suficiencia—. ¡Vaya!

Ella se dio la vuelta para irse, pero entonces George dijo:

—Mi padre no era un hombre muy gracioso.

La señora March, aliviada de saber que aquello no tenía nada que ver con ella, se aflojó el cinturón del albornoz, suspiró y decidió participar.

—Bueno —dijo—. ¿No padeció diabetes casi toda su vida?

—Sí. Fue horrible. No se cuidaba. No se dio cuenta de que ya tenía gangrena. Tenía la piel como el grafito. La infección se extendió al hueso. Estaba tan grave que empezaron a cortarlo en trocitos. Ya sabes que el primer relato que escribí trataba de su primera amputación. «Un puñado de dedos». —Rio un poco, y luego su rostro se ensombreció—. A veces me inspiro en cosas realmente horribles. ¿Crees que eso me convierte en una mala persona?

La señora March miró a George, sus ojos escrutadores e insondables, su sonrisa ambigua, que siempre parecía burlarse de la inteligencia de ella.

—No... —dijo casi sin voz.

George le cogió una mano y le frotó el anillo de casada.

—Tú siempre ves lo mejor de mí —dijo. Le tiró de un padrastro; entonces se llevó su mano a los labios y lo mordisqueó suavemente.

22

Cuando por fin dejó de nevar y fueron apareciendo coches y bicicletas atadas a los postes, la nieve medio derretida obstruyó las calles, y el polvo acumulado de la ciudad se filtraba a través de ella como una infección. En el periódico había fotografías de familias enteras de Red Hook posando muy serias en las escaleras de sus sótanos inundados. Un hombre había muerto en Central Park al caerle encima una rama.

Los March estaban listos para organizar la cena de Fin de Año con Lisa, la hermana de la señora March, y Fred, su marido. La madre de George pasaría la noche con una de sus cuñadas, y Paula, como era de prever, estaba en alguna playa bronceando sus largas piernas de color tofe a expensas de algún amigo generoso.

Cuando Lisa y Fred llamaron a la puerta, todo estaba preparado. La mesa estaba puesta con gusto, con un toque ostentoso, porque, pese a tratarse de una cena en familia, la señora March no podía tolerar que, después, su hermana regresara al hotel y le comentara a su marido que su servicio de mesa era mucho mejor. La comida la habían encargado en Tartt con tres semanas de antelación, y los postres que había preparado Martha descansaban en la encimera de la cocina: unos candorosos macarons puestos en fila como debutantes con vestidos de seda esperando para hacer su entrada.

En el piso reinaba un ambiente festivo casi asfixiante: el árbol perfectamente decorado, Bing Crosby entonando villancicos hawaianos en el equipo de música y las felicitaciones navideñas expuestas con mucho gusto en la repisa de la chimenea. Ese día, la señora March puso la felicitación de su hermana, una tarjeta barata y chabacana con un reluciente muñeco de nieve, delante de todas las demás.

La señora March se detuvo un instante antes de abrir la puerta, para que no pensaran que había estado esperando en el recibidor. Lo cierto es que sudaba de expectación; no sabía qué era eso que le causaba tanta inquietud, pero de todas formas se la causaba.

Les abrió la puerta y les dio una efusiva bienvenida, e, inmediatamente, se alegró al ver que las caderas de Lisa, comprimidas bajo una falda de lana horrible, se habían ensanchado. Cualquier signo de deterioro en su hermana, por pequeño que fuera, siempre le producía felicidad. Desde que eran niñas, su madre se había dedicado a compararlas, y la señora March siempre era la que salía mal parada. «¿Por qué no te comportas? Mira a tu hermana Lisa, a ella también se le ha muerto la abuela», le había dicho al oído a la señora March en el funeral de su abuela.

Y era cierto: Lisa siempre llevaba encima una capa de calma esterilizada; parecía que no experimentara realmente las cosas, que se limitara a contemplarlas desde lejos.

Daba la impresión de que su madre, la señora Kirby, le había tenido rencor a la señora March desde el principio, como evidenciaba el hecho de que le hubiese puesto el nombre de su madre, a la que odiaba. Su desprecio quedó confirmado una noche cuando, borracha de jerez, confesó que la señora March había sido un accidente y que se había planteado abortar.

La señora March se alegraba de que Jonathan fuese hijo único y no tuviese hermanos con los que compararse, y de que su madre no tuviera ningún otro nieto con el que compararlo. Su hermana había decidido no tener hijos, y a menudo declaraba lo contenta que estaba de poder viajar por el mundo; además, su madre ya le daba mucho trabajo. Pero la señora March sospechaba que en realidad no había podido concebir hijos porque estaba demasiado flaca. Dudaba mucho de que Lisa hubiese podido menstruar después de lo que había adelgazado en la universidad, y ahora ya era demasiado mayor para quedarse embarazada.

Al principio, para la señora March tener a Jonathan había supuesto un triunfo sobre su hermana: por fin su madre estaría orgullosa de ella por algo que Lisa no podía hacer. La señora Kirby siempre decía que tener hijos y una familia era el mayor logro al que podía aspirar una mujer en la vida. Sin embargo, cuando la señora March tuvo a Jonathan, su padre ya había fallecido, lo que había dejado a su madre muy silenciosa; y poco después de nacer el bebé, la señora Kirby ya empezaba a mostrar síntomas de demencia. «Eres una preciosidad, Lisa», dijo la primera vez que sostuvo a Jonathan en brazos.

—Hace muchísimo frío —dijo Lisa, con la nariz colorada—. ¡Me encanta esta época del año!

Fred, el marido de Lisa, se acercó a la señora March con una sonrisa de bobo y andares de pato. El insufrible, pretencioso y gordo Fred. A la señora March le había caído mal desde el primer día. Cuando estaban con más gente, hacía lo imposible para que ella se sintiera incómoda. Era el típico engreído que anunciaba que la mesita de té de cedro antigua estaba pasada de moda. «Ahora los muebles del siglo XVIII están baratísimos. ¿Cuánto has pagado por eso?».

Fred había viajado por todo el mundo. Había tallado piedras Mani con los monjes budistas de un monasterio tibetano; había nadado con tiburones en Bali («No da tanto miedo»); y por supuesto, lamentablemente, había hecho su propio *foie gras* durante una visita a una granja francesa. La señora March, que no había traspasado los límites autoimpuestos de Estados Unidos y Europa, encontraba sus historias intimidantes y tediosas. Sin embargo, ninguna de aquellas supuestas lecciones de humildad, ninguna de aquellas experiencias aleccionadoras parecía haberle enseñado nada a Fred, y mucho menos humildad.

Fred le dio una palmada en la espalda a George y besó en la mejilla a la señora March, humedeciéndosela con sus sudados carrillos, y ella notó aquella humedad en la cara toda la velada (como le recordó su mano, que una y otra vez intentaba secársela).

—A ver si por fin se puede beber un vino decente en esta casa, amigo mío —le dijo Fred a George, con una risita, y sacó una botella de vino de un tamaño descomunal—, y no lo que nos diste la última vez. Y esto —añadió, sacando otra botella más pequeña— es un vino de saúco que hago yo mismo. Para las damas.

—Nosotras también queremos probar el vino bueno, querido —dijo Lisa mientras se miraba en el espejo del recibidor.

—No, no, vosotras tenéis el vino de saúco. No sabríais apreciar lo bueno que es este vino.

—¡Claro que sí! —dijo Lisa, aunque sin mucho entusiasmo.

—Tú misma lo dijiste un día: no sabes distinguir el tinto de la casa de un Vega Sicilia.

La señora March miró de reojo a George, que rio con cordialidad y cogió las botellas. Ella frunció los labios. La última vez que los March habían ido a Maryland, a casa de su hermana y Fred, los habían engatusado para que se bebieran un vino que estaba picado. En el botellero de la cocina tenían unos tintos añejos impresionantes, pero Fred les sirvió el de una botella que debía de llevar al menos cuatro días abierta en la encimera.

Se quedó mirando a Fred mientras él se jactaba de lo baratos que les habían salido los billetes de avión.

—Una auténtica ganga —iba diciendo. Y luego, cuando la señora March le cogió el abrigo—: Gracias, querida. ¿Dónde está Martha? ¿Dónde está esa bruja?

—Martha tiene el día libre —contestó la señora March. Cogió también el abrigo de su hermana, una prenda de lana de color rosa claro demasiado cursi para su gusto, y los colgó los dos en el armarito del recibidor—. Es Nochevieja, ¿no?

—Nuestra asistenta siempre se queda por Nochebuena y por Nochevieja —dijo Fred—. Esas cosas hay que dejarlas bien claras desde el principio, o luego se aprovechan de ti.

—¡Qué bonito! —dijo Lisa al ver el broche de la señora March. Lo dijo de una forma tan exagerada que la señora March supo inmediatamente que mentía. Ella le había regalado a Lisa un broche parecido por su cumpleaños, años atrás, y no se lo había visto puesto ni una sola vez.

—¡Uau! —exclamó Fred cuando entraron en el salón, adonde la señora March estaba intentando disimuladamente conducirlos desde que habían cruzado la puerta—. Tu libro debe de estar vendiéndose mucho, George. Mira esto, Lisa.

—Está vendiéndose mucho, ¿verdad? —dijo Lisa—. He leído unas reseñas muy elogiosas. Yo todavía no lo he empezado, pero...

—Lisa finge que lee —dijo Fred con un bufido. Tenía las mejillas más coloradas que una panadera victoriana.

—Claro que leo —replicó Lisa con un destello de exasperación en la mirada.

—Lo que tú digas, cariño. ¿Eso es un Hopper auténtico? ¿Cuánto os ha costado?

—Ese cuadro lleva años ahí. Ya te fijaste en él la última vez que vinisteis —dijo la señora March, procurando que pareciera que quería ayudar, y no que se ponía a la defensiva.

—Estoy seguro de que no lo había visto en la vida.

—Ya lo habías visto, en serio.

—No. Me acordaría.

—Bueno, ¿nos sentamos? —intervino George—. Estoy hambriento.

Entraron en el comedor por la puerta acristalada. La mesa resplandecía, adornada con una guirnalda de hojas de magnolia en el centro, con platos y soperas de porcelana pintada a mano y con un opíparo banquete de vieiras a la brasa con mantequilla quemada y jamón asado con piña. La señora March sabía que Jonathan odiaba la piña, pero aquel era el plato más impresionante que habría podido servir (el jamón asado con piña de Tartt, pese a su aparente sencillez, era el súmmum de la erudición gastronómica). Además, le gustaba el carácter hogareño de aquel plato, el toque que le daba a la escena cuando George lo cortaba en lonchas ante la familia, como si posara para un cuadro costumbrista de Norman Rockwell. Jonathan tendría que contentarse con las vieiras.

—Oh, qué mesa tan preciosa... —dijo Lisa.

—Va, dinos la verdad: ¿has cocinado tú algo? —le preguntó Fred con su habitual y detestable tono jocoso.

—Bueno, me han ayudado un poco, claro —dijo la señora March.

—Ya me lo imagino —dijo Fred, y sonrió, dejando a la vista dos hileras de dientecillos que parecían de leche.

Se sentaron a la mesa, y mientras los hombres atacaban la comida con la velocidad y el silencio que suscitaba el apetito masculino, las mujeres se llenaban el estómago de agua y, de vez en cuando, añadían alguna verdurita al vapor. La señora March vigilaba atentamente a Lisa e imitaba todos sus movimientos. Solo tomaba un bocado cuando lo hacía su hermana.

Fred, sin imponerse ningún control, atacó su plato ruidosamente. Tenía la desagradable costumbre de respirar por la boca mientras comía, y de vez en cuando soltaba una risita.

—Deja algo para los demás, querido —dijo Lisa con un tono simpático pero que encerraba una advertencia.

Con la copa de vino en la mano, a la espera de que su hermana diera el siguiente mordisquito, la señora March se fijó en que Lisa racionaba meticulosamente su comida y se daba unos toquecitos en las comisuras de la boca con la servilleta de vez en cuando, aunque no hubiese comido nada. Siempre había sido estirada; ya lo era cuando, de niñas, jugaban a las familias y se imaginaban a su futuro marido. Lisa siempre describía al mismo hombre: alto, de pelo lacio, europeo, un poco torpe pero amable. Un humilde intelectual. La señora March miró a Fred, la calva de su coronilla, su papada sudada y cubierta de un sarpullido, sus puños encima de la mesa. Fantaseó con que viajaba en el tiempo hasta el piso de sus padres y volvía a sus habitaciones conectadas a través del baño. La joven Lisa no habría podido creer cómo era el marido que le reservaba el futuro; de hecho, la señora March tampoco se lo habría creído. Lisa se habría muerto de celos si hubiera sabido que el futuro marido de su hermana pequeña sería un escritor famoso. Bueno, y seguramente también un violador y un asesino. A la señora March se le borró la sonrisa de los labios.

—Pasa las patatas —dijo una vocecilla a su lado.

La señora March miró a Jonathan. Se había olvidado de que su hijo estaba en la mesa. Lo compensó exageradamente, sirviéndole una cantidad enorme de patatas, y luego le apartó el pelo hacia atrás en un gesto que, a su entender, era obviamente cariñoso. Jonathan siguió comiendo.

—¿Qué le pasa? —preguntó Fred.

La señora March se dio cuenta de que su cuñado había estado observándolos. A veces sorprendía a Fred mirándola fijamente. Al principio creía que lo hacía porque se sentía atraído por ella, pero con los años había empezado a pensar que sus intenciones eran mucho más siniestras.

—No le pasa nada —respondió la señora March con un tono un poco estridente, porque ella se había hecho esa misma pregunta a menudo.

—A su edad, yo era mucho más espabilado —dijo Fred; le brillaban los ojos y tenía los carrillos abultados, llenos de jamón—. Siempre andaba metido en peleas. Los niños tienen que meterse en peleas: así es como aprenden a ser hombres.

Lisa puso alguna vaga objeción, a lo que Fred replicó:

—Es la verdad. Si no, nunca aprenden a defenderse.

—Bueno, a lo mejor le iría bien ir al psicólogo —dijo Lisa.

La señora March se quedó de piedra ante aquella traición, y miró a su hermana sin la más mínima intención de disimular un odio puro e inequívoco.

—No creo que sea necesario —dijo, y se sirvió más verduras a pesar de que todavía no se había terminado la porción que tenía en el plato.

—¿Por qué no? —preguntó Lisa.

—Yo no creo en los psicólogos —terció Fred—. Los niños tienen que enfrentarse a la vida por sí solos. Si no, de mayores tampoco sabrán hacerlo y siempre necesitarán la ayuda de otros.

—En serio, ¿por qué no lo llevas al psicólogo? —insistió Lisa, ignorando a Fred—. ¿Es por tu experiencia personal? ¿Crees que a ti no te ayudó?

—No digas tonterías —dijo la señora March, con las mejillas coloradas—. Esto no tiene nada que ver conmigo. Hacía una eternidad que no pensaba en eso. Ya ni me acordaba.

La verdad es que la señora March no había olvidado sus sesiones con el doctor Jacobson. La sala de espera, las revistas infantiles manoseadas y con los acertijos ya resueltos. El largo pasillo que conducía hasta su despacho, la puerta cerrada, las voces amortiguadas detrás de aquella puerta. El doctor Jacobson preguntándole cómo se sentía respecto a esto y lo otro, presionándola; y ella inventándose respuestas para complacerlo.

—¿Cuándo fuiste tú al psicólogo, cariño? —preguntó George.

—Hace mucho, cuando era una cría. Y pocas veces: solo fueron un par de sesiones. Se ve que un día mordí a la asistenta, fue por eso. —Puso los ojos en blanco y sonrió.

—No fue solo porque mordieras a la asistenta —dijo su hermana—. Lo sabes, ¿no?

La señora March desvió la mirada, pero notaba los ojos de Lisa clavados en ella. George siguió masticando la última gamba envuelta en beicon que quedaba.

Fred, que estaba desplomado sobre la mesa como si ya no soportara su propio peso, propuso un brindis por el año nuevo y por sus generosos anfitriones, los March. Miró con lascivia a la señora March, frunciendo sus carnosos y húmedos labios. Ella intentó sostenerle la mirada, pero no pudo.

A la mañana siguiente, la primera del nuevo año, la señora March se preparó una taza de té y se la llevó junto a la ventana de su dormitorio, y allí, de pie, sopló suavemente en ella mientras observaba el edificio de enfrente y sus ventanas sin vida.

—¡Conejito! ¡Conejito! ¡Conejito!—dijo en voz baja. Desde pequeña, cultivaba la superstición de murmurar esa palabra nada más despertar el primer día de cada mes. Continuó, pero fue subiendo la voz hasta gritar, y su aliento empañó el cristal—. ¡Conejito! ¡Conejito! ¡CONEJITO!

23

Cuando solo hacía una semana que se habían reanudado las clases, la directora del colegio de Jonathan llamó a la señora March y le pidió que fuera a su despacho. «Me temo que ha habido un incidente —dijo—. Es un tema un poco... delicado. Prefiero no hablarlo por teléfono».

Así que la señora March se preparó para interpretar el papel de madre distinguida y carismática, una madre preocupada por lo que pudiera haber hecho su hijo, pero también intimidante con el profesorado; enigmática y al mismo tiempo afable. Cuando cogió el taxi para ir al Upper West Side iba animada, con sus mejores pendientes de pinza, pero acabó mareada porque el taxista fue frenando bruscamente, cada dos por tres, por toda Central Park West.

Cuando era pequeña, el chófer de su padre la llevaba al colegio todos los días. La llevó y la recogió durante diez años, y sin embargo ella casi nunca le veía la cara. Recordaba su nuca, eso sí: cuadrada y cubierta de pelos muy cortos y pinchudos, visible por el hueco del reposacabezas. Los días que su padre iba un poco más tarde al trabajo, la acompañaba en el coche, con su traje a medida y leyendo la sección de negocios de los periódicos matinales, que estaban esperándolo en el asiento trasero dispuestos en abanico. El olor de la tinta de papel de periódico, que recordaba al de la gasolina, siempre le producía náuseas. Una vez vomitó, y ensució todo el tapizado de piel y el embellecedor de madera de la puerta (había apuntado a la ventana). El chófer se mostró sereno y discreto, como siempre, y ella lo sintió por él, pero al menos había tenido el buen juicio de esperar a que su padre se hubiera bajado del coche. A la mañana siguiente, el coche apareció limpio y perfumado, como si nada hubiera pasado.

Llegó al colegio de Jonathan y bajó del taxi abanicándose para mitigar aquel leve mareo. Los alumnos de segundo de primaria jugaban en la pista de baloncesto adyacente; se oían vítores y, de vez en cuando, algún chillido. Todos los niños llevaban el uniforme escolar obligatorio.

Vio a un hombre rondando cerca de la valla. Sabía muy bien a qué se dedicaban los hombres que merodeaban cerca de parques y colegios. Su madre le había advertido a una edad muy temprana (antes de enviarla a confesarse por primera vez, cuando tenía nueve años) que nunca debía confiar plenamente en ningún hombre. «¿Y en papá?», preguntó la señora March, suponiendo que él sería la excepción a la regla, sobre todo porque su madre solo hablaba de su padre en términos elogiosos.

«Jamás bajes la guardia», contestó su madre.

Dentro del colegio olía a metal y a madera húmeda. No olía a niños, y la señora March lo agradeció. Aquí y allá, en las paredes pintadas de un marrón y un verde penitenciarios, había coloridas obras de arte expuestas en tableros de corcho. Reinaba un silencio respetuoso, como en una iglesia; solo lo interrumpía el murmullo monótono de una maestra, que subió un poco el tono mientras la señora March avanzaba por el suelo de terrazo beis del vestíbulo.

La directora, a la que recordaba vagamente de su primera visita al colegio, era una mujer con una torre de pelo granate cardado, labios finos y sonrientes y naricita afilada como la de un gorrión. Recibió a la señora March en su despacho, una sala pequeña, adornada con alfombras de colores llamativos y muebles disparejos. Se sentaron, a sugerencia de la directora, la una frente a la otra en sendas butacas gruesas, una con estampado de cachemira y otra de cuadros escoceses.

—Muchas gracias por venir, señora March —dijo la directora, y la señora March se hundió en aquella bulbosa butaca—. Siento haber tenido que molestarla, pero me ha parecido que debíamos mantener esta conversación en persona.

Se produjo un silencio. La directora compuso una sonrisa tranquilizadora, y al entrecerrar los ojos se le formaron patas de gallo.

—Sí, claro —dijo la señora March.

—Como ya sabe, es la primera vez que le pido que venga a verme, y espero no tener que volver a hacerlo. —Inspiró hondo—. ¿Ha sufrido Jonathan algún tipo de... presión últimamente? ¿Ha vivido alguna... situación emocionalmente estresante, quizá, durante las vacaciones de Navidad?

La señora March parpadeó.

—No —dijo.

—Podría ser simple curiosidad, ¿me explico? A veces, a esta edad, están confundidos y quieren... explorar. No saben que pueden... hacerles daño a otros. —La directora suspiró y juntó las manos sobre el regazo—. Me temo que Jonathan se ha desmandado. Cuando volvió de las vacaciones, todo parecía normal. Estaba integrándose bien, pero entonces...

Mientras la directora hablaba, la señora March se fijó en la alfombra raída, con una esquina doblada; en las fotografías enmarcadas de excursiones a la nieve que había en la mesa; en los libros de psicología infantil de la estantería. Cuando ella era niña, solo la habían mandado al despacho de la directora una vez, porque le había escrito una nota cruel a una compañera de clase. «Querida Jessica —(desde entonces, la señora March siempre había odiado ese nombre)—: Todos te odian, y pronto te morirás. Es la voluntad de Dios —rezaba la nota—. Firmado: una alumna de cuarto». No entendía por qué la había tomado con Jessica, una niña que nunca había destacado por nada. Recordaba haber observado a Jessica en el recreo, y haberse fijado, furiosa, en cómo le resbalaban los calcetines por las pantorrillas, dejando al descubierto la piel rosada de sus piernas en los fríos meses de invierno, cuando todas las otras niñas iban forradas de pana y con leotardos de lana. Observaba jugar a la incauta Jessica: la veía bailar y hacer el payaso, con los brazos en jarras, y oía su risa aguda, y veía sus trenzas rubias rebotar sobre su pecho. También estudiaba a Jessica en el aula: cómo se comía las uñas, con la cabeza inclinada sobre la libreta; sus labios, entreabiertos, dejaban ver unos dientes ligeramente separados. Con qué entusiasmo levantaba la mano: se le hinchaba todo el cuerpo y emitía unos pequeños quejidos mientras decía: «¡Yo, yo, yo!». La señora March estaba entre el público cuando Jessica actuó en la función de ballet. Ver bailar a Jessica, con el rubio cabello recogido en un moñito, los diminutos pezones marcados bajo el maillot rosa, había despertado en ella una envidia ardiente que se mezclaba con la sangre que corría por sus venas. Una envidia que siguió latiendo en su cuerpo cuando, después de la clase de matemáticas, escribió aquella nota y, sin pensárselo dos veces, la metió en la mochila de Jessica.

Como es lógico, hubo un gran revuelo cuando se descubrió la misiva. La maestra, preocupada, la fotocopió y la repartió entre todos los profesores de cuarto. La señora March se arrepintió del engreimiento que le había hecho revelar cuál era su curso, pero la verdad es que no esperaba que Jessica, aquella chivata, le enseñara la nota a nadie.

—Conozco a Jonathan —estaba diciendo la directora—, y sé que nunca había hecho nada parecido, pero comprenderá que no puedo permitir que pervierta a mis otros alumnos...

La señora March se estremeció. Muchas veces le daban náuseas cuando tenía hambre, y ese día había desayunado muy poco. ¿Por qué no había desayunado más? Intentó recordarlo.

—Evidentemente —prosiguió la directora—, no podemos permitir esta clase de comportamiento en nuestro colegio. Estoy segura de que lo entenderá.

—Por supuesto.

—Estupendo, me alegro. Jonathan podrá volver en cuanto haya cumplido la expulsión, desde luego...

—¿Expulsión?

La directora arrugó el ceño.

—Sí, señora March. Como acabo de explicarle, su comportamiento no puede quedar impune. La reputación del colegio se vería perjudicada. Y la mía, francamente. Además, sería injusto para los padres de esa niña. Debemos imponer un castigo ejemplar.

—Sí, lo comprendo —dijo la señora March, sin comprender nada. Estaba sudando bajo el grueso abrigo, que no se había quitado, y habría parecido raro que se lo quitara cuando ya llevaba tanto rato allí; además, debía de tener manchas de sudor en la blusa.

—Como ya he dicho, Jonathan puede quedarse el resto del día. Y podrá volver la semana que viene.

La directora se levantó, y la señora March interpretó que la reunión había terminado y la imitó. Las dos mujeres se dieron las gracias, tantas veces que la señora March se preguntó qué habían hecho la una y la otra para estar tan agradecidas. La directora la acompañó hasta la puerta y la despidió con una sonrisa.

La señora March estaba parando un taxi en Columbus Avenue cuando se le acercó un mendigo. «¡Malfollada!», le gritó; ella se metió a toda prisa en el taxi y cerró la puerta.

24

Cuando ya estaba cerca de su edificio, la señora March vio en la acera a un grupo de personas pegadas unas a otras para protegerse del frío. Había otra que se paseaba describiendo círculos, y otra más un poco apartada del grupo, fumando un cigarrillo. Era difícil distinguir sus caras o determinar su género, pues todas iban envueltas en gruesos abrigos y llevaban gorros de invierno calados hasta las cejas. La mayoría, si no todas, llevaban el mismo libro en la mano: la nueva novela de George. La satinada cubierta, al reflejarse la luz en ella, le lanzó destellos a la señora March desde las manos enguantadas de una de aquellas personas, y desde el bolsillo del abrigo de otra. Supuso que alguien debía de haber localizado a George, o lo había visto entrar en el edificio, y ahora estaban todos allí esperándolo, con la ilusión de conseguir una fotografía o un autógrafo.

Unas cuantas la vieron entrar a toda prisa en el edificio. El conserje, tieso y callado, le sujetó la puerta.

—Buenas tardes —dijo ella, pero él no le contestó.

Atravesó el vestíbulo parpadeando, apabullada. ¿Había hablado en voz alta, o solo se lo había imaginado?

Por la noche, la familia March se sentó a la mesa a la hora de la cena. Enfrente de la señora March, Jonathan picoteaba la comida en silencio. Su madre lo miraba con disimulo, observando sus ojos hundidos y de pestañas tupidas, su actitud reservada, y llegó a la conclusión de que era imposible que fuese cierto lo que la directora había dicho de él. La palabra *pervertir* colgaba dentro de ella, inerte, como un órgano podrido. A lo mejor, especuló, agarrándose a un clavo ardiente, era a Jonathan a quien habían pervertido. A lo mejor lo había engatusado alguien para que cometiera actos censurables: un compañero de clase, o... Miró a George, que ingería ruidosamente su comida. «Lo ha pervertido él —pensó—. Este monstruo ha pervertido a mi hijito».

—Patatas, cariño —dijo George, sin molestarse en levantar la vista del plato.

—Sí, patatas —dijo Jonathan como un eco.

La señora March empujó la bandeja hacia ellos, y entonces percibió, con una claridad repentina, eléctrica, en qué se asemejaban padre e hijo. Hasta entonces, nunca se lo había planteado (Jonathan parecía haber brotado él mismo, ya formado, sin compartir material genético de ninguno de sus progenitores), pero ahora detectaba un claro parecido: la curva de la frente, la línea de crecimiento del pelo, el arco de las cejas. En cambio, los ojos eran muy diferentes, y eso le produjo alivio, pues, si los ojos eran la ventana del alma, era evidente que sus almas debían de ser muy distintas. Los ojos grandes, vacíos y de pestañas negras de Jonathan contrastaban drásticamente con los pequeños, penetrantes y sagaces de George. Pero quizá los de George fuesen producto de su miopía, quizá se le hubiesen achicado de tanto leer con gafas. Quizá de niño hubiese tenido unos ojos tan grandes e inexpresivos como los de Jonathan. Según su madre, había sido un niño de una inteligencia excepcional. Su madre siempre lo había idealizado. La señora March supuso, con resentimiento, que, después de fallecer el padre, debían de haber desarrollado un vínculo muy estrecho. Que el dolor debía de haberlos unido. Aunque, según el propio George, su padre había sido muy estricto. Frío. Tal vez no fuese perderlo lo que había traumatizado a George, pensó de pronto la señora March. Tal vez nadie lo supiera, pero el padre de George hubiese sido violento. Un alcohólico. Tal vez hubiese sometido a George a fuerza de golpes. Regañó mentalmente a su marido por haberle ocultado su doloroso pasado. Dedujo que debía de avergonzarse de él, o que se culpaba, como hacían muchos niños maltratados. O quizá... quizá a George le hubiese gustado. Aspiró con brusquedad al pensarlo, y se atragantó con el trozo de espárrago que se disponía a tragar en ese momento. Quizá a George lo hubiera convertido en un monstruo su padre, y ahora George estuviera haciendo lo mismo con Jonathan. Abuelo, padre, hijo: una estirpe de monstruos.

Miró fijamente a George y luego a Jonathan. Ninguno de los dos se dio cuenta. Por un instante, la señora March se preguntó si en verdad estaba allí con ellos. Acababan de pedirle las patatas, ¿no? Quería hablar (necesitaba hablar, necesitaba que la miraran, que le confirmaran su presencia), así que carraspeó y dijo:

—Bueno, Jonathan, ¿no vas a contarle a tu padre lo que ha pasado hoy en el colegio?

Jonathan alzó la vista con gesto inescrutable y frunció las cejas. George lo miró por encima de la montura de las gafas.

—¿Poe? —dijo.

—Me han expulsado —dijo Jonathan, y volvió a clavar los ojos en su plato.

George suspiró, no tanto sorprendido como resignado.

—Le ha hecho algo —dijo la señora March con la boca seca— a una niña de su clase.

George volvió a mirar a Jonathan por encima de las gafas.

—Eso no está bien, hijo. Te hemos enseñado cómo comportarte —dijo con tono severo—. No pienso aceptar esta clase de comportamiento. Estoy francamente disgustado, y tu madre también. Tú sabes lo que no debes hacer.

—No ha sido culpa mía —dijo Jonathan, esta vez con una pizca de arrepentimiento—. Ha sido Alec, él ha desafiado a los otros niños a...

—¿Alec? —dijo la señora March, y recuperó la esperanza al pensar que quizá Sheila Miller estuviera pasando por el mismo suplicio que ella en el piso de arriba—. ¿A Alec también lo han expulsado?

Jonathan negó con la cabeza sin dejar de mirar su plato.

—No, a él ni siquiera lo han mandado al despacho de la directora, pero él ha tenido la culpa de...

George dio una fuerte palmada en la mesa y la señora March se sobresaltó.

—¡Esto es inaceptable! —gritó George—. ¡Expulsado con ocho años y ni siquiera es capaz de admitir su responsabilidad por lo que ha hecho! La culpa es tuya y de nadie más. Más vale que reflexiones seriamente sobre lo ocurrido, Jonathan, y que te asegures de que no vuelve a pasar.

La señora March observaba anonadada la escena que se desarrollaba ante ella. George apretaba los dientes y tenía las narinas dilatadas. El salero se había volcado. Ella no recordaba la última vez que había visto así a su marido, si es que lo había visto alguna vez. George nunca le había impuesto una disciplina férrea a Jonathan. Se lo imaginó furioso con Sylvia: la chica despatarrada en el suelo del dormitorio, suplicando por su vida, y George, de pie, diciéndole que lo que estaba a punto de pasarle era culpa suya, y que tenía que responsabilizarse de sus actos. Se había burlado de él. Lo había provocado. Más tarde, cuando la vida estaba a punto de abandonar su cuerpo violado, Sylvia habría utilizado su último aliento para pedir misericordia una última vez, y George se habría reído de ella. La señora March se estremeció ante el monstruoso cuadro que había conjurado. Le sangraban las mejillas por dentro de tanto mordérselas.

—Vete a tu habitación. Ya has terminado —dijo George.

Jonathan se levantó y salió corriendo, sin mirar ni a su padre ni a su madre.

La señora March miró de reojo a su marido, que siguió comiendo. Lo observó cortar un tallo de espárrago en pedacitos. Cuando se tragó el último trozo, George frunció el ceño y dijo:

—¿Hoy no era el cumpleaños de alguien? ¿De tu hermana?

—No —respondió ella. Entonces le pareció que había sonado cortante, y añadió—: Es en septiembre.

—Ah, sí. Bueno, pues es el cumpleaños de alguien, no me acuerdo de quién.

«De Sylvia», pensó la señora March.

—¿Puedo acabarme eso? —dijo George, y señaló el plato que ella no se había terminado—. Si no vas a comer más...

La señora March empujó su plato hacia él. George solía cenar ligero, porque las comidas pesadas lo dejaban demasiado aletargado para escribir. Quizá el enfado le hubiese abierto el apetito, pensó ella. Quizá sorbiese el malestar del ambiente, como una abeja que sorbe el rocío de un pétalo.

Esa noche, George se sentó en la cama cuando ella ya dormía, pero no era George. Era el diablo.

—No me voy a creer nada de lo que me digas —le dijo ella.

Él le acarició una mejilla con una uña larga y amarillenta y dijo:

—Tienes tantos demonios dentro, querida...

—Sí.

—Han encontrado el camino para entrar.

—El exterminador vendrá el lunes —dijo ella—. Hay una plaga.

—¿Qué te ha pasado en la oreja? —preguntó el diablo, y le tocó el lóbulo con la misma uña amarillenta.

—Ah, me la he quemado, pero ya está curada.

—¿Seguro?

Ella se tocó el lóbulo y notó la costra.

—Vaya —dijo—. Qué raro. Creía que ya se me había curado.

El lóbulo reseco se desprendió como un diente de leche. Ella se lo ofreció para que lo examinara, y él se lo metió en la boca, lo masticó y se lo tragó, lo que a ella le pareció muy grosero.

—Perdona —dijo ella en voz alta—. Alguien me llama.

Él la miró sorprendido.

—Nadie te llama —dijo.

—Sí, en el pasillo.

—En el pasillo no hay nadie.

Parpadeó un poco y abrió los ojos: estaba de pie en el dormitorio, con la mano en el picaporte de la puerta. La oscuridad era casi total, excepto por la luz diluida de la luna que se colaba entre las cortinas mal corridas y la fina línea luminosa que se filtraba por debajo de la puerta al pasillo.

Giró el picaporte despacio y abrió la puerta del dormitorio. Fuera había alguien: una figura oscura e inmóvil, orientada hacia ella en la penumbra. La señora March retrocedió un paso y aspiró bruscamente; entonces entrecerró los ojos e intentó ver en la oscuridad. Era Jonathan. Estaba muy erguido, en una postura extraña, y sus ojos, grandes y vacíos, miraban más allá de ella.

Se arrodilló ante él, ante su mirada ciega, y lo zarandeó. Jonathan parpadeó, sobresaltado, y rompió a llorar. Ella lo abrazó, o, mejor dicho, él la abrazó a ella, y mientras el cuerpecito tembloroso de Jonathan se amoldaba al suyo, ella vio que había luz en el despacho de George. Se quedaron un rato así, madre e hijo abrazados el uno al otro, mientras ella miraba la luz que salía por debajo de la puerta del despacho.

25

La señora March pasó unos días sobresaltándose cada vez que aparecía Jonathan, siempre como caído del cielo. Entonces se acordaba de que lo habían expulsado e intentaba, a su manera, hablar con él, aunque Jonathan, como su madre, no era muy hablador. El niño evitaba mirarla a los ojos, pero cuando lo hacía, ella pensaba en las cosas que le había insinuado la directora. Y se preguntaba hasta qué punto podías conocer a un niño de ocho años.

Como no sabía muy bien qué hacer con él, le compró lápices de colores y libros ilustrados y le pidió a Martha que le llevara bandejas llenas de sándwiches y fruta a su habitación. Una mañana lo llevó a patinar sobre hielo al Wollman Rink. Era un día de enero frío y despejado, y daba la impresión de que el cielo teñía los edificios de azul.

Mientras esperaba a que Jonathan se pusiera los patines, oyó una potente voz detrás de ella, y cuando un hombre que gritaba a pleno pulmón salió de entre los árboles y corrió hacia ella, la señora March, se quedó paralizada y agarró con fuerza su estola de armiño. Entonces vio que el hombre llevaba a un niño pequeño en brazos, y que le gruñía en broma mientras el niño chillaba alborozado; les sonrió, pero el corazón le latía con tanta fuerza que le dolían las costillas. Le costó serenarse y aflojar la estola que estrangulaba mientras Jonathan entraba en la pista con andares de pato.

Observaba a su hijo desde fuera de la pista cuando reconoció una cara familiar entre los espectadores: era la madre de un compañero de clase de Jonathan. La señora March creyó que podría rehuir a la mujer poniéndose una mano ahuecada sobre la frente y fingiendo que se protegía del sol, pero ya era demasiado tarde, la habían reconocido.

—¡Soy yo! ¡Margaret, Margaret Melrose! La madre de Peter. —La rechoncha Margaret estaba con su hijo pequeño y su marido. Al verlo, la señora March se animó, porque que el marido estuviera en Central Park un día entre semana seguramente significaba que lo habían despedido.

—John se ha tomado el día libre para pasarlo con nosotros —dijo Margaret, que sonreía orgullosa.

—¡Cuánto me alegro! —dijo la señora March.

—¿Ese es Jonathan? ¿Qué hace aquí en un día lectivo?

—Es que... —dijo la señora March apesadumbrada—. Su abuela está muy enferma. Y él le tiene mucho cariño. He pensado que le sentarían bien unos días de fiesta. —Se apoyó con delicadeza en Margaret y, en voz baja, añadió—: No creemos que pase del domingo, así que... —Asintió cuando Margaret ahogó un satisfactorio gritito—. Esta podría ser la última semana que pasa con ella.

—Qué pena —dijo Margaret, horrorizada—. Lo siento mucho. Y qué detalle por tu parte regalarle esto. Estoy segura de que Jonathan te lo agradece mucho.

La señora March sonrió y bajó la mirada aparentando circunspección. Se imaginó lo que haría Margaret Melrose cuando su hijo llegara a casa del colegio esa tarde: le diría que había visto a Jonathan en la pista de hielo; le contaría, muy seria, lo de su abuela enferma; y le explicaría que era muy importante que durante unas semanas fuese especialmente amable con Jonathan. El hijo, desconcertado y con timidez, le contaría la verdad a su madre. Con suerte, el niño no sabría con exactitud la razón por la que habían expulsado a Jonathan, pero a la señora March no le cabía duda de que los niños eran crueles y chismosos, y no se les podía confiar ningún secreto.

—¿Dónde está George? —preguntó Margaret, y pasó a un tono más alegre al cambiar de tema—. Trabajando, supongo.

—Ah, sí. La publicación de su último libro ha causado un gran revuelo. La prensa y todo eso, ya sabes.

—A mí me ha encantado.

—Yo todavía no lo he leído —balbuceó la señora March. Estaba agotada después de su mentira anterior y no se sentía con fuerzas para inventarse otra.

—Ah, pues tienes que leerlo —dijo Margaret, y le guiñó un ojo—. No te lo puedes perder.

«No te lo puedes perder». La señora March se fijó en los labios cortados por el frío de Margaret al articular esas palabras. Entonces la mujer regresó junto a su familia, y la señora March se volvió hacia la pista. Todos habían dejado de patinar. Estaban parados, inmóviles, y la miraban; y no solo los patinadores, sino también los espectadores: todos estiraban el cuello y la miraban de hito en hito, uno detrás de otro, como aquellos retratos del museo, decididos a sostenerle la mirada. Jonathan, que estaba en el centro de la pista, le sonreía enseñando los dientes.

La señora March se tambaleó un poco hacia atrás y se tapó la cara con las manos. Respiró ruidosamente con la nariz pegada a sus guantes verde menta (allí todo era oscuro y suave, y ella estaba a salvo) hasta que empezó a parecerle que aquella respiración no era la suya.

Entonces oyó cantar a los pájaros, y el roce de las cuchillas en el hielo, y retiró las manos. La pista de hielo estaba igual que antes: animada y ruidosa, totalmente ajena a ella, con su música festiva de fondo. Con sumo alivio, la señora March le hizo señas a su hijo.

—¡Tenemos que irnos! —le gritó.

Cuando se marchaban (Jonathan estaba enfurruñado y no quiso ponerse el gorro), Margaret les dijo adiós desde lejos, pero la señora March fingió no haberla oído.

Atravesaron el parque, donde se cruzaron con turistas que se paseaban y con acuarelistas aficionados. Jonathan señaló una botella vacía y rota de Veuve Clicquot que había en una papelera, y la señora March le advirtió que no la tocara.

Con el rabillo del ojo, la señora March detectó que los seguía una figura imprecisa (a escasos metros de ellos, apenas visible), pero cuando volvía la cabeza no veía a nadie. Empezó a jadear, y su ansiedad, cada vez mayor, la obligaba a caminar más despacio, como si se hubiese torcido un tobillo. «Solo son paranoias», se dijo. Durante años había temido su regreso, había sembrado en su subconsciente perspectivas de tropezarse con él en la tienda de alimentación, en la floristería, en cualquier sitio. A veces todavía lo veía con los ojos cerrados: una silueta oscura, con las manos en los bolsillos, recortada contra la luz del sol.

—¿Podemos volver mañana? —le preguntó Jonathan, que iba un poco rezagado.

—Ya veremos.

El hombre llevaba una camisa de manga corta con diminutas raquetas de tenis bordadas. ¿De verdad era aquella camisa lo que acababa de ver entre los árboles? No era lógico que el hombre llevara aquella camisa con el tiempo que hacía, razonó. ¿O acaso quería que lo reconociera?

—¿Podemos cenar perritos calientes?

—Esta noche no, Jonathan.

—Alec cena perritos calientes siempre que quiere.

La señora March se estremeció al oír un crujido a su izquierda (¿ramitas rompiéndose bajo un zapato de suela gruesa?) y apretó el paso, ignorando las quejas de Jonathan, que casi no podía seguirle el ritmo.

Ocurrió cuando ella tenía trece años. No recordaba muchos detalles de su propio físico a aquella edad, salvo las piernas. Era curioso que recordase precisamente las piernas, pensó, pero así era. Antes de que la pubertad alterara su figura, la joven señora March tenía unas piernas largas y delgadas que recordaban a las patas de los mosquitos gigantes. Y el verano que pasó en el sur de España las tenía especialmente bronceadas y recubiertas de un fino vello rubio. Recordaba Cádiz como si lo hubiera soñado o visto en una pantalla de cine: dunas coronadas de hierba bordeando la playa, hombres descalzos y vivarachos que vendían camarones en la orilla, y un mar embravecido que destellaba. El rumor de las olas en el rompiente era constante e ineludible, áspero y profundo como una respiración, y no cesaba ni siquiera de noche.

En Cádiz los días eran largos, y la señora March estaba aburrida y nerviosa. Sus padres habían viajado a casi seis mil kilómetros solo para descubrir que, en realidad, la playa no les gustaba demasiado. De vez en cuando, sin muchas ganas, daban un paseo por la orilla (la señora March los seguía a regañadientes), pero se pasaban los días tumbados en la piscina, en silencio, bebiendo margaritas y ocultando cualquier signo de gozo bajo unas grandes gafas de sol. La habían animado a que hiciera amigos, pero ella estaba en esa edad a la que hacer amigos costaba, cuando ya no eras tan desinhibido como de pequeño y, sin embargo, todavía no te aceptaban entre los adultos, donde, al menos, las normas de cortesía garantizaban una mínima educación. Así que se pasaba la mayoría de los días deprimida, agobiada por una aplastante sensación de vacío, entrando y saliendo del mar, incómoda y preocupada por lo que pudiese ocultarse en el fondo (no solo escamas, aguijones y pinzas, sino también restos dejados por otros nadadores: tiritas sucias y zonas más calientes de orina). El viento arrastraba fragmentos de conversaciones y gritos intermitentes de otros bañistas. Por las tardes, se refugiaba del sol en su habitación de hotel, y a veces bajaba al vestíbulo a inspeccionar los libros que otros huéspedes habían dejado en los estantes, o a probarse los sombreros de paja de los expositores de la tienda de regalos. Todos los canales de televisión que podía ver en su habitación eran en alemán, y todos los turistas parecían alemanes: los hombres llevaban bañadores ceñidos que les marcaban los genitales, y las mujeres tenían el pelo tan rubio que parecía blanco, y la espalda y la parte trasera de los muslos quemadas por el sol y atravesadas por las líneas de bronceado del biquini.

Por las noches, cuando aparecían los barcos de pesca y formaban una línea de luces parpadeantes en el horizonte de color rosa salmón y azul lavanda, creía ver una figura de grandes pechos que se mecía en el mar a una distancia alarmante de la orilla, y al cabo de un rato siempre caía en la cuenta, como si no le hubiera pasado antes, de que solo era una boya.

Había visto a aquel hombre por primera vez en la terraza del hotel (luego llegó a la conclusión de que en realidad ya lo había visto, en muchas ocasiones, pero no se dio cuenta hasta más tarde). La terraza daba a la playa y estaba rodeada de palmeras cuyos troncos, que semejaban piñas, estaban iluminados desde abajo. Ella ya había acabado de cenar, pero sus padres todavía estaban disfrutando del bufet, donde unos músicos de flamenco cantaban y tocaban las palmas mientras una mujer de larga cabellera y cara de sufrimiento bailaba y zapateaba. Reinaba un ambiente alegre y festivo, y el espectáculo le hizo pensar que habían drogado o hipnotizado a toda aquella gente para tenerla dominada. Sus padres habían entablado amistad con un matrimonio joven y llevaban días bebiendo con ellos sin complejos. A ella le fastidiaba que, de repente, su madre, normalmente fría y distante, pudiera aparentar tanta simpatía y hacer amigos tan íntimos en menos de una semana.

Sin ganas de realizar el esfuerzo que habría requerido participar en la diversión, se había ido enfurruñada a la terraza, donde otros huéspedes fumaban y bebían cócteles. Pidió un Virgin San Francisco y se quedó apoyada en la barandilla chupando la guinda cuando vio al hombre de la camisa de las raquetitas de tenis. Él la observaba con los labios fruncidos en un gesto que ella no supo descifrar.

—Perdón —dijo, y lanzó la guinda a la arena por encima de la barandilla, pues había deducido que aquel hombre la había encontrado maleducada por hacer ruido con ella.

—¿Eso lleva alcohol? —le preguntó el desconocido, señalando con la barbilla el cóctel de color melocotón que ella tenía en la mano.

—No —contestó ella, con una voz cargada de emoción que revelaba esa necesidad que a veces tienen los adolescentes de que se los crean—. No, claro que no.

—Ah, eso pensaba —dijo él; se le había acercado, aunque ella no lo había visto moverse. Tenía los codos apoyados en la barandilla—. Una fiesta un poco aburrida, ¿no te parece?

Ella asintió y dio un sorbo del cóctel. Él la traspasó con la mirada mientras ella trataba desesperadamente de encontrar algo ocurrente que decir, y de pronto se enderezó y se alejó. Temiendo que hubiese perdido el interés, ella dijo:

—Bueno, me voy a la playa a ver los fuegos artificiales.

—¿Fuegos artificiales?

Ella asintió.

—Todas las noches a las diez. Se ven mucho mejor desde allí abajo. Se reflejan en el mar. Es portentoso. —En una ocasión había oído a un guía turístico describir un cuadro con ese adjetivo, *portentoso*. Le pareció una forma muy madura de describir algo.

El hombre se quedó mirándola con las manos en los bolsillos.

—Bueno —dijo ella—, me voy.

Dejó allí el cóctel, que no se había terminado, y cruzó la terraza hacia el largo puente de madera que conducía a la playa. Confiaba en que él la siguiera; si no, tendría que fingir que estaba encantada de contemplar sola los fuegos artificiales por si él la veía desde la terraza. Sería una escena muy humillante.

Pero él la siguió, y recorrieron el puente juntos. Cuando llegaron a la arena, ella se atrevió a fijarse mejor en él. Era una noche muy oscura, y el cielo estaba muy negro a pesar de que se veían la luna y las estrellas, pero los iluminaban débilmente la guirnalda de luces amarillas enrollada en el pasamano del puente. Al llegar a la orilla, se detuvieron y se lanzaron sutiles miradas el uno al otro. Él tenía las mejillas hundidas y los ojos verde claro. Ella le miró los brazos y vio que en el vello negro que los cubría había pelos blancos entremezclados.

Se cruzaron con una pareja que paseaba cogida de la mano. La mujer iba fumando y, en un arrebato de bravuconería, la señora March se acercó a ella y le pidió un cigarrillo. La mujer se lo dio y se lo encendió, y la señora March volvió sin prisa junto al desconocido. Se sentía como una verdadera adulta.

—¿Cómo te llamas? —le preguntó él.

—Mis amigos me llaman Kiki.

—Qué exótico. ¿Y cuántos años tienes?

—Dieciséis. Cumplo diecisiete el mes que viene —mintió ella. El humo la hizo toser.

—¿Tienes ganas de empezar la universidad?

Ella contempló esa pregunta como si tasara una joya; entonces le echó una nube de humo a la cara y respondió:

—Sí, claro. Aunque..., no sé, lo que más me interesa es lo que tiene de aventura.

Él sonrió al oír eso; se le marcaron las arrugas y se le dilataron las aletas de la nariz, y a ella se le hizo un nudo en la garganta.

—Claro —dijo él—. Yo no recuerdo gran cosa de mi época de estudiante. Creo que me la pasé toda borracho.

Ella tiró la colilla a la arena y dijo con tono pomposo:

—Es una pena.

—Sí, es una pena.

Habían ido avanzando lentamente por las dunas y habían dejado atrás las luces del puente. Por suerte, el mar estaba por fin en calma y acariciaba suavemente la orilla.

Mientras caminaban, sus brazos se rozaron un momento, pero ella fingió no haberlo notado. Sopló hacia arriba y se le levantó el flequillo, un gesto juguetón y al mismo tiempo atractivo, o al menos eso esperaba, y él se rio, y ella también. Él se inclinó y le sopló en la cara, y se le volvió a levantar el flequillo.

—No hagas eso —dijo ella, riendo.

—¿Estás aquí con tus padres?

—Sí.

—¿Y qué haces todo el día?

—Estoy escribiendo una novela —contestó ella.

—¿En serio?

Su asombro le provocó una ráfaga de dulce e inesperado placer, como si hubiese mordido una trufa rellena de licor. Mirando al suelo, respondió:

—Sí. Seguro que no vale nada, pero espero acabarla el año que viene. Antes de la primavera, creo.

—Impresionante —dijo él—. Ojalá yo tuviera tiempo para escribir un libro.

—Hay que saber buscar tiempo para hacer las cosas importantes. —Sonrió.

El hombre se acercó más al agua, y, cuando lo vio quitarse los zapatos, ella le preguntó:

—¿Qué haces?

—Quiero sentir la arena y el agua en los pies —dijo él, haciendo equilibrios mientras se descalzaba—. Creo que estoy un poco borracho. Ya está. —Metió los calcetines, hechos una bola, dentro de los zapatos—. No soporto caminar por la playa con zapatos, ¿y tú? Es un engorro.

Ella asintió con la cabeza y se agachó para quitarse las zapatillas de tenis blancas nuevas que su madre le había comprado expresamente para aquel viaje, descartando las chanclas que le había pedido su hija por considerarlas una moda ordinaria. Mientras se desanudaba los cordones, notaba la intensidad con que el hombre la miraba. En respuesta a esa mirada, ella adoptó una pose seductora al quitarse lentamente los calcetines.

—Tienes unos pies diminutos —dijo él, y cuando ella se hubo enderezado, le puso una mano en el hombro—. ¿Sabes que eres muy atractiva? —Se inclinó hacia ella. Sus ojos eran como el pergamino verde de los ojos de un gato.

—No —dijo la señora March cuando aquella ligereza que acababa de notar se convirtió en una pesadez que la clavó al suelo.

Estaban solos en un rincón en sombras de las dunas, entre dos hoteles, y el agua iba acercándose sigilosamente al cambiar la marea. La arena se había vuelto fría y dura, sólida bajo sus pies, muy diferente de como estaba durante el día.

No es que ella no recordara lo que había pasado aquella noche bajo los fuegos artificiales, sino que había preferido recordarlo como si le hubiese sucedido a otra persona. A alguna chica de su colegio, o quizá a una amiga de su hermana. O quizá no le hubiese sucedido a nadie. A lo mejor solo era una historia aleccionadora que le habían contado, la historia de una niña ingenua que jugaba a ser mayor.

Al salir de Central Park, tirando de Jonathan, atajó por la larga cola de carruajes. Pese a las anteojeras, los ojos de caoba pulida de los caballos la siguieron, abultados y con el blanco surcado de vasos sanguíneos.

Aquella noche, en Cádiz, el diablo se había metido dentro de ella, decidió con un aplomo asombroso, y ahora estaba intentando colarse en su casa, como las cucarachas, por alguna grieta imperceptible. Había encontrado la abertura, y pronto se introduciría por ella.

26

No había dormido bien. Había soportado una serie de sueños en los que tomaba prestado el reflejo de otras mujeres en otros espejos y se colaba en sus hogares y en sus vidas, ansiosa por seguir el ritmo de sus matrimonios y su estatus social. En un momento dado se había levantado para ir al cuarto de baño, pero luego se había dado cuenta, con una decepción aplastante y con la vejiga dolorida, de que eso también lo había soñado y de que tendría que volver a hacer el esfuerzo de levantarse.

Así que, al día siguiente, la señora March se encontró en el recibidor con el abrigo y el gorro puestos y sin saber si estaba a punto de salir o si acababa de llegar. Oyó a Martha detrás de ella, al fondo del piso, moviendo muebles y abriendo ventanas. Intentó construir una cronología de lo que había hecho ese día (desayuno, ducha, una conversación con Martha sobre el carpaccio de buey: solo fragmentos), pero tenía demasiadas lagunas. Miró el espejo dorado que había junto al armario de los abrigos y su reflejo le devolvió una mirada atemorizada. Se oía música de jazz a través de la pared, en casa de los vecinos: el tintineo de un piano y las notas arrogantes y elaboradas de un saxo. Al tuntún, decidió que se disponía a marcharse y salió del piso.

En la calle había una luz rara, como la de un plató de cine con luz de día simulada, y por un instante la señora March temió que en cualquier momento el paisaje se desplazara y revelara que solo era un decorado.

Caminó hasta la tienda de alimentación como una autómata y entró aturdida por la puerta automática. Dentro, las ofertas de la semana se anunciaban ellas mismas con unos llamativos anuncios de neón con forma de estrella, mientras llamaban al personal por unos altavoces chisporroteantes y los peces muertos la miraban fijamente, con la boca abierta, desde sus lechos de hielo. La señora March recorrió despacio el pasillo de los cereales como si hiciera turismo por los Campos Elíseos. Siempre le había parecido el pasillo más interesante, con tantos colores chillones en las cajas por lo demás uniformes: los envases amenazaban con saltarle encima, gritándole para que los escogiera a ellos.

Se metió por otro pasillo y se paró en seco frente a una mujer. Estaba de espaldas a la señora March, pero tenía algo que le resultaba familiar: el abrigo de pieles, la espalda ancha y un poco encorvada bajo el abrigo, los brazos doblados y los codos hacia fuera, como si estuviese retorciéndose las manos. Notó un golpecito en el hombro y dio un respingo; al darse la vuelta se encontró cara a cara con una vecina suya, pero, por mucho que se esforzara, no lograba recordar su nombre.

—¿Cómo estás, querida? ¿Cómo está George? ¡Hace una eternidad que no hablamos! —dijo la mujer en rápida sucesión, sin dar opción a ningún tipo de respuesta—. Creo que la última vez que te vi fue en la fiesta de Milly Greenberg... No, perdona, creo que allí no estabas. Pero, hablando de los Greenberg, no sé si te has enterado de que...

Aunque la señora March solo conocía a los Greenberg superficialmente, y sin que nadie le diera pie, la mujer le contó que Milly Greenberg se hallaba en medio de un proceso de divorcio bochornoso porque su marido la había engañado (merecidamente, por lo visto, pues ella había engañado a su exmarido con el actual cuando este todavía estaba casado con su primera mujer). La mujer (como se llamara) gesticulaba mucho mientras hablaba, y la señora March se fijó en que por debajo de las mangas de la blusa le asomaba un vello negro y grueso que le llegaba hasta las muñecas, y que algunos pelos se le habían enganchado en la correa del reloj. Entonces se acordó: era la vecina que les daba manzanas a los compungidos niños que salían a pedir golosinas el día de Halloween con la excusa de que así protegía su salud dental. La típica vecina que denunciaba a los perros de los vecinos por agresión basándose solo en su tamaño.

—Y así están las cosas. Imagínate.

—Pero si parecían un matrimonio muy feliz —comentó la señora March.

—Va, no seas ingenua —le espetó la mujer—. Conozco a muchas parejas que parecen enamoradísimas, pero en realidad mienten, todas. Mira, yo conozco bien a Anne, o al menos eso creía, y me ha dolido mucho que no haya querido confiarme sus problemas.

—A lo mejor quería pero no podía.

—Bobadas. Yo le conté todos mis problemas: lo de la operación de mi suegra (un asunto espantoso), y lo de que los martes me deprimo porque mi padre se emborrachaba los martes y nos escupía.

—Madre mía.

—¿Lo ves? Cosas serias. Yo no tenía secretos con esa mujer. ¿Y qué me ha dado ella a cambio?

Hubo una pausa, y la señora March, alarmada, no supo discernir si aquello era una pregunta retórica o no. Pero entonces la mujer chascó la lengua y, afortunadamente, continuó:

—Y ahora Anne ha tenido que mudarse a un piso mucho más pequeño, y está muy deprimida y por lo visto no habla con nadie. Mira, si apartas a la gente, la gente se aparta, ¿me explico? Mi hermana siempre lo dice.

—¿Y cómo va a pagar Anne su piso nuevo? —preguntó la señora March, llevada por una curiosidad sincera—. Creía que no trabajaba.

—Bueno, ha tenido que buscarse un empleo, claro. Trabaja a media jornada en un bufete de abogados. Se ve que su marido ha tenido el detalle de colocarla allí.

—Qué amable —dijo la señora March.

—Nada de eso. Allí todos saben que su marido la ha engañado. De hecho, no me extrañaría nada que resultara que su amante trabaje en ese mismo bufete.

—Qué horror. Espero que no.

—No creo que Anne encuentre la forma de recuperarse de esto. Habría podido ser una gran artista, ¿sabes? Pinta muy bien. Pero lo dejó todo. Por él.

La señora March se preguntó si ella también habría podido ser algo, además de esposa y madre. Se imaginó sola en un apartamento deprimente y frío, yendo a trabajar a un despacho todas las mañanas, dejando de comprar el pan de aceitunas. Sin saber adónde ir, qué hacer, quién ser.

—Pobre Anne —dijo.

—No sé qué decirte. Te pasas la vida compadeciéndote de la gente y resulta que la gente no se merece tu compasión. Hay personas muy desagradecidas. Mi hermana conoce a una mujer de la edad de Anne, más o menos, que se ganaba muy bien la vida con su trabajo en una agencia de publicidad. Tenía un buen sueldo, muchos incentivos. Pues bueno, decidió dejar su empleo para ser actriz. ¡Imagínate, a su edad!

—¿Y lo consiguió?

—¡Qué va! —dijo la mujer con deleite, y la señora March, que también esperaba que la historia tuviese un desenlace negativo, saboreó un arrebato de deliciosa satisfacción—. ¿Qué te creías? Y a mi hermana le han llegado rumores de que esa mujer podría haber recurrido a..., ya sabes qué. —La mujer abrió mucho los ojos y se apoyó en el brazo de la señora March con gesto de complicidad. Olía a bistec y a Shalimar—. La han visto con hombres mucho mayores que ella —continuó en voz baja—. Hombres con dinero, uno detrás de otro. Mira, a mí no me gusta cotillear, pero solo te digo una cosa: dudo mucho que sea amor lo que busca en esos hombres. —Se retiró e hizo una pausa—. Bueno, el libro de George —dijo, y por primera vez miró a la señora March con verdadera atención, porque llevaba varios minutos hablando sin fijarse en ella.

—¿Sí? —A la señora March la pilló tan desprevenida la intensidad de la mirada de su vecina, aquel interés tan repentino, que estuvo a punto de perder el equilibrio.

—El otro día me pasó una cosa muy rara —dijo la mujer—. Estaba aquí, comprando, y dejé mi ejemplar dentro del carro mientras iba a buscar más salchichas... A Dean le encanta la carne de cerdo, ¿sabes? Y me lo robaron. ¿Te imaginas? ¡De dentro del carro!

—¡Qué me dices! —La señora March sacudió la cabeza con gesto grave.

—¡Como lo oyes! Ya sé que el libro está muy solicitado, pero tanto para que vaya alguien y te lo robe...

—Hablaré con George y te conseguirá otro ejemplar.

—Ya me he comprado otro. Me lo he leído muy deprisa, estoy a punto de acabarlo. —La mujer entrecerró los ojos y arrugó las cejas, como si sopesara lo que debía decir a continuación—. Es un libro... muy especial, ¿verdad?

—Sí.

La mujer se quedó mirando a la señora March en silencio, y ella se estremeció pensando si a continuación le haría la temida pregunta. Dado el carácter ofensivo de la pregunta, y que la mujer era su vecina, lo lógico era suponer que no corría aquel riesgo. Sería como felicitar a una mujer que en realidad no estaba embarazada. La señora March le sostuvo la mirada, con una frágil sonrisa en los labios.

—Bueno, no te entretengo más —dijo la vecina de pronto—. Seguro que estás muy ocupada. Todas lo estamos, ¿no? Si me encuentro a George, ya lo felicitaré.

—Gracias. Le diré que te ha gustado el libro —dijo la señora March.

La señora March salió de la tienda sin haber comprado nada y se dirigió a su casa con el viento de cara. Se la tapó con el cuello del abrigo al pasar por delante de un edificio achaparrado de ladrillo, con vistas al parque, con la inscripción AMA A TU PRÓJIMO COMO A TI MISMO grabada sobre la entrada.

Entró en el ascensor y pulsó el botón de su piso. Las puertas se cerraron y, despacio, casi como en un sueño, pulsó todos los otros botones a la vez con la palma de la mano. El panel se iluminó igual que un árbol de Navidad.

«Un libro muy especial», había dicho la vecina. Sí, debía de ser bastante especial que un autor denigrara públicamente a su esposa. Que expusiera sus secretos más íntimos como un Asmodeo que va destruyendo tejados. Apretó tanto los puños que los nudillos sobresalieron como si fueran muelas. Deberían castigarlo por hacer eso. Para empezar, deberían detenerlo por el asesinato de Sylvia Gibbler. Eso le borraría la sonrisa de los labios de golpe.

Detrás de la puerta número 606, George estaba sentado en el salón leyendo un periódico. En el tocadiscos sonaba un aria de Puccini a todo volumen.

La señora March lo miró con el ceño fruncido desde el umbral.

—¿Te apetecen chuletas de cordero para cenar? —le preguntó.

—Sí, perfecto —contestó él.

Se quedó allí unos segundos y luego fue a su dormitorio, donde se quitó los pesados pendientes y se paseó con los brazos cruzados y la vista fija en el teléfono de la mesilla de noche de George. Descolgó el auricular y marcó el 911. Colgó antes de que se estableciera la comunicación. «Es ridículo —pensó—. No tengo ninguna prueba. ¿Qué les voy a decir, que encontré un recorte de periódico dentro de su libreta?». Volvió a coger el auricular y enroscó un dedo de la otra mano en el cable de plástico. No se decidía a marcar.

Todavía tenía el auricular pegado a la oreja, ajena a los confundidos pitidos de la línea, cuando el parquet crujió detrás de ella. Se dio la vuelta y, al ver a George junto a la puerta, reprimió un grito.

—¿Has visto mis guantes, por casualidad? —le preguntó él—. Los necesitaré para ir a Londres.

—¿A Londres?

—Sí. ¿No te acuerdas? Hay un acto benéfico con varios autores más, y me harán una entrevista muy importante en la televisión. Solo serán unos días. —Lo dijo con voz monótona, ensayada.

—Ah. Es verdad. —Ella no recordaba que lo hubiesen hablado, pero pensó que era más inteligente seguirle la corriente.

—¿A quién llamas? —preguntó George.

Ella lo miró sin comprender, y entonces se dio cuenta de que todavía tenía el auricular pegado a la oreja.

—A nadie —dijo.

—Ah, bueno —repuso él, mirándola con curiosidad y esbozando una sonrisa.

—Estoy intentando hablar con mi hermana, pero no me contesta. —Dejó el auricular en la horquilla, y lo hizo con tanta torpeza y tanta fuerza que el timbre sonó.

George siguió mirándola fijamente y, sintiendo la necesidad de hacer algo con las manos; ella empezó a doblar la ropa que había tirado en la butaca al entrar (la bufanda, los guantes verde menta, el jersey grueso) y fue amontonándola ordenadamente.

—¿No te importa quedarte sola unos días? —le preguntó George mientras la observaba doblar la ropa.

—Bueno, no será la primera vez.

—Ya, ya lo sé. Te pediría que vinieras conmigo, pero me quedo más tranquilo sabiendo que hay alguien en casa con Jonathan, ahora que va a volver al colegio. ¿No te parece?

—Claro —dijo la señora March—. Yo también estaría inquieta.

La señora March trató de imaginar qué haría esos días, cuando Jonathan volviera a ir al colegio. Visitar museos sola, comer en silencio en el comedor vacío. Pero ¿acaso no era eso lo que hacía siempre?, se recordó.

—Además —dijo George—, no quiero obligarte a hacer un viaje tan agotador. Todavía no te habrías recuperado del *jet lag* y ya habrías tenido que volver.

La señora March reparó en que George nunca había usado el término *jet lag.* Una fría y dura certeza descendió sobre ella: ese hombre no era George. Pero entonces ¿quién era? Algo en él no encajaba. Era George (tenía su cara y llevaba su cárdigan) y sin embargo a ella el instinto le decía que no lo era.

—Sí, es mucho más lógico que me quede en casa —dijo la señora March con cautela, articulando muy bien cada palabra.

Él sonrió con las manos en los bolsillos. No solía ir con las manos en los bolsillos, ¿verdad que no?

—Eso es lo que yo pensé. —Levantó una mano y se rascó detrás de la oreja—. Estaré en mi despacho. Avísame cuando estén listas las chuletas de cordero. —Se volvió para irse y, sin pensarlo, ella lo llamó.

—¡Espera! —En cuanto se dio la vuelta, ella dijo atropelladamente—: Quería preguntarte... ¿Cómo se llamaba aquel pueblecito...? Aquel pueblo del sur de Italia donde veraneamos una vez, donde no teníamos aire acondicionado, y veíamos el mar desde la habitación del hotel, y tú te quedabas hasta tarde fumando puros en la terraza... ¿Te acuerdas?

—¿Cómo? ¿Por qué me preguntas eso ahora? —dijo él.

«Para ganar tiempo», pensó ella.

—Es que los Miller, los vecinos de arriba, están pensando en hacer un viaje a Italia —dijo la señora March—. Les encanta viajar juntos —añadió—, y le hablé a Sheila de nuestras vacaciones y ella me preguntó cómo se llamaba el pueblo.

George miró al suelo, y por un instante ella creyó que le había pillado, que había pillado a aquel desconocido; pero entonces él chasqueó los dedos, la miró y dijo, triunfante:

—¡Bramosia!

«Quienquiera que sea, ha hecho un gran trabajo», pensó ella. ¡Qué detallismo! Cuando el desconocido salió del dormitorio, ella contempló con atención esa nueva y peligrosa idea. Era un pensamiento extraño, pero también curiosamente lógico. La posibilidad de tener razón, de que George hubiese sido sustituido por un impostor, la llevó a una ocurrencia espeluznante: si había otro George paseándose por ahí, ¿habría también otra señora March? Aunque eso, concluyó, e involuntariamente volvió la cabeza hacia la ventana, ella ya lo sabía.

27

La presencia de Martha tuvo un efecto inequívoco en el comportamiento de la señora March. Si Martha no hubiese aparecido todas las mañanas, ella no habría hecho el esfuerzo de levantarse de la cama durante la breve ausencia de George. Imaginarse la muda censura de Martha ante su pereza era incentivo suficiente para que se levantara. Es más, últimamente la señora March había adquirido la costumbre de recoger cualquier cosa que Martha pudiese tener que limpiar. Todas las mañanas, antes de que llegara la asistenta, la señora March se ponía a gatas y miraba debajo de los muebles y en los rincones de los cuartos de baño en busca de cucarachas, limpiaba los restos de ceniza de los cigarrillos de Gabriella (a veces todavía fumaba a escondidas, saboreando un alijo cada vez más escaso como habría hecho con una caja de bombones) y recogía cualquier copa de vino que hubiese abandonado sin posavasos encima de la cómoda o la mesilla de noche, donde dejaban círculos oscuros. Sacudía las migas que habían caído en las sábanas, porque también había adquirido el hábito de picar algo en la cama antes de dormir, un hábito muy masoquista teniendo en cuenta el problema de las cucarachas. En los últimos tiempos, la ropa le apretaba un poco más de la cuenta en la cintura. Ahora se preparaba los baños más largos y más calientes; el cuarto de baño se llenaba de vapor, empañando el cristal y, así, no se veía desnuda cuando salía de la bañera.

Realizaba como una sonámbula su rutina diaria, que consistía en una serie interminable de fríos paseos para ir a comprar pan de aceitunas en alternativas inferiores a la pastelería de Patricia o para ir al museo. Un día se olvidó los guantes, y se le quedaron los dedos tan entumecidos que a su regreso no podía abrir la puerta del piso. Se quedó unos minutos en el rellano hasta que notó que sus manos, rosadas y agrietadas, volvían a cobrar vida con una serie de pinchazos dolorosos.

Fue en uno de esos gélidos paseos matutinos, bajando por la calle Setenta y cinco, cuando por casualidad vio la diadema en un escaparate. Era idéntica a la que llevaba Sylvia Gibbler en la fotografía más reciente que había publicado la prensa. Sentada sobre una manta en el bosque, la muerta sonreía mirando a la cámara (por lo visto, siempre sonreía), con un melocotón en la mano y una sencilla diadema de terciopelo negro en la cabeza.

La señora March se planteó comprársela. Llevársela a casa y probársela. Quizá, de repente, el espejo le devolviera un reflejo más atractivo. Quizá Sylvia la mirase desde el espejo. Analizó esa posibilidad mientras pasaba despacio por delante de la tienda, dejando atrás la diadema y abriéndose camino por las abarrotadas aceras de la Tercera Avenida.

Llegó a un paso de peatones y se colocó detrás de varias hileras de personas que esperaban estoicamente, soportando el torbellino que creó un autobús de la línea M86 al pasar. Y entonces, cuando se disponía a cruzar, se fijó en la mujer que tenía delante. Llevaba un abrigo de pieles, mocasines con borlas bien lustrados y el pelo recogido en un mustio moñito. La señora March se quedó mirándole la nuca hasta que el semáforo cambió a verde y se vio empujada hacia la calzada con tanta violencia que perdió de vista a la mujer en medio de una masa de gorros que se movían de arriba abajo y bolsos que oscilaban. Al cabo de unos segundos volvió a verla: pasó por delante de la cafetería de la esquina. La señora March apretó el paso para alcanzarla, pero manteniendo una distancia prudencial. Ahora iban las dos en la misma dirección, y la señora March pensó que no había nada malo en prolongar un poco más aquel jueguecito de «sigue al líder». La mujer caminaba a un ritmo constante, y las pisadas de sus mocasines coincidían con las de la señora March. Cuando la mujer giró la cabeza para mirar un escaparate, a la señora March se le aceleró el corazón al reconocer la curva de sus pómulos y el perfil aristocrático de su nariz. Siguieron andando un rato, una señora March siguiendo a la otra, como patitos, hasta que la mujer dobló una esquina y la señora March, que debería haber ido en la dirección opuesta, se paró en seco. Se quedó mirando la espalda de aquella mujer alejándose por la calle y, asaltada por una sensación liberadora y optimista (como cuando el vino tinto le calentaba el pecho y hacía brotar algo que casi podía describirse como felicidad), decidió que era demasiado tarde para abandonar. Torció a la izquierda y estuvo a punto de chocar contra un transeúnte oculto tras un ramo de flores enorme.

La señora March siguió a la mujer del abrigo de pieles hasta una calle flanqueada por casas adosadas idénticas. Mantuvo la distancia con ella y la vio subir los escalones de la entrada de una de aquellas casas de arenisca. La mujer no sacó ninguna llave, sino que giró el picaporte y empujó la puerta de la calle, que se abrió. Entró en el edificio y cerró tras ella. La señora March se quedó allí plantada, observando un rato aquella puerta; luego miró hacia uno y otro lado de la tranquila calle y decidió acercarse más. El edificio, de un soporífero marrón violáceo, con la puerta principal en arco y ventanas curvadas bajo cornisas sostenidas por ménsulas, era sugerente y tentador. Parecía muy acogedor. Subió despacio los escalones, con las manos cogidas delante del cuerpo como si rezara; las suelas de sus mocasines repiquetearon en los peldaños de arenisca. Cuando llegó al último escalón, apoyó las manos enguantadas en la puerta de madera bien barnizada, como si le buscara el pulso, y entonces empujó. La puerta se abrió hacia dentro con un chirrido satisfactorio, y el reflejo de la señora March en el reluciente barniz se balanceó también. Una vez dentro, cerró la puerta con mucho cuidado y entró en el vestíbulo.

Allí se respiraba un aire distinto. Caminó por el suelo de mosaico blanco y negro y creyó reconocer el espejo y el pequeño armario de los abrigos del recibidor de su casa. Siguió avanzando y encontró, a la derecha, un salón amplio y luminoso. En la repisa de la chimenea, de mármol blanco, había varias fotografías enmarcadas; aquellos desconocidos le sonrieron desde sus marcos de plata. Recorrió el salón con la mirada. Había cojines de terciopelo con flecos sobre un sofá antiguo, y un grueso volumen dorado de *Jane Eyre* encima de un curioso secreter. Se sintió cómoda, incluso apaciguada, como si no fuese la primera vez que estaba allí. «A lo mejor no lo es», pensó. Se acercó a un espejo y creyó distinguir, en lugar del reflejo del salón de aquella mujer, su propio salón, con su Hopper bajo el aplique de latón y los estantes de libros a ambos lados de la chimenea.

Inspiró hondo varias veces y regresó al vestíbulo; estaba atenta por si oía pasos en el piso de arriba, pero no quería huir. Se diría que estaba deseando que la sorprendieran allí.

Al ver que no bajaba nadie por la escalera, abrió la puerta de la entrada y salió a la calle, pero antes cogió un paraguas de flores de un paragüero de porcelana que había en el vestíbulo.

Cuando llegó a su casa, estaba como ida. Dejó el paraguas robado en el armario de los abrigos, junto con su abrigo y su gorro. Martha se encontraba en el dormitorio (a esa hora solía abrir las camas), y la señora March entró sigilosamente en la cocina y se preparó un té. Mientras hervía el agua, esperó incómoda junto a los fogones; luego se llevó el té y una servilleta bordada al salón. Dejó la taza en una mesita auxiliar, encendió el televisor y, justo cuando iba a sentarse, llamaron a la puerta principal con los nudillos. Se quedó paralizada, con las piernas flexionadas pero sin llegar a tocar el asiento del sofá, y oyó que volvían a llamar, lo que le confirmó que había alguien al otro lado de la puerta. La segunda vez, los golpes fueron más fuertes e insistentes que la primera, así que la señora March corrió a abrir sin mirar por la mirilla para ganar tiempo.

Allí no había nadie. El rellano, con su papel pintado y sus apliques, que proyectaban una luz cálida y tranquilizadora, estaba vacío. Miró hacia el ascensor, que estaba abierto y con los botones apagados.

Cerró la puerta poco a poco. Se oyeron golpes por tercera vez, rápidos y flojos, mucho más titubeantes, casi tímidos, apenas audibles. La señora March abrió la puerta de golpe y la sostuvo abierta, y miró hacia un lado y hacia el otro del rellano, pero no vio a nadie. ¿Habría sido algún niño del edificio que quería gastarle una broma?

Oyó la voz de George detrás de ella y se sobresaltó. La voz, que procedía del salón y llegaba al recibidor, la sorprendió como si le hubiesen dado unos golpecitos en el hombro; cerró la puerta y se dejó guiar por el sonido. ¿Habría regresado George de Londres antes de lo previsto? Respirando entrecortadamente, entró de puntillas en el salón y lo encontró vacío, pero seguía oyendo la voz ininterrumpida de su marido. Desconcertada, asomó la cabeza por la puerta cristalera del comedor, y entonces se dio cuenta de que la voz se encontraba detrás de su espalda y de que salía del televisor. Estaban televisando la entrevista de George.

—Sí, creo que Johanna está tratada con evidente escarnio en el libro, sobre todo por parte del narrador —decía; miraba hacia abajo, como solía hacer cuando quería parecer reflexivo—. No lo hice de forma premeditada, pero es cierto que, poco a poco, empecé a cogerle antipatía, a detestarla, incluso. —Se oyeron risitas tontas entre el público.

—Y, en su opinión, ¿qué tiene el personaje para que los lectores lo encuentren tan cautivador? —le preguntó el entrevistador.

—Bueno, para empezar, creo que es muy real. —George miró directamente a la cámara, a la señora March, y ella sintió que esa mirada se le clavaba como una puñalada lenta, casi erótica. Luego miró al entrevistador—. O, por lo menos, espero que a los lectores se lo parezca.

—Desde luego que sí. Ha creado usted una historia muy inteligente a partir de un personaje tan trágico.

—Y, respondiendo a su pregunta anterior, sí, me plantearía vender los derechos para el cine. Creo que el libro se presta a ser trasladado a lo que yo llamaría «lenguaje cinematográfico».

—¿Se le ocurre alguna actriz para interpretar a Johanna? —preguntó el entrevistador.

—Lo siento, pero nunca contestaría esa pregunta. No querría ofender a ninguna actriz mencionándola directamente —respondió George, y se rio.

—Pues le garantizo que habría una larga cola de actrices dispuestas a afear su aspecto para interpretar ese papel. Tiene todos los elementos necesarios para convertirse en un papel galardonado.

La señora March se imaginó una cola de candidatas a Johanna: eran todas como ella, se movían igual que ella, como un reflejo repetido hasta el infinito en un espejo. Con un movimiento lento del brazo, como quien va a sacar un arma que lleva escondida, cogió el mando a distancia y apagó el televisor. Se bebió el té en silencio, mirando su reflejo en la pantalla.

28

La víspera de que George regresara a casa, por la noche, la señora March se emborrachó un poco con vino tinto y se preparó un aromático baño de espuma. Jonathan y ella se habían comido los bistecs de la cena en silencio, sin mirarse, mientras el disco de Chopin sonaba hasta el final. Cuando terminaron y Martha se marchó, la señora March cogió una copa de vino de la cristalería buena (las que reservaban para las reuniones formales y guardaban en la vitrina del comedor) y la llenó de burdeos hasta arriba.

La señora March envió a Jonathan a la cama, pero seguía oyéndolo hacer cabriolas y hablar solo en su habitación. Cerró la puerta de su dormitorio e inspeccionó las baldosas del cuarto de baño por si veía algún bicho. Tras comprobar que no había ninguno, vertió un buen chorro de gel perfumado en la bañera.

Se desnudó sin mirarse en el espejo, como quien evita mirar a un vecino en el supermercado. Dejó la ropa pulcramente doblada sobre la tapa del inodoro y se metió con delicadeza en la bañera, ajustando la temperatura antes de sumergirse en aquella espuma suntuosa y aromática. El agua presionó contra su pecho con una fuerza casi apabullante.

Los sucesos de los últimos días la incordiaban como moscas cebándose en un cadáver. Había registrado hasta el último rincón del despacho de George en busca de algún recuerdo de sus crímenes, creyendo que encontraría los dientes de Sylvia en una cajita de porcelana (como había hecho ella con los dientes de leche de Jonathan). Había hurgado en un montón de libretas y cajas de estilográfica forradas de terciopelo y cajones llenos de cintas de máquina de escribir, pero no había encontrado nada, salvo un teléfono garabateado en un bloc. Había marcado aquel número, y había contestado una mujer, pero la señora March no había sabido inventarse ninguna artimaña convincente para sonsacarle información y había colgado presa del pánico.

Esa mañana, cuando todavía estaba resistiéndose a levantarse de la cama, había salido de golpe de su letargo al caer en la cuenta, horrorizada, de que se le había olvidado darle el aguinaldo al conserje. Había bajado corriendo al vestíbulo, sin peinar y vestida de cualquier manera, con una blusa holgada y arrugada por la cintura y la gabardina de George, que le quedaba enorme, y le había puesto un grueso y sudado fajo de billetes al desprevenido conserje en las manos antes de que él pudiese apartarse.

En la bañera se bebió el vino en un intento de borrar el recuerdo de su propia voz quebrándose al suplicarle al conserje: «¡Cójalo, por favor, cójalo!». Como una loca. Le temblaban las manos y se le había caído el bolso que llevaba colgado de la muñeca, cuyo contenido se había desparramado por todo el suelo del vestíbulo. Las castañas resecas que se había comprado en aquella visita al museo ya olvidada rodaron por el mármol.

En adelante tendría que esperar hasta el cambio de turno de los conserjes, a las tres de la tarde, para salir del piso.

Dobló la pierna izquierda, dejando la rodilla al aire, y vio cómo el vaho ascendía de su piel formando volutas de humo. Mientras se examinaba las arrugas de la yema de los dedos con los ojos entrecerrados, un hilillo de sangre cayó en el agua. Empezó a moverse por la bañera como una culebra de agua, y cerca de los dedos de sus pies se diluyó y se volvió de un rosa claro. La señora March se incorporó, preparada para salir de la bañera, pero entonces se dio cuenta de que había derramado un poco de vino en el agua. Se relajó, volvió a recostarse y dio otro sorbo. ¿Había sangrado mucho Sylvia cuando la habían asesinado? ¿Notó cómo la sangre brotaba de su cuerpo, cómo resbalaba por su piel mientras la golpeaban y la violaban? Los forenses habían declarado que, en aquel caso, era difícil determinar si había habido violación, porque el cadáver había estado expuesto a los elementos; no obstante, la idea de que habían violado a Sylvia estaba firmemente implantada en la mente de todos, incluida la de la señora March. A esas alturas, habría sido decepcionante saber que no había habido agresión sexual, y que todos habían estado lamentando un simple homicidio. Desde luego, las pistas contextuales apuntaban a que sí la había habido. Habían encontrado el cadáver medio desnudo de cintura para abajo y las bragas de Sylvia tiradas por allí cerca. La señora March intentó imaginarse el cuerpo desnudo de Sylvia. Mientras observaba su propio cuerpo bajo el agua transparente, visualizó el vello púbico de Sylvia y se imaginó a su asesino admirándolo justo antes de violarla. Dentro de la señora March surgió una sensación que creía olvidada: la excitación. De pronto se sintió culpable, un patrón harto conocido, grabado en su psique en la adolescencia, cuando exploraba su cuerpo en la bañera. La primera vez que lo había hecho, se había imaginado que Kiki la veía hacerlo y la juzgaba por ello. El invierno posterior a aquel extraño verano en Cádiz se libró de Kiki para siempre. Aquella noche, cuando Kiki se metió en la bañera con ella, la señora March sintió un arrebato de cólera seguido de algo más parecido a la desesperación. Le suplicó que se marchara, que no regresara nunca, pero la testaruda Kiki se negó. Furiosa, la señora March le agarró el cuello con las dos manos y se lo apretó con tanta fuerza que se clavó las uñas en las palmas y le temblaron los brazos, sacudiéndose como si Kiki luchara por su vida. Cuando la amiga imaginaria se hundió en el agua, la señora March visualizó su cuello colgando inerte y cómo ponía los ojos en blanco. Satisfecha, retiró el tapón y el agua se escurrió por el desagüe y se llevó a Kiki.

Estaba cada vez más ebria y tenía la copa de vino en precario equilibrio en el borde de la bañera, cuando de pronto notó algo en los límites de su campo de visión. Miró hacia la izquierda sin mover la cabeza y vio que había una mujer de pie, desnuda, junto a la bañera. Se agarró al borde y se armó de valor para girar la cabeza, y entonces vio que aquella mujer que la miraba era ella misma. La señora March le sostuvo la mirada, tratando de cohesionarse con aquella imagen; su gemela levantó una pierna, la pasó por encima del borde de la bañera, se metió dentro y miró fijamente a la señora March. Entonces se dio cuenta de que debía de ser un sueño. La mujer que era ella misma la contemplaba con gesto burlón; entonces se inclinó hacia delante, y sus pezones, demasiado oscuros y demasiado grandes, rozaron la superficie del agua; extendió las manos y movió los dedos tratando de tocar a la señora March. Luego sumergió las manos, y la señora March las vio avanzar hacia sus piernas abiertas.

—No... —dijo.

Se despertó en el agua tibia, con una capa grasienta en la superficie, y vio a Jonathan de pie a su lado. Llevaba puesto su disfraz de oso.

—¿Estás muerta, mami? —le preguntó.

Ella intentó sonreír, pero los labios, resecos por el vino, se le agrietaron dolorosamente.

—No, solo estaba dormida —dijo—. ¿Por qué no vas a jugar un poco?

—Es que a esta hora ya debería estar durmiendo.

La señora March miró la ventanita que había sobre la bañera y vio que fuera estaba oscuro, pero ¿no estaba ya oscuro cuando había ido a darse el baño?

—Claro —dijo—. Entonces ¿qué haces levantado?

—He tenido una pesadilla.

—Vuelve a la cama.

—¿Me dejas dormir en tu cama esta noche?

—No, eres demasiado mayor. Ya lo sabes.

Esperó mientras Jonathan debatía consigo mismo en silencio. No podía moverse, o la poca espuma que quedaba se disolvería y Jonathan le vería los senos. No recordaba la última vez que su hijo la había visto desnuda; de hecho, creía que nunca la había visto. Ella solo había visto desnuda a su madre una vez, y lo recordaba vívidamente: se le quedó grabada para siempre la mata de pelo negro y lanudo que tenía entre las piernas cuando se sentó en el inodoro delante de la pequeña señora March, algo que hizo con una naturalidad inexplicable, pues en su casa la desnudez siempre se había considerado inapropiada.

—Mami... —dijo Jonathan, frotándose los ojos; tenía las gruesas y oscuras pestañas apelmazadas por el sueño—. No encuentro a la mujer que va dentro de la otra mujer.

—¿Qué estás diciendo? —dijo la señora March, alarmada.

—La mujer que va dentro de la otra mujer —repitió Jonathan—. ¡La rusa!

—Ah —dijo la señora March con alivio. Se refería a la colección de muñecas rusas de su abuela—. ¿Has estado tocando mis cosas? Ya sabes que no debes entrar allí.

—No la encontraba. La última, la pequeñita.

De niña, la señora March también había jugado con aquellas muñecas a escondidas: las abría y ellas revelaban versiones más pequeñas de sí mismas. A veces metía otro objeto en lugar de la última muñeca, la más pequeña: un trocito de papel doblado con un garabato, un peón de ajedrez de marfil, uno de sus dientes de leche. Le parecía maravilloso que su madre tuviese muñecas; por fin había algo que podía entender de ella, algo que la acercaba a ella y las unía. La señora Kirby, al enterarse de que había estado tocándolas, la regañó y las trasladó al estante más alto del vestidor de su dormitorio. Las muñecas poseían un aura de inaccesibilidad, y por eso la señora March se las quedó cuando tuvieron que llevar a su madre a Bethesda y vaciaron el piso.

Cuando Jonathan salió por fin del cuarto de baño, después de muchos camelos y, en última instancia, la amenaza de un castigo, la señora March cambió de posición en la bañera (estaba agarrotada, y el agua se había enfriado) y retiró el tapón. El agua se escurrió también de su cuerpo y goteó de entre sus piernas.

Se había tomado las pastillas a base de hierbas que le habían funcionado otras veces, pero esta vez le fallaron. El sueño la rehuía.

Se levantó de la cama, se puso unos calcetines, cogió el albornoz y fue al salón. La estancia, débilmente iluminada por la luz de las farolas, estaba en silencio, solo se oía algún coche que pasaba por la calle.

Años atrás, en un viaje a Venecia, George le había regalado a la señora March una máscara antigua. Tenía un largo pico, como esas que llevaban los médicos durante la epidemia de peste, solo que aquella estaba pintada de amarillo chillón y tenía plumas blancas y doradas alrededor de las aberturas para los ojos, por lo que aún recordaba más a un pájaro. La señora March, que la encontró perturbadora, la había escondido en un estante alto, entre las guías de viaje antiguas. Ahora se subió a una silla y la buscó a tientas. La reconoció en cuanto la tocó.

Se paseó por el piso sin ningún propósito definido; su respiración resonaba en el cálido interior de la máscara y su visión se adaptó a los pequeños agujeros para los ojos. De niña, cuando no podía dormir, nunca se había atrevido a deambular así. Por la noche, el salón de sus padres tenía algo intimidante, con sus sofás rígidos y su maciza mesa de café.

Entró en el comedor, pasó una mano por el tablero de la mesa, deslizó un dedo por los retratos colgados en la pared. En uno de los cuadros advirtió algo plateado, un destello sobre los oscuros colores de la escena victoriana. Se acercó para verlo mejor, tanto como se lo permitió el pico de la máscara, y vio que era un pececillo de plata que estaba atrapado bajo el cristal y que, a ciegas, buscaba una salida. El insecto avanzó hacia la cara de la mujer del retrato, que parecía suplicarle con la mirada a la señora March que hiciese algo.

El pececillo de plata levantó la diminuta cabeza como si quisiera mirar a la señora March. Ella dio unos golpecitos en el cristal, y el insecto huyó correteando y fue a refugiarse bajo el marco, donde no pudieran verlo.

29

El regreso de George estaba previsto para esa noche, y Jonathan había subido a casa de los Miller, así que la señora March decidió ir a la tintorería a recoger las últimas prendas que había llevado. Era una tarea de la que siempre se había encargado Martha, hasta que un día uno de los trajes de George volvió sin la corbata, que se había perdido. En lugar de reprender a la asistenta por no haberse dado cuenta, la señora March decidió que, en adelante, se encargaría ella de la tintorería. Solía esperar al fin de semana, cuando Martha tenía su día libre, para evitar situaciones incómodas.

La señora March sabía, porque en muchas ocasiones había visto al conserje con la ropa de la tintorería de los vecinos, que se consideraba apropiado pedirle que fuera a recogerla, pero ella lo había descartado. Pasó a toda velocidad por su lado en el vestíbulo y se caló bien el gorro para evitar cualquier interacción. El conserje le sujetó la puerta y le dijo: «¡Buenos días, señora March!». Ella se puso muy colorada y farfulló una respuesta ininteligible.

La tintorería era un local engañosamente pequeño semioculto en un edificio de la Tercera Avenida. Su servicio a domicilio no era de fiar, y la señora March había comprobado que le cobraban precios variables según cómo fuera vestida cuando llevaba la ropa (el abrigo de pieles coincidía con los precios más elevados). Sin embargo, la calidad del servicio era irreprochable. Tal como anunciaban, eran capaces de eliminar cualquier mancha. Ese día, la señora March estaba impaciente por ir a recoger la ropa que George se había llevado a la cabaña de Edgar. Curiosamente, su marido se había empeñado en llevarla a la tintorería él mismo.

—¿Han encontrado algo... raro? ¿En la ropa? —le preguntó al tintorero cuando este dejó las prendas enfundadas en plástico en el mostrador.

El hombre la miró un momento con los ojos entornados y, al levantar una comisura de los labios, compuso una sonrisa burlona que ella quiso interpretar como involuntaria.

—¿A qué se refiere? —preguntó a través de una nube de aliento que apestaba a humo de puro. Tenía un agujerito en el cuello de la camisa, una quemadura.

—No, a nada. No importa —dijo ella—. ¿Se han ido bien todas las manchas? —Apoyó las manos en la funda de plástico e inspeccionó la ropa que había debajo.

—Sí, se han ido todas bien, como siempre. Para los profesionales de las manchas no existen manchas difíciles. El recibo está dentro de la bolsa.

La señora March rebuscó en su cartera al tiempo que el tintorero atendía a otro cliente. En la trastienda, entre los silbidos del vapor de las planchas, una radio diminuta anunció: «La pequeña población de Gentry, que sigue consternada por el hallazgo del cadáver de Sylvia Gibbler...».

Le puso unos cuantos billetes en la mano al tintorero y, mientras él le preparaba el cambio, se inclinó sobre el mostrador y aguzó el oído. «Todavía no hay sospechosos, y los familiares y amigos de la víctima creen que el autor del brutal crimen podría haber sido un forastero de paso por el pueblo. Las autoridades instan a cualquiera que crea tener alguna información a llamar a la policía de forma anónima...».

La señora March fantaseó con la idea de llamar y denunciar a George. Pero no podía hacerlo, porque ¿y si era inocente? Sin embargo, la sensación de angustia que tenía en el estómago le aseguraba que era culpable.

—Gracias. Hasta la próxima —recitó el tintorero con un hosco sonsonete al entregarle el cambio.

De regreso a casa, con las manos sudadas por el contacto con el plástico, en su mente empezó a cobrar forma un plan. Iría a Gentry. Buscaría pistas, confirmaría sus sospechas. «No, eso es ridículo —se dijo—. ¿Cómo voy a ir hasta Maine por una corazonada absurda?». Pero sus objeciones se revelaron poco firmes cuando se imaginó ganándose la confianza de los lugareños, descubriendo pistas que todos habían pasado por alto, incluso recibiendo las alabanzas de la policía por su valor y su tenacidad. Decidió que sí haría el viaje: así determinaría de una vez por todas si estaba casada con un asesino.

Al pasar por delante de una librería de Madison, miró con desprecio los carros llenos de ejemplares de obras anteriores de George que había junto a la entrada, cuyas páginas se abrían como las piernas de una prostituta que les hace señas a potenciales clientes. Se detuvo al ver su última novela expuesta en el escaparate. A través del cristal divisó el rincón de la cafetería, iluminado con una luz cálida; las escalerillas con pasamano de bronce de las estanterías; los libros que cubrían las paredes de arriba abajo. La señora March creyó reconocer a la vecina chismosa del supermercado, cuyo nombre seguía sin recordar, plantada delante de la sección con el letrero BEST SELLERS.

Aquella a la que la señora March le había robado el libro de George que llevaba en el carro lleno de bandejas de salchichas. La señora March no la oía desde detrás del cristal, pero le pareció que la mujer estaba leyendo el libro de George en voz alta y riéndose. Y a su lado, riendo también, estaba... ¿Era Sheila Miller? Delgada, con el pelo corto, un anorak muy juvenil y una mano en el abdomen como si tratara de contener la risa convulsiva que la sacudía.

La señora March las miró desde el otro lado del cristal; al subir y bajar, su pecho hacía crepitar la bolsa de la tintorería. Un taxi que pasó a toda velocidad a su espalda roció la acera con el agua acumulada junto a la alcantarilla y se reflejó en el cristal del escaparate de la librería, trazando una línea horizontal amarilla y borrosa que les rebanó el cuello a aquellas dos mujeres.

La chismosa del supermercado señaló algo en la página del libro que estaba leyendo. Sheila, con gesto expectante, se inclinó para ver mejor. Lo que leyó hizo que sus labios, que todavía dibujaban una sonrisa, pasaran a formar una mueca de sorpresa burlesca, y se tapó la boca con una mano a la vez que abría mucho los ojos. Las dos mujeres se miraron como si acabaran de hacer una travesura; parecían dos brujas junto a un caldero.

La señora March empezó a recorrer lentamente el largo del escaparate. Hubo un momento en que su mirada se cruzó con la de las dos risueñas mujeres. Creyó que mudarían la expresión y se mostrarían arrepentidas, pero, en lugar de eso, y para su gran disgusto, ellas compusieron sendas sonrisas frías y crueles. La señora March siguió caminando hacia su casa.

Cuando llegó a su edificio, vio que había un grupo de personas en la acera y pensó que debía de ser otra reunión de fans de George. Al acercarse al portal, unas cuantas la miraron con curiosidad.

Acababa de entrar en el piso cuando sonó el interfono, un rebuzno penetrante y molesto que la sobresaltó. Descolgó el auricular y dijo:

—¿Sí?

—¿Está George?

—No, no está. ¿Quién es?

—¿Podemos subir? Nos gustaría que nos firmara un autógrafo.

—Lo siento, no puede ser. Como ya le he dicho, mi marido no está en casa.

—Somos grandes admiradores de su libro. Solo queremos ver dónde vive. ¡Por favor!

—No, lo...

—Como mucho la entretendremos cinco minutos.

—¿Dónde está el conserje? —preguntó ella. Tenía la boca seca.

—Estoy escribiendo mi tesis sobre su nueva novela —dijo otra voz—. Será un momento. Ver el lugar de nacimiento de Johanna sería valiosísimo para mi investigación.

—Lo siento, no puedo dejarlos entrar. Márchense, por favor. —Oyó unos susurros mezclados con el chisporroteo del interfono—. No nos molesten más —suplicó la señora March. Todavía tenía la ropa de la tintorería colgada de un brazo, y empezaban a sudarle las sienes—. ¿Hola? —dijo—. ¿Hola?

—¿Sí? —dijo una voz, tan fuerte y clara que la señora March se apartó del auricular—. Soy el conserje.

—Ay, gracias a Dios —dijo ella—. Soy la señora March, del seiscientos seis. ¿Ya se han marchado?

—¿Quiénes se han marchado?

—Los fans, los fans de George, ese grupo que estaba fuera... —Se interrumpió. El sudor se volvió sudor frío, porque ¿y si aquel no era el conserje? Y ahora aquella gente sabía el número de su piso.

De pronto, algo chocó contra la puerta con tanta fuerza que los goznes traquetearon, lo que confirmó sus sospechas. La señora March ahogó un grito y la bolsa de la tintorería se le cayó al suelo, como si le hubieran disparado. Tragó saliva, se armó de valor y miró por la mirilla, y entonces otro fuerte golpe amenazó con derribar la puerta. Se llevó las manos a la cara y, como los porrazos continuaban, apoyó la espalda contra la puerta igual que si la apuntalara. Los golpes, incesantes, resonaban en su caja torácica.

—¡Déjenme en paz! —gritaba entre sollozos de angustia, y fue resbalando hasta quedar sentada en el suelo.

Y de pronto, los golpes cesaron.

Se quedó sentada en el suelo, con la espalda apoyada contra la puerta, hasta después de oscurecer.

Dio un respingo cuando sonó el timbre y una voz anunció desde el otro lado de la puerta:

—¡Hola! ¡Soy yo, Sheila! Te traigo a Jonathan.

Jonathan. Le traía a Jonathan, que estaba arriba.

La señora March se levantó y se miró en el espejo. Tenía los párpados hinchados y se le había corrido el rímel. Intentó limpiárselo con los dedos mientras Sheila volvía a llamar. Entonces vio unas sombras por debajo de la puerta, y por un instante sospechó que todo aquello solo era una trampa: los fans de George se estaban volviendo creativos. Acercó un ojo a la mirilla y vio la rubia y deformada cabeza de Sheila, que la miraba directamente. Se apartó de inmediato; entonces se mordió la yema de un pulgar y abrió.

Sheila sonrió; tenía una mano apoyada en el hombro de Jonathan. Si había visto a la señora March fuera de la librería, disimulaba muy bien. Jonathan entró corriendo en el piso, y Sheila ya se disponía a irse y despedirse con un impreciso «¡Hasta luego!» cuando la señora March carraspeó y dijo:

—Te agradecería que cuando tengas a Jonathan a tu cargo, no salieras y lo dejaras sin ninguna supervisión, Sheila.

Sheila puso cara de perplejidad, y se le enrojeció el cuello.

—Por supuesto que no —dijo—. Yo nunca...

—Pues te he visto en Madison. No hace ni dos horas.

Sheila arrugó el ceño de forma tan exagerada que su gesto solo podía interpretarse como falso.

—No, yo... no he salido de casa en todo el día. Los niños han visto una película, les he preparado limonada y galletas...

—Bueno, pues entonces debo de haberme confundido.

Sheila se acarició una clavícula.

—¿Estás bien? —preguntó.

—Perfectamente —contestó la señora March. Parpadeó, y fue como si hubiese accionado un interruptor: se irguió y esbozó una sonrisa tan amplia que su cara amenazó con burbujear y derretirse y resbalar de su cabeza—. Muchísimas gracias por cuidar de Jonathan —dijo efusivamente—. Nos vemos pronto, espero. Que tengas muy buenas noches. —Y, dicho esto, le cerró la puerta en las narices.

Cuando George regresó, la señora March, siempre solícita, le preguntó cómo le había ido el viaje.

—De maravilla —contestó él, y eso la molestó mucho—. Todo ha salido a la perfección. Creo que la entrevista fue un éxito. ¿La viste?

—La grabé para que podamos verla juntos, con Jonathan —dijo ella, y desvió la mirada hacia el televisor y las cintas vacías que había junto a la consola.

—Se ve que allí el libro ha gustado mucho —continuó George. Se sentó en el suelo e intentó arreglar el trenecito de Jonathan, que había dejado de funcionar el día anterior.

—Gusta en todas partes, querido —dijo ella con un tono tan apasionado que hasta Jonathan, que estaba tumbado en el suelo viendo la televisión, la miró extrañado.

—Sea como sea —dijo George—, estoy muy agradecido. —Negó con la cabeza en un gesto de incredulidad—. Estoy muy agradecido —repitió. Estiró un brazo y le apretó una mano a la señora March.

Ella la retiró; se suponía que debería haberse alegrado por él, pero no fue así. La había dejado sola a pesar de que a ella le habría gustado acompañarlo («¿Seguro?», dijo una vocecilla dentro de su cabeza). Quería castigarlo, hacerle sentir culpable por haberla dejado en casa. Quería que la siguiente vez se lo pensara dos veces. Mientras George seguía hablando de un premio para el que habían nominado su libro, ella lo escrutó buscando coincidencias con el desconocido al que había visto en su dormitorio haciendo la maleta. Se fijó en los puntos negros que tenía en la nariz, en un pelo blanco y tieso que sobresalía de una de sus cejas, en sus gafas ligeramente torcidas, y llegó a la conclusión (decepcionante conclusión) de que su teoría no se sostenía. George era George, como siempre había sido y siempre sería, y su empeño en formular teorías fantasiosas para excusarlo de su crimen no tenía ningún sentido. «No», pensó, y sintió que se endurecía, físicamente incluso, mientras observaba a George manipular el trenecito de Jonathan con las mismas manos con las que había estrangulado a Sylvia; estaba dispuesta a llegar hasta el fondo de aquel asunto. Le diría a George que iba a Bethesda a visitar a su hermana y a su madre, pero en realidad iría a Gentry. Cuando George se cortó un dedo con la vía del trenecito, la señora March, sonriendo para sí, fue al cuarto de baño a buscar una tirita.

30

La culpa es un concepto curioso. Era la primera emoción que la señora March recordaba haber sentido. Tenía alrededor de tres años y ya sabía ir sola al baño, pero todavía no dominaba el arte de limpiarse después de haber hecho sus necesidades. Sus padres tenían invitados a comer. No recordaba exactamente quiénes eran, ni por qué a su hermana Lisa y a ella las habían dejado sentarse a la mesa del comedor, pero cuando estaba comiéndose el puré de verduras (quizá hiciera alguna asociación freudiana), sintió la ineludible llamada de la naturaleza. Miró a su madre, que presidía la mesa unos cuantos asientos más allá. Arrastró ruidosamente la silla y la servilleta de lino se le cayó al suelo; entonces, sujetándose con sus manos regordetas a los copetes de las sillas, empezó a caminar hacia su madre. Llegó junto a la señora Kirby en el momento en que ella soltaba una sonora carcajada, una carcajada de las que solo se oían en el piso cuando había invitados. La señora March se puso de puntillas, ahuecó la mano y le dijo al oído a su madre, rozándole con la nariz el pendiente de pinza de Chanel: «Tengo que ir al baño».

Su madre suspiró y, sin apenas mover los labios, le preguntó: «¿No puedes esperar?». La señora March dijo que no con la cabeza, y su madre la despachó con una sacudida de la muñeca.

La señora March todavía soñaba, a veces, con aquel día: veía la sombra de sus pies, que colgaban sobre las baldosas de mármol mientras estaba sentada en el inodoro del cuarto de baño de invitados. Debía de haber usado aquel cuarto de baño porque era el que estaba más cerca del comedor. Para que su madre la oyera cuando le gritó: «¡Mami! ¡Ya estoy, mami!». Tras un lapso que se le hizo eterno (¿y si su madre no iba?), apareció la señora Kirby, furiosa, mascullando por lo bajo. «¿No podías haber esperado? Yo no tengo por qué... Lisa nunca...». Limpió a su hija con tanto ímpetu que la dejó escocida. A partir de aquel día, cuando la señora March llamaba a su madre desde el cuarto de baño para que fuera a limpiarla, acudía la asistenta en lugar de ella.

Aquella fue la primera experiencia de la señora March con la culpa.

Luego, a los cuatro años, le habían regalado una casa de muñecas preciosa por Navidad. Nada más retirar el papel de regalo, rompió a llorar.

«¿Qué te pasa? —le preguntó su madre—. ¿No es la que querías?»

La niña asintió y siguió llorando. Los mocos le resbalaban hasta los labios.

«Uf, es una mimada», dijo su hermana Lisa sosteniendo su regalo (un sofisticado juego de química) con madurez y templanza.

En aquel momento, la señora March no había sabido explicar que sí, que aquella casa de muñecas era justo la que quería, y que no había parado de soñar con ella desde la primera vez que la había visto en el catálogo de la juguetería FAO Schwarz. Y allí estaba: una gigantesca mansión victoriana con sus cuadros en miniatura enmarcados y sus lámparas que funcionaban de verdad y su cuarto de baño de porcelana. Ella no había hecho nada para merecerla, no se había esforzado como se esforzaba para conseguir el adhesivo de la estrella dorada en el parvulario. Lo único que había hecho era pedirla, y allí la tenía, aunque no fuese digna de ella.

Lisa puso los ojos en blanco y dijo: «¡No seas blandengue! Ya te regalarán la que querías el año que viene». Y la señora March siguió llorando en silencio.

La culpa era cosa de valientes. La negación era para el resto.

31

El único problema, pensó la señora March, era la posibilidad de que su hermana la telefoneara durante su ausencia. No creía que lo hiciese; de hecho, Lisa raramente se molestaba en descolgar el teléfono como no fuera para felicitar los cumpleaños o las fiestas de guardar. Sin embargo, a veces llamaba de forma inesperada para contarle algo relacionado con su madre. Una vez la había llamado para comunicarle la urgente noticia de que su madre le había pegado purpurina al adorno para el árbol de Navidad que había hecho ella misma en la residencia de ancianos.

Necesitaba otra mentira. Al fin y al cabo, iba a emprender una misión muy seria. Borraría sus huellas y, dependiendo de lo que encontrara, nadie tendría por qué saber que había viajado a Maine. La emocionaba la perspectiva de tener un pequeño secreto que solo conocería ella y que seguramente nadie descubriría jamás.

Al día siguiente, cuando Martha se marchó y George se recluyó en su despacho, la señora March llamó por teléfono a su hermana.

—Quería avisarte de que voy a estar fuera unos días, así que, si pensabas llamarme, no hace falta que lo hagas porque no me encontrarás. Ni a George —se le antojó añadir—. Nos vamos a un... a un balneario.

—Ah, qué bien. No sabía que os gustaban esas cosas.

—No digas tonterías. ¿A quién no van a gustarle?

—Sí, tienes razón —dijo Lisa—. ¿Dónde está el balneario?

—Pues... no lo sé.

—¿No sabes adónde vas?

—No, es una sorpresa... de George —dijo, impresionada consigo misma.

—Ah. Qué suerte —dijo Lisa (con aspereza, en opinión de la señora March)—. ¿Y Jonathan?

—Jonathan se quedará con los vecinos de arriba.

—¿Quieres que lo llame para ver cómo va?

—No, no, ya lo llamaré yo. Solo quería que supieras que no estaré en casa. Te llamaré en cuanto regrese.

—Estupendo. Que lo paséis muy bien.

Entonces llamó a la compañía aérea y compró un billete abierto a Augusta.

—Gracias, señora. ¡Que tenga muy buen viaje! Maine está precioso en esta época del año —dijo la operadora antes de que se cortara la línea.

La señora March fue al armario, abrió las puertas con solemnidad (daba la impresión de que ahora había un propósito solemne detrás de todos sus actos) y bajó una maletita de cuadros escoceses del estante superior.

Estaba metiendo sus pantuflas de invierno marrón claro en la maleta cuando entró George, y fue como vivir una escena que ya había experimentado antes, pero desde el punto de vista opuesto.

—Me voy a ver a mi madre —dijo cuando él no había hecho sino cruzar el umbral—. He hablado con mi hermana, y resulta que no se encuentra bien.

Espió a George con el rabillo del ojo mientras fingía estar concentrada en la maleta. Él parecía un tanto perplejo.

—Lo siento mucho, querida —dijo, rascándose la barbilla—. ¿Necesitas que te ayude en algo?

—No, ya está todo arreglado —contestó ella. Dobló unos pañuelos de seda de cabeza y los metió en la maleta (por su idea de viajar de incógnito).

—¿Y cuánto tiempo estarás fuera?

—Bueno, he comprado un billete abierto porque no estoy segura de hasta cuándo me necesitarán. Le he dicho a mi hermana que cuente conmigo el tiempo que haga falta —dijo con orgullo de mártir.

—Por supuesto —dijo George—. Haz lo que tengas que hacer.

—Ya te llamaré de vez en cuando para contarte cómo está mi madre.

—Bueno, veo que lo tienes todo controlado, como siempre —dijo él.

A ella la enfureció aquella absoluta falta de interés por su repentino viaje. George fue hasta ella, y la señora March se puso en tensión cuando su marido la besó suavemente en la mejilla. «Igual que Judas», pensó. Cuando él se apartó, ella detectó un amago de sonrisa en sus labios.

—Voy a ducharme —anunció George.

En cuanto oyó el grifo de la ducha, la señora March corrió al despacho de George. Sabía que él guardaba las llaves de la cabaña de Edgar en un cuenco de cerámica que estaba encima de su escritorio, y allí las vio, sobre un lecho de envoltorios de chicle y monedas. Las cogió con mucho cuidado; temía que la pillaran con las manos en la masa, pero no la interrumpió nadie, así que se las guardó en el bolsillo y salió del despacho con el mismo sigilo con que había entrado.

La señora March se despidió de George con un beso y le dijo adiós a Martha (Jonathan estaba en el colegio). Entró en el ascensor, giró la cabeza y contempló la puerta cerrada del número 606.

Ya en el ascensor, inspiró hondo. Tarareó un poco y miró su maleta. Había escrito su dirección en una etiqueta de piel, y la tinta de su nombre de pila se había corrido.

Se abrieron las puertas del ascensor, que dio una pequeña sacudida. Arrastrando tras de sí la maletita, la señora March salió al vestíbulo y se acercó a la puerta de cristal; todavía esperaba que, en cualquier momento, George apareciera detrás de ella. No se atrevió a darse la vuelta y se acercó un poco más, y luego un poco más, a la salida.

El conserje paró un taxi, y ella aguardó sin hablar mientras él metía la maleta en el maletero con más aspavientos de los necesarios. Le dio las gracias, se sentó en el asiento trasero y la portezuela se cerró. Alzó la vista hacia las ventanas cuadradas y los aparatos de aire acondicionado cuadrados de su edificio.

Cuando el taxi arrancó y dobló la esquina, dejó de ver la fachada e inmediatamente la asaltó un sentimiento de culpabilidad que la pilló desprevenida. No había ido a visitar a su madre desde que Jonathan era un bebé. En el fondo tenía la dura certeza de que era su madre quien debería haber fallecido, y no su padre. Su padre, con su barriga bronceada y oronda, que ella solo había visto aquel verano en Cádiz. Su padre, que siempre se ocupaba de reservar para cenar y que supo a quién llamar cuando les perdieron las maletas en Grecia. Un día, ella había preparado un repugnante plato de uvas, galletas con chips de chocolate desmenuzadas y cacahuetes, aderezado con sal, azúcar y pimienta, y se lo había ofrecido orgullosa a sus padres, animada por la sonriente Alma. Su madre no quiso probarlo, un recordatorio más para sus hijas de que ella no era su amiga ni lo sería nunca. Al principio, su padre lo rechazó educadamente, pero después de que Alma le insistiera un poco, accedió a probarlo. Se inclinó sobre el plato y se metió una generosa cucharada de aquella desagradable mezcla en la boca. Masticó en silencio, sin duda lamentando su decisión. Pese a la tremenda vergüenza que experimentó en aquel momento, la señora March también sintió agradecimiento, y, quizá por primera vez, supo apreciar realmente a su padre.

Sentada en el asiento maloliente y agrietado del taxi, se justificó por haber abandonado a su madre y se dijo que, si hubiese sido su padre quien hubiese estado viviendo sus últimos días, ella habría ido a visitarlo con frecuencia a Bethesda. Es más, decidió con una repentina certeza: ni siquiera habría permitido que se lo hubieran llevado tan lejos. Se habría organizado para que su padre permaneciera tan cerca de ella como hubiese sido posible. Pobre señor Kirby. Se preguntó qué aspecto tendría ahora, en su ataúd. Solía imaginárselo como un periódico flotante con piernas. Ya debía de haberse descompuesto, y solo debían de quedar los huesos.

El trayecto hasta el aeropuerto transcurrió sin incidentes: nadie la siguió ni la obligó a detenerse. El taxista no se desvió bruscamente de la autopista para asesinarla en algún paraje desierto siguiendo las instrucciones de George.

Del mismo modo, su vuelo no estaba retrasado y no la entretuvieron mucho en el control de seguridad. Se puso unas gafas de sol tan grandes que resultaban graciosas y un pañuelo de cabeza, y no se acercó a la librería del aeropuerto, donde el libro de George se mofaba de ella desde un expositor giratorio.

Desde la cola de la puerta de embarque, oyó a un hombre que hablaba a voz en grito en una cabina telefónica próxima.

Llevaba una gabardina y un maletín en la mano, y sujetaba el auricular entre la barbilla y el hombro.

—¿Delmonico's? Hola, soy John Burnett. Vale. Quiero reservar una mesa para cenar el próximo sábado. Sí. Para dos. A las siete, si puede ser.

La señora March le mostró su tarjeta de embarque a la azafata de tierra y recorrió la pasarela, alejándose del hombre que estaba reservando mesa para cenar. Qué curioso, pensó, que ella supiera dónde iba a estar aquel desconocido el sábado siguiente a las siete. Jugó con la idea de presentarse en Delmonico's, quizá incluso saludarlo como si lo conociera, y regodearse con su sorpresa. ¿Fingiría él conocerla? ¿O era John un hombre sincero? Entró en el avión y se preguntó con quién iría a cenar. ¿Sería una cena romántica con su mujer? ¿O acaso quería invitar a su amante a ostras con champán? Pero, de ser ese el caso, ¿estaría haciendo planes con tanto descaro, desde una cabina telefónica?

Se sentó junto a la ventanilla con las piernas encogidas y se abrochó el cinturón de seguridad, que le apretó la cintura. El despegue fue aparatoso, y en cuanto se apagó la señal luminosa que obligaba a los pasajeros a permanecer en sus asientos, le pidió una copa de vino tinto a la azafata. Renunció al vaso de plástico y bebió directamente de la botellita, pensando en cuánto tardaría George en encontrarla si se estrellaba el avión. Cuando hablara con su hermana, su marido sospecharía que tenía un amante, y, transcurridos unos días, quizá creyera que se había fugado con él. Le gustó imaginar que George temía haberla perdido, y que se arrepentía de no haberla valorado como se merecía y de haber escrito aquel libro abominable.

Tras una escala de una hora en Boston, continuó el vuelo hasta Augusta. En total, el viaje duró algo más de tres horas. Como habría tardado la mitad en llegar a Bethesda, llamó a George desde una cabina del aeropuerto para decirle que ya había llegado a casa de su hermana tras un retraso imprevisto. A él no pareció interesarle la noticia; de hecho, se mostró distraído, y ella oyó risas apagadas de fondo.

—¿Quién está contigo? —preguntó.

—Ah, solo es Jonathan, que está haciendo el payaso.

Arrugó la nariz y se miró los zapatos. Jonathan nunca hacía el payaso.

—Bueno. ¿Estáis los dos bien?

—Sí, sí. Te echaremos de menos, pero estamos bien. No te preocupes por nosotros, cariño. Ya nos apañaremos.

—Muy bien. No te olvides de decirle a Martha que haga el cordero esta noche. Si no, se estropeará.

—Se lo diré —dijo George—. ¡Pásalo bien! Dales recuerdos a todos de mi parte.

Y colgó.

La señora March se quedó un momento parpadeando, con el auricular pegado a la oreja; luego, subiendo la voz para que la oyera la mujer que esperaba detrás de ella, dijo:

—Yo también te quiero, cariño. Hasta pronto.

Debajo del teléfono, en una repisa, había varias tarjetas de restaurantes y compañías de taxis locales. Llamó a una de las compañías de taxis. Tardaron un poco en contestar, y el empleado que atendió la llamada se mostró un tanto sorprendido de que le pidieran un coche, pero le aseguró que su taxi no tardaría más de cinco minutos.

La señora March salió decidida al exterior, y el frío la golpeó como una ola.

32

La cabaña de Edgar se encontraba a unos cuarenta y cinco minutos en coche del aeropuerto. La señora March había copiado la dirección de la agenda Rolodex de George en una hoja de papel amarillo y se la había metido en el bolsillo del abrigo, y se había pasado todo el viaje manoseándola. También se había llevado una libreta (de las de George) y un bolígrafo para tomar notas.

El taxi llegó puntual, tal como le habían prometido. El logo que llevaba en el lateral era una caricatura de un alce con gafas de sol que hacía autostop sobre las patas traseras. El taxista era simpático y exageradamente hablador, lo que fastidió a la señora March, que lo vio como una señal de falta de profesionalidad, incluso cuando se ofreció a abrirle la portezuela.

En el trayecto hasta la cabaña de Edgar había cementerios a ambos lados de la carretera, y las lápidas proyectaban su sombra sobre la nieve. Cuando cruzaron el puente sobre el río Kennebec, el taxista señaló una extensa zona de agua congelada y le explicó a su pasajera que la Guardia Costera tenía que romper aquel hielo.

La avisó cuando llegaron a la desierta población de Gentry. La señora March miró por la ventanilla y solo vio calles desiertas (tan desiertas que no entendió por qué el taxista se molestaba en poner el intermitente). Vio dos tiendas de álbumes de recortes y una guirnalda marchita colgada en la puerta principal del ayuntamiento.

Después de atravesar el centro del pueblo (por llamarlo de alguna manera), el taxi viró para enfilar una calle flanqueada por abetos gigantescos donde los edificios estaban mucho más separados. Allí las tiendas parecían viviendas: edificios achaparrados con fachada de tablones horizontales y letreros en las ventanas o en el jardín delantero en los que se anunciaban negocios como EMPORIO DE LA PELUQUERÍA DIANA, LOCOS POR LOS MUFFINS o SALÓN DE BELLEZA CANINA LESTER. Al parecer, los lugareños estaban orgullosos de su pueblo, pero la señora March solo veía un poblacho feo y desangelado. No entendía qué había podido ver en él Edgar para decidirse a comprar una propiedad allí. Quizá lo hubiese atraído su aislamiento, porque facilitaba los siniestros hábitos de George y el editor. Intentó recordar si George ya conocía a Edgar cuando había comprado la cabaña, años atrás.

Pasaron por delante de una cafetería con un aparcamiento enorme, y la señora March se fijó en lo cerca que aquel establecimiento estaba de la cabaña cuando el taxi entró en el camino de tierra de Edgar.

Pagó en efectivo y rechazó los reiterados ofrecimientos del taxista, que se empeñaba en llevarle la maleta hasta la casa. Al final, el hombre levantó ambas manos y se marchó, despidiéndose una vez más con un afable bocinazo que hizo que a ella se le cayera la maleta al suelo cubierto de hielo. La cabaña de madera era más grande de lo que había imaginado, con escalones por los que se accedía a un porche que daba la vuelta a toda la casa, y una chimenea de piedra.

Abrió con la llave que había robado y, al entrar, tiró unas raquetas de nieve que estaban apoyadas en la pared, junto a la puerta. Lo primero que le impresionó fue la cantidad de madera que había allí dentro. Suelo de madera, paredes de madera, muebles de madera, estantes de madera, montones de leña junto a la chimenea. Había madera por todas partes, casi toda sencillamente barnizada, lo que daba al espacio un aire inacabado. En opinión de la señora March, las paredes pedían a gritos una capa de pintura.

Al cerrar la puerta, tuvo la impresión de que cerraba la tapa de su propio ataúd de pino. Dejó la maleta en el suelo y, con los brazos cruzados, empezó a explorar la cabaña. Las vigas que sostenían el techo estaban a la vista. Había una chimenea de piedra sin labrar, y, en la repisa, un zorro disecado con un solo ojo de vidrio (que seguramente había cazado el propio Edgar) posaba sobre una rama como si acechara a su presa.

Inspeccionó la gran librería empotrada, con miedo a ver lo que sabía que encontraría allí: la bibliografía completa de George ordenada por fecha de publicación; todos los volúmenes tenían una sobrecubierta satinada y reluciente. Cogió uno al azar (y se levantó un poco de polvo del estante), lo abrió y leyó la nota manuscrita en la primera página: «Para Edgar, excelente editor. George». Cogió otro y lo abrió por la misma página: «Para Edgar. Este libro no sería lo que es sin ti, y este autor tampoco. George». Y uno más: «Para Edgar, mi amigo, mi editor, mi cómplice. George». La señora March lamió violentamente la página antes de cerrar el libro y devolverlo al estante. A ella George solo le había firmado sus libros al principio. En realidad, ya no tenía mucho sentido que siguiera firmándole ni dedicándole los libros, después de tanto tiempo viviendo juntos. Además, siempre había pensado que se daba por hecho que todos sus libros se los dedicaba a ella, la persona a la que George había escogido para dedicarle su vida.

La palabra *cómplice* la persiguió mientras se paseaba por la cabaña, abriendo puertas de dormitorios sin apenas muebles y armarios con olor a humedad, sin encontrar señales de que allí hubiese habido ningún tipo específico de vida. Las mantas raídas, los abrigos viejos y los bañadores desteñidos no le contaban ninguna historia, o al menos no la clase de historia que la señora March estaba deseando descubrir.

Abrió otra puerta y encontró la cocina: rústica, con cacharros de cobre colgados sobre una cocina antigua de seis fogones. En la nevera había un poco de comida que quizá estuviese caducada, y pensó que lo mejor que podía hacer era comer algo en la cafetería.

Junto a la puerta trasera de la cocina, en un guardallaves montado en la pared, había colgadas varias llaves. Cogió la que tenía la etiqueta GARAJE y salió. Aparcado dentro del garaje, como un oso en hibernación, había un viejo Jeep verde oscuro con los neumáticos sin dibujo. Se imaginó a Edgar conduciéndolo y a George sentado a su lado, los dos callados regresando a la cabaña después de asesinar a Sylvia, posiblemente con su cadáver en el maletero. Ahuecó las manos alrededor de la cara y se acercó a la ventanilla del conductor. Por probar, tiró de la manecilla, y la portezuela se abrió con tanta facilidad que la señora March profirió un grito que resonó dentro del garaje. Se metió en el coche y olfateó el ambientador con forma de árbol (ya no olía a pino) que colgaba del espejo retrovisor. Levantó las alfombrillas y abrió la guantera, donde encontró un calendario doblado de cualquier manera en el que estaba detallada la temporada de caza de ese año. «Un ciervo al año», «Dos osos al año». Había varias fechas rodeadas con un círculo rojo. Abrió el maletero y buscó rastros de sangre, pelos castaños largos, una pulsera o un collar con iniciales, cualquier cosa que pudiese haber pertenecido a Sylvia, pero no encontró nada.

Le pasó por la cabeza coger las llaves del coche y conducir hasta el centro. La preocupaba llamar la atención pidiendo más taxis y dando nombres falsos, pero la idea de conducir por una calle transitada le daba escalofríos. La última vez que se había puesto al volante de un vehículo había sido en un carrito del club de golf de su padre.

Decidió que lo más prudente era ir a los sitios a pie siempre que fuese posible, y que empezaría yendo así a cenar a la cafetería.

Se ató el pañuelo de cabeza y echó a andar entre los árboles que flanqueaban la carretera para evitar que la detectaran, volviendo de vez en cuando la cabeza hacia el garaje, que ya casi no se veía. Se reprendió por ser tan estúpida. Seguro que moriría de hipotermia en aquellos bosques, y su cadáver permanecería oculto durante semanas, hasta que lo encontrara algún excursionista o algún cazador, como había pasado con el cadáver congelado de Sylvia.

El viento mecía los pinos mientras caminaba hacia la cafetería. Se le ocurrió que, a lo mejor, habían talado árboles de aquella región para fabricar el papel de los libros de George. ¿Cuántos debían de necesitarse para imprimir todos aquellos ejemplares? Un bosque entero aguardaba a que lo sacrificaran para futuras ediciones. Sintió que los árboles temblaban a su alrededor. Se los imaginó gritando con voz de mujer, y cuando sus ramas empezaron a agitarse, se apresuró hacia el letrero de neón de la cafetería, que parpadeaba a lo lejos.

La cafetería estaba casi vacía, salvo por una pareja de ancianos y un hombre que leía el periódico en un rincón. No era exactamente un antro, aunque con aquellos asientos corridos de vinilo marrón nadie lo habría confundido con un establecimiento elegante. En todas las mesas había unos menús plastificados que se sostenían entre una botella de kétchup y otra de mostaza. A la señora March le pareció acogedora y le produjo cierta sensación de seguridad; se imaginó yendo a cenar allí todas las noches, familiarizándose con el personal de servicio y, al final, convirtiéndose en su clienta favorita.

Escogió una mesa junto a la ventana, con vistas al aparcamiento, y el asiento de plástico anunció su llegada produciendo un ruidito parecido a una ventosidad. Al oírlo, el camarero que estaba detrás de la barra levantó la cabeza y le hizo una seña. Como no quería hablar en voz alta, ella le respondió agitando una mano con un gesto regio.

Se olfateó las muñecas y se dio cuenta de que se le había olvidado coger la colonia. Sin ella no se reconocía: era un fantasma sin olor. Se sonrió. Si el olor era un elemento de la identidad, carecer de él le abría nuevas y emocionantes posibilidades. Podía quedarse allí, en Gentry, hacer tabla rasa y empezar de cero. Podía ser quien quisiera.

De pronto notó una corriente de aire; se dio la vuelta y vio entrar a dos hombres en la cafetería. La puerta se cerró lentamente mientras ellos iban a sentarse en unos taburetes de la barra. Uno de ellos la miró. Ella sonrió. El hombre la ignoró y le dio la espalda; entonces el camarero fue a tomarles nota.

La señora March, con las mejillas coloradas, bajó la vista y se puso a leer el menú. Seguramente habían sido unos brutos sin modales los que habían asesinado a Sylvia, y no su marido. La habían visto comiendo sola en aquella misma cafetería, una chica joven y guapa, y la habían secuestrado en el aparcamiento. Les miró la espalda con furia, dolida por la certeza de que aquellos hombres jamás la mirarían con lascivia, como sin duda habían mirado a Sylvia.

El camarero se acercó a su mesa y, mientras le tomaba nota, ella intentó fruncir los labios de forma seductora al tiempo que se decidía por un sándwich de bogavante y un té. Él, sin embargo, no la miró a los ojos ni una sola vez y se limitó a garabatear en su bloc.

Para cuando la señora March se acabó la cena, en la cafetería solo quedaban los dos clientes de la barra y ella. Permaneció en su mesa, ensayando mentalmente las diferentes excusas con que podía rechazar las insinuaciones de aquellos desconocidos si la abordaban. Al final no se le acercaron, y cuando se pusieron el abrigo y los gorros, ella dejó unos cuantos billetes arrugados en la mesa y se apresuró a salir de la cafetería, ofreciéndoles una última oportunidad de atacarla. Pero no se fijaron en ella, ni le sujetaron la puerta, y la señora March salió al frío de la calle con las mejillas encendidas.

Al cruzar el aparcamiento tropezó con un perro, o mejor dicho, el perro tropezó con ella. Nunca había entendido a los perros, y después de haber vivido, de niña, con un gato y sus erráticos caprichos, había aprendido a temer el carácter imprevisible de los animales en general. El perro le pegó el morro a una pierna y la olfateó parpadeando tranquilamente. Ella había leído en algún sitio que a veces los perros olían a las personas enfermas o que padecían algún sufrimiento ¿Habría percibido su congoja? Se arrodilló junto al perro en un ostentoso gesto de agradecimiento (el dueño del animal, indiferente a la escena, sujetaba la correa sin tirar de ella mientras se colocaba bien la bufanda). La señora March acarició al perro y sintió una fuerte conexión con él. Enrolló con los dedos su áspero pelo gris y le susurró:

—Sí. Sí. Todo saldrá bien, ¿verdad?

Entretanto, el perro bostezaba con la lengua fuera y la mirada fija en un punto distante (¿por qué los perros nunca la miraban a los ojos?).

El dueño carraspeó, y la señora March rio un poco, se sorbió la nariz y se levantó.

—Gracias —le dijo al dueño—. Gracias.

Sin esperar respuesta, siguió andando por el aparcamiento. Sus mocasines con borlas (cuya piel la nieve y la sal ya estaban estropeando) repiqueteaban por el cemento, y su sombra iba atravesando los charcos de luz de las farolas.

Esa noche, cuando intentaba conciliar el sueño en la cabaña, a la señora March la distrajeron una serie de ruidos con los que no estaba familiarizada. Las paredes y los suelos de madera crujían, y un reloj que no veía marcaba el paso de los minutos con su tictac. Se oía bramar el viento, cuyo incesante retumbo era idéntico al del mar de Cádiz. Se quedó dormida preguntándose si se ahogaría.

En plena madrugada se despertó de una sacudida, desorientada, y se encontró rodeada de una oscuridad desconocida, tan negra que le zumbaban los oídos. El estruendo del viento había disminuido y se había reducido a un suave rumor que recordaba al sonido de una respiración. La señora March aguzó el oído y comprobó que lo que se oía era una respiración, profunda y pesada, casi húmeda. «Solo es Kiki. La buena de Kiki, que te echa de menos».

Sin saber si estaba apretando los párpados o si únicamente era oscuridad, la señora March se tapó hasta las orejas con la manta.

33

En el borde de la bañera había un ánade real de madera. La señora March lo miró perpleja, parpadeando, y rezó para que el animal no parpadeara también mientras ella se secaba dándose toquecitos en las axilas y entre las piernas con una toalla raída que encontró bajo el lavamanos.

Entornó los ojos, deslumbrada por la luz que entraba a raudales por la ventana del cuarto de baño. Era tan intensa que parecía blanca.

Había dormido en el sofá, delante de la chimenea, a fin de desordenar lo menos posible. Para abrigarse se había tapado con una manta gruesa que, casi con toda seguridad, había utilizado el basset de Edgar; nada más despertar, volvió a dejarla en el suelo, cerca de la cama para perros donde la había encontrado, y se dispuso a realizar una inspección más minuciosa de la cabaña.

La señora March miró debajo de las camas, dentro de los jarrones, detrás de los inodoros y hasta en los tarros de azúcar y de harina de la cocina. Golpeó las paredes con los nudillos por si detectaba el sonido hueco que revelaría la existencia de una habitación secreta. Buscaba cualquier cosa que pudiese parecerle sospechosa o fuera de lugar, algo que contradijera la descripción que habían hecho George y Edgar de la cabaña. No encontró nada.

Esa mañana fue andando hasta la calle principal de Gentry, un trayecto largo y frío de tres cuartos de hora; cuando llegó, los maltrechos mocasines le habían hecho ampollas en los talones. La tienda de alimentación estaba en un edificio de tablones horizontales pintado de un blanco sucio, con una bandera estadounidense deshilachada y un buzón azul. Sobre la puerta había un letrero que rezaba: AUTOSERVICIO GENTRY.

Entró y dejó atrás un expositor de postales giratorio, varias montañas de productos agrícolas de temporada (sobre todo patatas) y un congelador para los helados cuyo motor temblequeaba y en cuyo interior se amontonaban las cajas de cartón recubiertas de hielo.

Se paseó por los estrechos pasillos, cogió unas velas perfumadas para olerlas. Todas olían a lo mismo: a polvo, pusiera lo que pusiese en la etiqueta.

—¿Puedo ayudarla en algo?

Se dio la vuelta y vio al encargado de la tienda, un hombre grueso y calvo con mucho vello en los brazos y los nudillos, y con mechones de pelo que asomaban por el cuello de su camisa y sus orejas. Parecía que su cuerpo hubiese querido disculparse y compensarlo por su alopecia, pensó la señora March.

—Ah, hola —le respondió. Dejó la vela que tenía en la mano («Relleno de pavo») en el estante y fue hasta el mostrador. ¡TENEMOS LICENCIAS DE CAZA Y PESCA!, proclamaba un letrero colgado de la pared, detrás de la caja registradora—. Solo estaba... curioseando.

—¿Curioseando en una tienda que solo tiene tres pasillos? Muy poco común. La mayoría de la gente entra aquí con la lista hecha. Únicamente vienen si se les acaban la leche y los huevos, por decir algo. —La señora March se quedó mirándolo con gesto inexpresivo, hasta que él dijo—: Bueno, curiosee todo lo que quiera. No tenga prisa. Ya me avisará si necesita algo.

—Pues, mire, de hecho... —repuso ella, retorciéndose las manos cortadas por el frío—. Siento curiosidad por si sabe usted algo de lo que pasó.

El tendero arqueó las cejas y abrió mucho los ojos.

—Ya sé que la curiosidad es horrible —se apresuró a explicar la señora March—, pero es que no soy de por aquí, solo estoy de paso, y me ha impresionado mucho la historia de esa chica porque..., bueno, porque soy madre —dijo con valentía. Iba ganando seguridad a medida que avanzaba, y añadió—: Tengo una hija, y esa chica, Sylvia, me recuerda muchísimo a mi Susan.

El tendero relajó las cejas y adoptó una expresión que traslucía algo cercano a la ternura. Miró a derecha e izquierda con teatralidad antes de apoyar los codos en el mostrador e inclinarse hacia delante.

—Pues verá —dijo—, estas últimas semanas han sido muy duras para muchos. Especialmente para mí, porque..., bueno, porque yo la conocía en persona.

Esta vez fue la señora March quien arqueó las cejas.

—¿En serio? —dijo, casi sin voz.

—Bueno, verá, ella venía aquí de vez en cuando. A comprar leche, pilas y cosas así.

—Ah —dijo la señora March, decepcionada.

—Pero le diré una cosa: esa chica era amiga de todo el mundo. Era muy simpática. Una de las personas más amables que he conocido. Era de esas personas que regalan conservas y ropa vieja a los desfavorecidos. Y no solo en Navidad.

—Dios mío —dijo la señora March—. Qué pérdida tan terrible.

«Es curioso —pensó— que el estatus de las personas siempre aumente después de su muerte». Ella se había imaginado a menudo su funeral: Jonathan, siempre tan imperturbable, se derrumbaría por fin y sollozaría aferrado al ataúd de su madre; George estaría a su lado, sumido en un silencio que muchos interpretarían como estoicismo pero que en realidad sería arrepentimiento. La gente la recordaría con cariño, y se sentiría más próxima a ella que cuando vivía. Le gustaba imaginarse a otro autor escribiendo la biografía de George e incluyendo en ella una parte muy extensa sobre el fallecimiento prematuro de su esposa. Todo sonaba estupendo hasta que se imaginaba al biógrafo husmeando en su pasado, excavando en los rincones más oscuros de su vida, descubriendo una imagen mucho menos favorecedora de ella, otra versión de la triste y patética Johanna.

—No debería haber estado fuera a esas horas —dijo el tendero—. Es peligroso. Incluso en un pueblo como este, donde todos nos conocemos. Es una pena, pero eso es peligroso incluso en Gentry. Mi hija siempre me dice que es injusto que las mujeres tengan que extremar las precauciones después del anochecer. Pues mire, quizá sea injusto, pero el mundo funciona así. ¿A usted su hija no se lo dice?

La señora March tardó un momento en darse cuenta de que se refería a su hija ficticia.

—Mi Susan es muy hogareña —dijo—, porque, claro, es muy estudiosa. Acaba de entrar en Harvard. —Incluso tratándose de una fantasía, la señora March se sentía obligada a mantener las apariencias.

—¿En Harvard? Caramba, han tenido mucha suerte con ella, ¿no?

—Sí, nos gusta pensar que sí —dijo la señora March, aparcando toda modestia.

—Ya lo creo. Mucha suerte.

—Bueno, la suerte tiene algo que ver —repuso ella, tratando de corregir el rumbo—, pero, evidentemente, también nos preguntamos si nuestra forma de educarla ha influido en cómo...

—Claro, claro. Pero nunca se sabe. A nuestra hija no hay quien la entienda, ya era un misterio para nosotros cuando era una cría. No sabemos a quién ha salido. Es muy rebelde, ya sabe lo que quiero decir. Aunque la verdad es que se calmó un poco cuando encontraron a Sylvia...

—¿Quiénes eran esos cazadores que la encontraron? ¿Usted los conoce?

—No, solo estaban de paso. Menudo viajecito, ¿eh? Estás buscando bichos a los que disparar y, de repente, te encuentras un cadáver.

—Terrible —dijo la señora March—. No me imagino quién puede ser capaz de cometer semejante crimen.

—Ah, bueno. Por ahí corren todo tipo de chalados y tipos raros. Y siento decirlo, pero su objetivo suelen ser mujeres. ¡Qué se le va a hacer!

—¿Cree que es posible que Sylvia conociera a su agresor?

—No, la gente de Gentry se habría dado cuenta de que pasaba algo raro. No habrían tardado ni esto —chascó los dedos—. Este pueblo es muy pequeño. Muy pequeño. Tuvo que ser un forastero, seguro.

—Hum...

—Si quiere presentarle sus respetos, la encontrará al final de la calle, en el Cementerio Municipal de Gentry.

—Sí, me parece que iré. Y... ¿su tienda está cerca de aquí? Me refiero a la tienda donde trabajaba. Me gustaría comprarle un regalo a mi hija allí, como muestra de solidaridad. Ha debido de ser un golpe muy duro para sus compañeros de trabajo.

—Sí, y sobre todo para Amy, porque eran íntimas amigas. Amy Bryant —añadió al ver que la señora March arrugaba el ceño—. Es la hija de unos amigos míos. Sylvia y ella eran íntimas amigas. Iban a todas partes juntas. Yo las veía pasar por delante de la tienda todas las mañanas, de camino al trabajo —continuó, y señaló la ventana que había junto al mostrador—. Creo que planeaban irse a vivir juntas. Sylvia vivía con su abuela, ¿sabe? Y las chicas de su edad necesitan un poco de independencia.

—Mire, creo que iré a visitar la tienda y hablaré con la pobre Amy —dijo la señora March.

—Ah, no, Amy no ha vuelto a trabajar desde entonces —dijo el tendero—. Está en su casa, casi no pisa la calle. Todavía está muy afectada.

—Qué pena, de verdad. Qué triste.

—Han sido un par de meses muy duros para este pueblo, se lo aseguro.

—Y esa chica, Amy..., ¿vive por aquí cerca?

—Sí, señora, pero, como podrá comprender, no voy a darle la dirección.

—Ah, no. Yo no...

—Gentry es un pueblo muy pequeño, y nos protegemos los unos a los otros.

A la señora March la ofendió que el tendero pensara que quería sonsacarle la dirección de Amy, a pesar de que eso era exactamente lo que pretendía. Reprimió el impulso de decirle que, para tratarse de un pueblo de gente tan solidaria y protectora, habían permitido que se cometiera un crimen terrible; pero en lugar de eso, dijo con aspereza:

—Al menos me dirá dónde está la tienda, ¿verdad?

Reconoció la fachada morada de inmediato porque la había visto en las noticias. El nombre de la tienda, The Hope Chest, estaba pintado sobre la puerta con pan de oro y caligrafía antigua, y desentonaba con el estilo más moderno de los artículos del escaparate, muchos de los cuales intentaban pasar por antigüedades pese a no ser, seguramente, más que vulgares imitaciones llegadas de China. La señora March se fijó en que el escaparate seguía igual que como había aparecido en las noticias, con excepción del espumillón navideño, que había desaparecido.

—«Esta comunidad, pequeña y muy unida, está de luto, pues ha perdido toda esperanza de volver a ver a Sylvia con vida» —citó la señora March en voz baja al tiempo que empujaba la puerta pintada de color morado.

El interior de la tienda, oscuro, estaba abarrotado: las paredes estaban forradas de baratijas, en las estanterías se apiñaban animales disecados y jabones artesanos, y por todas partes se intercalaban piezas de vajilla con motivos florales.

La señora March se paseó despacio, retorciéndose para esquivar estanterías y muebles, y contuvo la tos cuando levantó un remolino de polvo. Se detuvo ante un baúl con las iniciales «G. M. M.» y la fecha: «1798». Parecía un baúl de boda. La madera azul estaba muy desteñida y astillada, pero la señora March distinguió los restos de un ramillete verde y amarillo pintado en uno de los laterales. Encima de la tapa, atados con un cordel, había un par de libros encuadernados en piel. Al ver que la dependienta, nerviosa, se le acercaba y se ponía a merodear, cogió los libros y le preguntó cuánto valían. La chica (regordeta, con la nariz de cerdito y el pelo muy fino y del color del pecho de un petirrojo) se sonrojó.

—Ah, no están a la venta —dijo—; nos los ha prestado la librería, solo son decorativos.

—Ya me lo imaginaba —dijo la señora March. Notó que el cuello se le enrojecía debajo de la bufanda.

—¿Puedo ayudarla en algo más? —preguntó la dependienta.

—Pues... sí. Estoy buscando a una compañera suya, Amy Bryant. Trabaja aquí, ¿verdad?

—¿Amy? Ah, sí, pero hoy no viene.

—Ya. Bueno, es que necesito hablar con ella —continuó la señora March, dueña de una serena autoridad hasta entonces desconocida para ella—. Es importante. ¿Sabe dónde vive?

—Pues... Bueno, me gustaría ayudarla, pero me parece que no...

—Soy del *The New York Times*. Estoy escribiendo un artículo sobre Sylvia, y me interesa muchísimo entrevistar a Amy Bryant. Tengo entendido que eran íntimas amigas, ¿no es así?

—Ah —dijo la chica, y su rostro pecoso y apagado compuso una expresión de lucidez absoluta—. Ah, vaya. Ya lo entiendo. Por supuesto. Amy se ha instalado en casa de la abuela de Sylvia. Así se hacen compañía la una a la otra, ¿sabe? Después de lo que pasó... Si quiere hablar con ella, tendrá que ir allí.

—¿A la casa donde vivía Sylvia? —La señora March tragó saliva. Se mareó de pensar que estaba a punto de entrar en la casa donde Sylvia había dormido, comido, respirado...

—¿Le va bien? —preguntó la dependienta. Parecía angustiada por haber perdido el interés de la señora March después de darle aquella información—. Si quiere, puedo anotarle la dirección.

La señora March estuvo a punto de echarse atrás y confesar, pero la tentación de entrar en la casa de Sylvia era irresistible, de modo que sofocó cualquier objeción moral que le quedara y dijo, imitando a la perfección el acento inglés transatlántico de su madre:

—Sí, gracias, me haría usted un gran favor.

Salió a la calle sujetando en la mano el trozo de papel donde la dependienta había anotado la dirección con letra cursiva de colegiala y fue a buscar la casa. Emocionada, se preguntó qué encontraría allí. Le pasó por la cabeza que quizá estuviese llevando sus sospechas demasiado lejos, pero entonces se acordó de Johanna y pensó que quizá se estuviese quedando corta.

34

La señora March llamó con los nudillos a la puerta de la casa de Sylvia, un edificio insulso beis que estaba muy cerca de la carretera, en una calle sin salida presidida por una iglesia de color azul cielo con un alto campanario.

Acababa de quitarse el pañuelo de cabeza, pues sospechaba que no era un complemento propio de una reportera del *The New York Times* cumpliendo un encargo de trabajo, y se lo estaba guardando en el bolso cuando Amy Bryant abrió la puerta. A la señora March le pareció de mala educación que abriera la puerta de una casa que no era la suya, pero supuso que la abuela de Sylvia se hallaba tan traumatizada por aquella trágica experiencia que no tenía fuerzas para levantarse e ir a abrir.

Amy Bryant tenía la nariz puntiaguda, la boca y la barbilla pequeñas, y unos ojitos negros y hundidos. Parecía evidente que Sylvia la había escogido como amiga por lo feúcha que era, reflexionó la señora March. A pesar de que, seguramente, era la más inteligente de las dos, Amy siempre debía de haber quedado eclipsada por la belleza de Sylvia, que debía de haberle sacado partido a aquella discordancia.

—Hola. Soy reportera del *The New York Times*. Estoy escribiendo un artículo sobre Sylvia Gibbler y quería saber si puedo hacerle unas preguntas. Solo le robaré unos minutos. Ya sé que esto debe de ser muy duro para usted, pero las dos tenemos el deber para con los ciudadanos de llevar a sus asesinos ante la justicia. Es lo que habría querido Sylvia. —Mientras decía esto, la señora March hurgaba en su bolso, pues consideró que parecería más auténtica (una ajetreada periodista del *The New York Times* con una agenda muy llena) si fingía estar buscando un bolígrafo.

Amy Bryant se apartó.

—Claro que sí. Pase.

La señora March estaba admirada de lo fácil que era hacer hablar a la gente una vez que les decías que trabajabas para el *The New York Times*. Ante la remota posibilidad de que te mencionaran en un artículo de ese periódico, nadie te pedía que enseñaras ninguna prueba, ni siquiera una tarjeta de visita. ¿Qué habría hecho ella? ¿Se habría abierto la puerta a sí misma, como Amy? Supuso que sí. Se imaginó sentada frente a la reportera (ella misma) en el salón de su piso de Nueva York, ofreciéndose a sí misma un macaron en un plato de postre.

—No hable de nada de lo que no quiera hablar —le dijo a Amy al cruzar el umbral de la casa de Sylvia Gibbler—. Solo intento reunir toda la información que sea posible. Para escribir la verdad de lo ocurrido, ¿me explico? Quiero hacer una descripción tan objetiva y sincera como sea posible.

—Ya entiendo. Intentaré ser todo lo objetiva que pueda.

—Ah, no se preocupe por eso, señorita Bryant, en eso consiste mi trabajo. Usted limítese a contarme lo que recuerda. Ya ha sufrido bastante. —Le dirigió su mirada más sincera y compasiva.

Al oír eso, a la joven le tembló la débil barbilla, y sus negros ojillos se llenaron de lágrimas de autocompasión.

La señora March siguió a Amy hasta el salón, y no pudo evitar mirarlo con ojo crítico. Por lo que había visto hasta el momento, la casa estaba decorada sin ninguna gracia y muy desordenada. Las cortinas estaban manchadas, los suelos sin fregar, los tapetes amarillentos, la atmósfera viciada. Le dieron ganas de abrir las ventanas.

—Por favor... —dijo Amy, y señaló un sofá especialmente ajado y con una funda de plástico.

La señora March consiguió echarle una rápida ojeada antes de sentarse y, con disimulo, pasó una mano por el asiento para retirar unas cuantas migas y pelos blancos de animal.

Amy se sentó en una butaca y, con un tono de voz lo bastante potente para despertar a un muerto, dijo:

—¡Babka, ven a sentarte con nosotras!

Una anciana de semblante serio salió como una aparición, arrastrando los pies y sin hacer ruido, de un oscuro rincón del salón.

—¡Es una reportera, Babka! ¡Ha venido desde Nueva York! —voceó Amy—. Quiere hablar conmigo sobre Sylvia.

La señora March sacó la libreta y el bolígrafo del bolso. Toqueteó repetidamente el pulsador del bolígrafo, haciendo salir y entrar la punta varias veces. Mientras tanto, Babka seguía sonriendo.

—Los padres de Sylvia murieron cuando ella era pequeña —explicó Amy—, y desde entonces vivía con su abuela. Babka es polaca. Vino a Estados Unidos cuando se casó.

—La acompaño en el sentimiento —dijo la señora March, y la sonrisa se borró de los labios de la anciana, que frunció el ceño y ladeó la cabeza, ofreciéndole su oreja izquierda (la oreja buena, supuestamente) a la señora March—. ¡La acompaño en el sentimiento! —repitió la señora March, esta vez más alto.

Babka se enderezó cuanto se lo permitió su curvada columna e hizo un ademán para agradecerle a la señora March las condolencias. La señora March intentó sonreír.

—Sylvia... —empezó a decir la abuela. Llevaba casi toda una vida en Estados Unidos y era evidente que no había hecho nada para disimular su marcado acento polaco—. Muy buena niña. Pero... la vida... muchas cosas pueden pasar.

—Sí —dijo la señora March, y garabateó en su libreta fingiendo tomar notas con taquigrafía.

—La vida es así. Complicada, sí..., pero... hay que seguir adelante.

—Esa es una actitud muy valiente —dijo la señora March, y la anciana cerró los ojos, frunció los finos labios y negó con la cabeza, como si no estuviera de acuerdo.

La señora March se preguntó si habría entendido lo que acababa de decirle.

—¿Le apetece beber algo? —le preguntó Amy—. ¿Una taza de café?

—¡Sí, traigo café! —exclamó Babka, y, con una agilidad asombrosa, se dirigió a la cocina.

La señora March miró a Amy y esbozó una sonrisa, y ambas esperaron a que regresara Babka.

—*Babka* significa «abuela» en polaco —dijo Amy, rompiendo el silencio.

—Ah.

Una pelusita morada rodó hacia ellas y se detuvo al chocar contra la pata de una butaca.

—No oye muy bien con el oído derecho. Eso le crea inseguridad.

Babka regresó con unas tazas desportilladas y manchadas de café y con un pastel de queso que había hecho «con propias manos», de lo que era obvio que estaba muy orgullosa. La señora March se desanimó al comprender que no la dejarían irse de aquella casa sin haber probado el pastel de queso casero. Babka sirvió una porción enorme en un plato rosa y mellado, se lo ofreció junto con una cucharilla de postre deslustrada y se quedó esperando hasta que la señora March lo cogió y, sonriendo a sus anfitrionas, tomó un bocado de aquel dulce viscoso. El fuerte sabor a lácteos a temperatura ambiente en la lengua le desagradó. Se esforzó para borrar de su mente las imágenes de Babka trabajando el queso fresco y los huevos crudos con sus manos apergaminadas y con manchas de edad. Pero masticó el pastel con estoicismo.

—Bueno, la noticia tuvo repercusión a escala nacional —estaba diciendo Amy—, pero solo hace un par de meses que la encontraron. Bueno, que encontraron su cadáver —se corrigió con turbación—, y es como si ya nadie se acordara. Pero todavía no sabemos quién lo hizo. ¿De verdad cree que su artículo podría ayudar a que nos presten la atención que necesitamos?

La señora March asintió con la cabeza mientras masticaba ruidosamente y respiraba por la boca; se le había pegado el pastel de queso al paladar. La abuela había vuelto a retirarse a la cocina, o bien porque no le interesaba aquella entrevista, o bien porque no oía nada, o bien por las dos cosas. La señora March lo agradeció: la anciana la hacía sentirse incómoda, y, si ella no estaba, no tendría que comer más pastel.

—Entonces ¿sigue sin haber sospechosos? —preguntó como pudo, con la porción de pastel en la lengua. Iba a tener que tragársela, no había forma de evitarlo.

Entretanto, Amy le explicaba que el primer sospechoso había sido el novio de Sylvia, como solía pasar, pero que lo descartaron cuando varios testigos dijeron que lo habían visto y dónde la noche de la desaparición de Sylvia, así como unos días antes y después.

—Pero la verdad —dijo Amy— es que todo el mundo da por hecho que fue alguien que estaba de paso. Un forastero.

La señora March se tragó el trozo de pastel.

—Hum..., entiendo. ¿Encontraron algo en el cadáver que apuntara a que había sido un forastero?

—No, solo las señales de violencia y... la violación —dijo Amy—. Aquí no vive nadie capaz de algo así. Todos nos conocemos.

—Bueno, nunca se llega a conocer de verdad a las personas —dijo la señora March. Amy Bryant la miró con los ojos entrecerrados, y la señora March prosiguió—: ¿Así que Sylvia no conocía a nadie ni remotamente sospechoso? ¿Nadie capaz de cometer un acto tan violento? ¿Quizá alguien a quien hubiera conocido pocos días antes de su desaparición? ¿Alguien de fuera?

Amy negó con la cabeza.

—He repasado mentalmente a todas las personas a las que vimos en las semanas previas, pero no se me ha ocurrido nadie. —Suspiró y bajó la vista hacia el suelo—. A veces, Sylvia y yo salíamos juntas —añadió en voz baja—. Siempre era yo la que se lo proponía. Quedábamos con hombres, pero de verdad, no creo que ninguno de ellos fuese capaz de hacer algo como...

El sentimiento de culpa que emanaba de Amy Bryant, y su intento no muy sutil de obtener algún tipo de absolución a través de aquella confesión llenó a la señora March de tanto orgullo por sus habilidades periodísticas que empezó a contemplar la posibilidad de escribir realmente un artículo.

—Conocíamos a muchos hombres —dijo Amy con voz temblorosa, y los ojos se le llenaron de lágrimas—, pero nunca pasaba nada. Era todo muy inocente, tiene que creerme.

La señora March, compasiva, suavizó la mirada, asintió con la cabeza y escribió en su libreta: «Puta»; luego, recordando su imaginario juramento de objetividad periodística, añadió un signo de interrogación.

—Es tan difícil —dijo entonces— formarse una idea real de lo que ocurrió... Formarse una idea de Sylvia, de cómo era en verdad.

Tras un breve silencio, Amy propuso con timidez:

—Si quiere, puedo enseñarle su habitación.

Primero la señora March fingió reticencia, pero después accedió y le pidió a Amy que la acompañara, porque creyó que eso habría sido lo que habría hecho una periodista seria para mantener la integridad (aunque en realidad lo dijo para que Amy siguiera revelándole más detalles sobre su difunta amiga).

Subieron la escalera de peldaños gastados, donde había, enmarcada, toda una cronología de la vida de Sylvia. La serie, compuesta sobre todo por fotografías del anuario escolar, incluía la primera imagen publicada por la prensa, esa que la señora March había encontrado en la libreta de George. La señora March se imaginó a su marido subiendo con sigilo aquella escalera en plena noche para encontrarse con su amante, los crujidos de los escalones amortiguados por la gastada moqueta gris plomo. ¿Habría seguido George el relieve del pasamano con los dedos como ella estaba haciendo en ese momento?

El dormitorio de Sylvia no tenía nada especial; sin embargo, entrar en él le produjo una sensación casi espiritual, como si hubiese entrado en una iglesia. La luz etérea y sesgada que se filtraba por la ventana iluminaba el polvo que flotaba sobre el tocador de madera de cedro.

En el sanctasanctórum del dormitorio de Sylvia, intentó armarse de objetividad arqueológica cuando observó la modesta colcha de la cama, de tonos azules; las cortinas blancas con volantes, un poco grises; el lápiz de labios de color melocotón, encima de la cómoda, junto a una botella mediada de colonia (anotó el nombre en la libreta con la intención de comprársela).

La pared que quedaba más cerca de la puerta estaba cubierta de recortes de periódico con grandes titulares relacionados con la desaparición de Sylvia. Babka, le explicó Amy, los había recortado y pegado en la pared en las estresantes semanas previas al trágico descubrimiento del cadáver, cuando todavía se aferraban a la posibilidad de que encontraran a Sylvia con vida. Debajo había un escritorio de madera de pino, de aspecto infantil, lleno de libros para colorear, notas adhesivas con forma de estrella, bolígrafos con plumas y tarritos de purpurina.

—Supongo que Sylvia no llevaba un diario, ¿verdad? —preguntó la señora March, y rompió a sudar ante la perspectiva de estar equivocada.

—Si lo tenía, nadie lo ha encontrado —dijo Amy con un tono de voz desprovisto de emoción. Con los brazos cruzados, paseaba la vista por el dormitorio como si fuese la guardiana de aquel lugar. Vio un pañuelito pulcramente doblado sobre el escritorio de pino, lo cogió con un gesto lento, lo examinó y pareció que trataba de decidir qué hacer con él. Por fin dijo—: Mire: este era su pañuelo. Siempre lo llevaba encima. Excepto el día que... el día que desapareció.

La señora March cogió el pañuelo blanco. Tenía un ribete de encaje y las iniciales de Sylvia bordadas.

—¿Sabe si analizaron la ropa que llevaba? ¿Por si había huellas? —preguntó.

—Sí, lo analizaron todo, pero no encontraron nada... Supongo que porque llevaba mucho tiempo a la intemperie. —Amy volvió a cruzarse de brazos y se volvió hacia la ventana.

La señora March aprovechó que estaba distraída para meterse el pañuelo en el bolsillo. Se entretuvo observando unos montones de discos de vivos colores y un teléfono de plástico rosa, de disco, hasta que su mirada fue a dar en la estantería, una de cuyas baldas estaba dedicada por completo a los libros de George. Se le nubló brevemente la vista, y luego la recuperó: las palabras *George March* aparecieron claramente enfocadas en los lomos, afiladas como la hoja de un puñal. Se secó el sudor que le había aparecido en el bigote. Casi salivando de expectación, cogió uno de aquellos volúmenes del estante y lo abrió por la portadilla. Estaba firmado. Llevaba la firma auténtica de George. Habría reconocido la indolente rúbrica de su marido en cualquier sitio. Puso un dedo rechoncho sobre la tinta, como si esperara sentirla latir igual que una vena varicosa. Siguió el trazado de la firma por la hoja. Se los imaginó a los dos conociéndose durante una presentación; se imaginó a Sylvia haciendo cola para que George le firmara su libro, y a él interrumpiéndose en plena conversación con otra admiradora y mirándola a ella por encima de la montura de las gafas. Se los imaginó a los dos charlando y riendo y coqueteando, y a los otros compradores sintiéndose desairados. A lo mejor Sylvia había olvidado allí su bufanda (para avivar su creciente interés por ella), y él se la había guardado para olisquearla de vez en cuando, y no se había deshecho de ella hasta hacía muy poco para borrar cualquier prueba de que se conocían... ¿O no? ¿Y si la bufanda de la joven asesinada estaba en su propia casa? ¿Dónde podía haberla escondido? Seguramente, detrás de los libros de su despacho. ¿O, en un arrebato de soberbia, encima de su escritorio, a la vista? A lo mejor Martha la había visto y, tomándola por una de la señora March, la había guardado en un cajón de su armario, donde ahora vivía junto a su ropa.

Cuando Amy se apartó de la ventana, la señora March todavía tenía el libro en las manos.

—Ah, sí, los libros de George March —dijo la joven—. Sylvia era una gran admiradora suya. Tenía un ejemplar viejo que había sido de su padre, creo. Y le encantaba. Estaba leyéndolo continuamente. —Hizo una pausa, y entonces añadió—: Era una gran lectora. —Reflexionó sobre su propio comentario; quizá necesitara un momento para recuperarse después de haberle hecho aquel cumplido a su amiga—. Luego, cuando él se hizo tan famoso, Sylvia leyó no sé dónde que veraneaba aquí o algo así. Creo que tiene una cabaña por la zona. Mucha gente lo ha visto por el pueblo.

—El que tiene una cabaña es su editor —la corrigió la señora March, pues estaba segura de que una periodista importante del *The New York Times* habría estado al corriente de esa información.

—Bueno, sí, no sé. El verano pasado, Sylvia estuvo buscándolo por todas partes, se quedaba esperando fuera de los restaurantes por si lo veía.

—¿Y lo vio? —dijo la señora March casi sin voz, como si el último aliento hubiese escapado de su cuerpo.

Amy negó con la cabeza.

—No, nunca lo consiguió.

La señora March inhaló con avidez.

—Pero este está firmado. —Le enseñó el libro abierto por la portadilla, donde estaba la firma.

—Ah, sí. Pues ese debe de ser el de su padre, porque Sylvia no llegó a conocer a George March. Créame: me lo habría contado el mismo día. Estaba obsesionada con esos libros.

Amy le explicó que a ella no le interesaban, que las consideraba novelas «para gente mayor sin nada que hacer», pero la señora

March ya no la escuchaba. Hojeó el libro en busca de alguna pista (una nota manuscrita, o un código secreto compuesto por letras encerradas en círculos de forma aparentemente aleatoria), pero lo único que encontró entre sus páginas fue una flor prensada y descolorida que se desmenuzó en cuanto la tocó. Entonces buscó la fotografía del autor que aparecía en la solapa posterior. Era un antiguo retrato profesional de George, lo que indicaba que aquella edición se había publicado antes de que Sylvia naciera. No mucho después, su equipo editorial lo convenció de que posara para otra fotografía, porque sus lectores comentaban que en aquella parecía, por decirlo educadamente, «demasiado serio». Realmente, los hombros encorvados, las cejas arqueadas y los ojos entrecerrados que miraban por encima de las gafas le daban un aire siniestro a su marido, quien, al menos en persona, no daba una impresión tan amenazadora. La señora March se fijó en aquellos ojos, más oscuros en la fotografía en blanco y negro, y se preguntó si serían lo último que había visto Sylvia.

Amy le enseñó a la señora March unos dibujos que había hecho su amiga. Solo eran motivos infantiles, como ponis y flores, además de un retrato chapucero de su abuela, pero la señora March hizo como si le parecieran muy interesantes mientras fingía describirlos con todo detalle en su libreta.

La señora March iba a proponer que Amy le enseñara otras habitaciones (creía que podía haber algo especialmente jugoso esperando a que lo descubriera en el armario de las medicinas del cuarto de baño) cuando la chica dijo:

—Me parece que ya tiene todo lo que necesita.

Abajo, la señora March les dio las gracias a Babka y a Amy por haberla atendido, y les dijo que intentaría por todos los medios que le publicaran el artículo, pero les advirtió que nunca se sabía, porque sus editores eran veleidosos y esclavos de los caprichos pasajeros. Al ver que nadie se decidía a hacerlo, abrió ella misma la puerta de la calle, y entonces Amy dijo:

—¿Me devuelve el pañuelo, por favor?

La señora March se detuvo en el umbral.

—Ah —dijo—. Lo he dejado arriba.

—No, lo tiene en el bolsillo.

Se produjo un silencio. La señora March miró a Amy (su semblante impasible, que recordaba al de George Washington) y se oyó decir mientras sacaba el pañuelo del bolsillo de su abrigo:

—Anda, qué raro. Por lo visto lo he confundido con el mío. Debe de ser el mío el que he dejado arriba. Qué despistada soy.

—Perdone, ¿cómo ha dicho que se llama?

La señora March se irguió y respiró.

—Johanna —dijo. Se puso las gafas de sol y salió a la calle.

Su primer día en Gentry había sido tan fructífero que no le sorprendió que en los posteriores no sucediera gran cosa. El segundo día se compró unos cuantos sándwiches envasados y unos paquetes de galletas saladas para picotear cuando tuviera hambre; así no tocaría nada de la cocina de Edgar. Se los comió con voracidad y recogió las migas con la yema del dedo humedecida.

Siguió hurgando en cajones y armarios en busca de pistas. Dio paseos y echó siestas. Atrapó una araña con un vaso y se rio imaginándose qué pensaría Edgar si la hubiera visto.

El tercer día encontró una caja estrecha de madera escondida debajo de un montón de mantas en el armario del dormitorio principal. Estaba cerrada con un grueso candado. Con una descarga de adrenalina, hurgó en la caja de herramientas del garaje y consiguió romper el candado con un martillo. Pero se llevó una decepción: la caja no contenía las cartas secretas entre Sylvia y George, ni el diario de Sylvia, ni los dedos de Sylvia, sino las escopetas de caza de Edgar. Fue inmediatamente a la tienda a comprar un candado para reemplazar el que había roto, y le dijo al tendero que su hija necesitaba uno para atar la bicicleta en Harvard.

De regreso a la cabaña, se cruzó con una cierva en un claro del bosque. La cierva estaba comiéndose un conejo muerto, y el ruidito que hacían sus dientes al triturar los huesos del conejo no se distinguía del crujir de la nieve bajo las botas que la señora March había encontrado en la cabaña. Nevaba, y la nieve se acumulaba en el lomo de la cierva. La señora March se puso una mano junto a la sien y siguió su camino. La cierva, imperturbable, siguió comiendo.

El cuarto día, la señora March visitó la tumba de Sylvia. No le costó encontrarla, porque la gente había dejado flores, peluches y cartas junto a su lápida. Todo estaba empezando a pudrirse. A un osito de peluche le colgaba un ojo de un hilo. La señora March intentó dibujarlo en su libreta.

Esa noche llamó a George y le dijo que llegaría a casa al día siguiente, por la tarde.

—Muy bien —dijo él—. ¿Cómo ha ido todo? ¿Qué tal está tu madre?

—Peor de lo que esperaba.

—Lo siento, cariño.

—Sí, mira, qué le vamos a hacer… Nos vemos mañana, querido.

—Aquí estaré.

La última noche en Gentry, metió la libreta en el bolso y fue a visitar el pub, un local desangelado con paneles de madera y suelos pringosos, y un par de pistas de bolos destartaladas a un lado. A lo largo de la barra había una serie de taburetes con el asiento de vinilo rasgado. El fieltro de la mesa de billar estaba salpicado de quemaduras de cigarrillo. El aire, viciado, apestaba a humo, cerveza y sudor, y se le pegó al cuerpo en cuanto entró por la puerta.

La señora March, sentada a una mesa, sola, con las gafas de sol y el pañuelo de cabeza, bebía a pequeños sorbos una copa de vino tinto bastante rancio que el camarero le había servido de una botella de dos litros. Mientras él volvía a enroscar el tapón, ella le había preguntado: «¿Viene mucho por el pueblo ese escritor famoso, George March? ¿Alguna vez ha entrado aquí a tomarse algo?», y su respuesta («Yo no leo, señora») había sido desalentadora. Luego le preguntó por Sylvia, pues suponía que aquel debía de ser uno de los sitios que frecuentaban Amy y ella cuando salían a ligar, y el camarero no le contestó, pero miró hacia otro lado y dijo: «¿Por qué no se lo pregunta a su novio? Es ese de ahí». Ella se volvió y vio a un joven que bebía, solo, sentado a una mesa del fondo.

No se atrevió a acercársele, pero sí escogió un asiento desde donde poder verlo. Estuvo observándolo un rato mientras se bebía el vino con una pajita para no tocar la copa con los labios, porque tenía huellas de dedos. El novio, un chico pálido y sudoroso con acné en la barbilla, se bebía una cerveza tras otra mientras murmuraba para sí, hasta que de pronto se levantó, apoyándose en las mesas para no caerse, y fue tambaleándose hasta un pequeño espacio despejado que había junto a la barra. Empezó a mecerse suavemente adelante y atrás y a sacudir la cabeza, con los ojos cerrados y la boca abierta. Al principio, la señora March creyó que estaba sufriendo un ataque epiléptico, pero luego comprendió que el chico se imaginaba que estaba en una pista de baile. La señora March, que todavía llevaba puestos el pañuelo de cabeza y las gafas de sol, se levantó (aquel vino tan rancio le había dejado la boca como el esparto) y, titubeante, fue hacia él y lo abrazó. Él no pareció enterarse, ni le devolvió el abrazo. Los brazos le colgaban a ambos lados del cuerpo, pero tampoco intentó apartarla; y la señora March empezó a oscilar con él, meciéndolo como si fuese un bebé, sintiendo el calor de su cuerpo contra el suyo. Bajo el tufillo a cerveza, el chico olía a suavizante para la ropa y leche con cereales, como los niños bien atendidos por su madre. Se imaginó a Sylvia abrazándolo, aspirando su olor y escuchando los latidos de su corazón a través del jersey.

Se balancearon suavemente de un lado a otro sin seguir el compás de la música hasta que el pub se vació y el barman anunció la última ronda.

Ya era de noche cuando el taxi se detuvo ante el edificio de los March. El conserje de noche salió presuroso de debajo de la marquesina verde para saludarla. La señora March alzó la vista y contempló la fachada. Su hogar. Un edificio alto e imponente bajo la luz nocturna, con las ventanas tapadas como cientos de ojos con los párpados cerrados.

No vio nada raro en el rellano del sexto piso cuando cruzó el suelo enmoquetado hasta el número 606. Las llaves tintinearon en el llavero; abrió la puerta, entró y volvió a cerrar con llave. El piso estaba completamente a oscuras, y sin embargo la señora March sintió que la estaba esperando, salivando y alerta pese a su silencio, como una ostra en mal estado. Palpó la pared en busca del interruptor de la luz, y de pronto una fuerte exhalación, o más bien una aspiración muy prolongada, estalló en la oscuridad. Quiso abrir la puerta principal para que entrara la luz del rellano, pero no podía moverse. Seguía oyéndose aquella respiración, ahora más fuerte; casi le susurraba al oído. Cuando oyó cómo se vaciaba la cisterna en el piso de al lado, se relajó y dejó caer los hombros: solo era el ruido de las cañerías viejas. Dio con el interruptor y se apresuró a encender la luz por si se había equivocado y aún podía sorprender a lo que fuera que estuviese acechando, pero solo encontró el pasillo vacío e inescrutable. ¿Dónde estaba George? ¿Dónde estaba Jonathan?

Se asomó a las habitaciones vacías, que estaban a oscuras, y los llamó a los dos, preparada por si de pronto saltaban para darle un susto. La asaltó una idea escalofriante: George sabía lo que ella se traía entre manos y se había marchado llevándose a Jonathan como rehén. Se puso a abrir armarios, y entonces oyó que una llave giraba en la cerradura; la puerta principal se abrió y por ella entraron una ligera corriente de aire y unas alegres voces.

—¡Cariño! ¡Ya estás en casa! —exclamó George, al mismo tiempo que la señora March, sin pensar, corría hacia su hijo y se enjugaba una sola lágrima con un guante de color verde menta.

—¡Hemos ido a ver una peli, mamá!

La señora March se arrodilló para acoger el cuerpecito de Jonathan y, mientras se abrazaban, miró a George y le sostuvo la mirada; y, con los ojos, y con una leve y gélida sonrisa, le dijo que lo sabía todo. ¿Eran imaginaciones suyas, o en ese momento algo, quizá miedo, o arrepentimiento, se reflejó en los ojos de George?

35

Después del viaje a Maine, del que no había vuelto con más que un dolor de muelas, a la señora March le costaba creer que realmente hubiese hecho todo aquello: mentir, coger un avión sola, manipular a una familia afligida para que se dejara entrevistar, bailar abrazada a un hombre que había sido el principal sospechoso de una investigación de homicidio. Tenía que haberlo soñado.

En cambio, de lo que cada vez estaba más segura era de la culpabilidad de su marido. Alimentaba esa convicción a diario buscando el significado oculto de cuanto él hacía y decía. Una alusión distraída a su última novela era una burla. Que se retirara a su despacho después de que mencionaran a Sylvia en las noticias, una prueba indiscutible de su crimen.

Decidió que, tarde o temprano, George cometería un error y revelaría alguna pista. Una carta que no había llegado a enviarle a Sylvia, con el sello puesto, en un cajón de su escritorio. Además, habría otras víctimas. Una persona que perpetra un acto como aquel desarrolla una compulsión, de eso no le cabía duda. Pero debía permanecer atenta y tener paciencia. Debía seguir haciendo el trabajo de la policía. Y entonces, cuando llegara el momento, lo entregaría honradamente a las autoridades. Detendrían a George, y los medios de comunicación la presentarían a ella como la esposa admirable e inocente, ingenua al principio, pero que enseguida lo había entendido todo; y lo bastante valiente y astuta para investigar por su cuenta (¡qué coraje!, ¡qué sangre fría!) y llevar al culpable ante la justicia. Ya se veía dando el discurso ante los flashes de las cámaras; por una vez, sería el centro de todas las miradas. «En nombre de las víctimas...», diría (llevaría puestos las gafas de sol y el pañuelo de cabeza como muestra de humildad, porque habría parecido vulgar e insensible que quisiera atraer más atención que las pobres víctimas), y luego pediría perdón, pero la prensa y la opinión pública coincidirían en que no había nada que perdonarle.

Testificaría en el juicio de George con aire circunspecto. George sería condenado a prisión. Ella solo concedería unas cuantas entrevistas, y pasaría inadvertida el resto de sus días, tejiendo bufandas para sus nietos.

También se le había ocurrido una alternativa mucho más siniestra en la que, con calma, le sonsacaba una confesión a George, y después él le suplicaba que se convirtiera en su cómplice; iba seguida de imágenes en las que la señora March escogía a las siguientes víctimas de su marido e iba tras ellas. Estaba orgullosa de reconocer que había ahuyentado esas ideas de su mente casi de inmediato. Asimismo, se había planteado la posibilidad de que George huyera cuando ella le pusiera las cartas boca arriba. Vio brevemente a George convertido en fugitivo: afeitándose la barba, tiñéndose de rubio, comiendo hamburguesas grasientas con queso en miserables habitaciones de motel, comprobando si su cara salía en las noticias, y por fin perdiéndose en los rincones más lúgubres y sórdidos del panorama criminal estadounidense; y nunca más tendría noticias de él, salvo alguna llamada desde un teléfono ilocalizable por el cumpleaños de Jonathan.

Cavilaba a menudo sobre lo ético de su decisión de seguir viviendo con un psicópata peligroso (y poner en peligro a su hijo), pero razonaba que no tenía sentido abandonar a George ahora, porque, sin pruebas suficientes, nadie habría dado ningún crédito a sus acusaciones. Especialmente ahora que su fama literaria se había consolidado en todo el mundo. En el pasado, la señora March se deleitaba con su floreciente fama, cuando los desconocidos se le acercaban en el restaurante para estrecharle la mano y pedirle que les firmara sus libros. Ahora, sin embargo, cuando se les acercaba un desconocido (lo que cada vez sucedía con menos frecuencia, porque casi nunca salían juntos), ella se preparaba para lo peor por si aquella era la persona que por fin le preguntaría a George por Johanna delante de ella. Y George reiría entre dientes y respondería con evasivas para irse de rositas. Como ya se había ido de rositas tras cometer un asesinato.

Una mañana, después de hacer unos recados, se dirigió a su casa con el pan de aceitunas en una bolsa de papel y chupando un trocito de hielo para aliviar el dolor de muelas. Se acercaba la fiesta de cumpleaños de George, y la señora March barajaba diferentes maneras de superar la velada anterior (cuartetos de cuerda, un menú inspirado en las cenas políticas que organizaba Jackie Kennedy), así como de desairar a todos aquellos invitados que le habían faltado al respeto la última vez.

Aunque empezaba a adivinarse algo de verde en los árboles, todavía hacía frío, y la señora March se ceñía el abrigo de pieles con una mano. Se lo había dejado desabrochado llevada por su optimismo y engañada por el azul de un cielo más intenso y más limpio que por fin había perdido aquel aire triste y apagado del lino desteñido tras demasiados lavados.

Aminoró el paso al pasar por delante de un local con un gran escaparate; tenía unas lujosas cortinas de color bermellón que solían estar corridas. Lo había visto muchas veces, y había fantaseado con la idea de entrar en más de una ocasión. En la fachada de ladrillo, un letrero pintado en letra cursiva dorada rezaba: *VIDENTE*. No creía en las pitonisas, por descontado. Cuando, de niña, le había confesado a su madre que creía que por las noches se le aparecía un fantasma (refiriéndose a Kiki, aunque entonces no lo especificó), la señora Kirby le había enseñado que debía descartar cualquier concepto que no fuesen los que aprendía en la iglesia. Su madre había chasqueado la lengua, la había sujetado por los hombros, se había inclinado hacia ella y le había dicho: «Los fantasmas no existen, ¿entendido? No empieces a creer en tonterías de esas, o todos se reirán de ti». Lo dijo como si lo supiera por propia experiencia, y la señora March se preguntó si era de su madre de quien se habían reído, o si era ella quien se había reído de otra persona (un supuesto mucho más probable; no se imaginaba a su madre en el papel de víctima).

Sin embargo, de pie ante el letrero de la vidente, soltó un leve suspiro. Quizá fuese divertido recibir alguna buena noticia sobre el futuro.

Apretó la arrugada bolsa del pan contra el pecho (el aceite de las aceitunas le manchó el abrigo a través del papel) y abrió la puerta cristalera de la tienda.

A pesar de las gruesas cortinas, dentro, curiosamente, había mucha luz, y no se oía nada. La señora March se quedó un momento en silencio, contemplando la bola de cristal que había sobre una mesita redonda. Cerró los ojos y, durante unos segundos, experimentó algo que hacía tanto que no experimentaba que no habría sabido cómo definirlo.

—Buenos días —dijo una voz ronca a su lado.

La señora March se dio la vuelta y vio a una mujer de escasa estatura con el pelo negro y exageradamente largo. Llevaba varias trenzas enroscadas alrededor de la cabeza; el resto de la melena, suelta, se deslizaba alrededor de su cuello y caía por su espalda, para terminar en la cintura en un estallido de puntas abiertas.

—Me gustaría que me leyera la suerte —dijo la señora March. Había decidido que la mejor forma de afrontar aquello era emplear el mismo tono conciso y autoritario que habría usado en la carnicería.

—Desde luego —dijo la vidente con un exagerado acento de Europa del Este—. ¿Manos? ¿Cartas?

—Pues... cartas.

—¿Alguna preferencia? ¿Rider-Waite?

La señora March no entendió la pregunta, así que se limitó a contestar:

—Sí.

—Por aquí, por favor.

La mujer condujo a la señora March detrás de unas cortinas de terciopelo, a una habitación más pequeña y oscura. En las paredes había un papel pintado de un color muy chillón (entre el rojo y el fucsia) con estampado de flores; la señora March evitó mirarlo por temor a la migraña que sin duda le provocaría.

La vidente corrió las cortinas y se quedaron casi a oscuras, alumbradas únicamente por algunas velas repartidas por la estancia. Aquel brusco cambio de iluminación hizo que a la señora March se le oscureciera momentáneamente la visión, una sensación parecida a la de antes de sufrir un desmayo.

La vidente señaló con teatralidad una mesita cubierta con un tapete verde de fieltro como los de las mesas de póquer, y la señora March se sentó en una silla diminuta con un mullido cojín bordado y dejó el bolso y el pan de olivas en un taburete. La silla no emitió ni el más leve ruido cuando se sentó en ella, lo que la relajó considerablemente.

La vidente se sentó enfrente, en una silla cubierta con una sábana con estampado de cachemira. Tenía una malformación en la mano izquierda: varios dedos no estaban desarrollados del todo, y se retorcían los unos contra los otros como las raíces de un árbol. La mano derecha, en cambio, parecía bien desarrollada, y sus dedos eran largos y elegantes. Carraspeó mientras barajaba las cartas con ambas manos. Miró a la señora March y dijo:

—Ha viajado hace poco, ¿verdad?

La señora March, negándose a dejarse impresionar o mostrar asombro (los típicos errores de aficionado), se removió un poco en la silla y, tan desapasionadamente como pudo, contestó:

—Sí.

—Y ese viaje le ha proporcionado lo que buscaba.

—Creo que esperaba algo más de él —dijo la señora March escogiendo sus palabras con cautela.

—En el fondo sabe que en ese viaje encontró lo que buscaba —dijo la vidente.

¿Le había guiñado un ojo? La señora March se acordó del ejemplar firmado del libro de George que había en la estantería de Sylvia.

—A lo mejor usted esperaba encontrar otra cosa, pero a veces es duro aceptar la verdad. —Tras una pausa, la vidente añadió—: Pero hay más cosas por descubrir, y las descubrirá. Sus sospechas, sus intuiciones, eran correctas.

Qué plena se sintió la señora March al oír esas palabras. Tenía calambres por todo el cuerpo, como si hubiese comido demasiado *baked Alaska*. El papel pintado de las paredes se cernía sobre ella con todo su esplendor prostibulario; se miró las manos, que habían empezado a sudarle. Su respiración se hizo más ruidosa.

La vidente terminó de barajar las cartas y empezó a repartirlas, boca abajo, encima de la mesa. En el reverso había un dibujo marrón que imitaba una superficie de cristal rota. La señora March se retorció las húmedas manos mientras la vidente repartía ante ella los veintidós arcanos mayores de la baraja Rider-Waite.

Entonces la vidente inspiró profundamente y cerró los ojos. Colocó las manos suspendidas sobre las cartas y empezó a canturrear (la señora March se sentía cada vez más incómoda). Siguió emitiendo sonidos unos segundos más, y luego abrió los ojos y dijo:

—Elija una carta, por favor.

La señora March, que no sabía que tendría que participar activamente, se retrepó en la silla. Tocó al azar la carta que le quedaba más cerca. La vidente se subió un poco las mangas del caftán y, con gran parsimonia, le dio la vuelta. En la carta aparecía un monstruo agazapado; la parte superior del cuerpo era humana, pero tenía unas peludas patas de cabra. Lo flanqueaban dos humanos con cola y cuernos, desnudos y encadenados. EL DIABLO, estaba escrito en la carta, con total naturalidad y grandes letras mayúsculas.

—Vaya, creo que tengo problemas —dijo la señora March con un tono que pretendía ser humorístico. Al ver que la vidente guardaba silencio, se inclinó hacia delante y, en voz baja, le preguntó—: ¿Qué significa?

—Bueno, ¿ve que la carta está del revés? —dijo la mujer—. El diablo invertido puede aparecer cuando nos retiramos a nuestros rincones más profundos y oscuros, o cuando ocultamos nuestro yo más profundo y oscuro a los demás. Usted no quiere confiarles su alma a otros porque está avergonzada, y su alma se ha deformado en su interior. —La señora March se imaginó su alma como una criatura peluda y deforme encadenada en un sótano oscuro, y se compadeció de sí misma—. Y ahora cree que ya es demasiado tarde para que alguien vea su verdadero yo.

A continuación se produjo un silencio tan intenso que parecía que reverberase en aquellas histéricas paredes rojas.

—Qué tontería —dijo la señora March.

La vidente prosiguió sin inmutarse:

—Voy a decirle cómo puede arreglarlo. Normalmente no utilizo dos cartas. Es algo muy raro. Solo uso una. Pero usted necesita que la aconseje. Es un momento especial, ¿sí? ¿Me entiende? La ayudaré.

Volvió a carraspear, cerró los ojos y, cuando hubo terminado con el numerito del canturreo, pidió a la señora March que escogiera otra carta. Esta vez, la vidente le dio la vuelta a la carta de LA SUMA SACERDOTISA. La figura, de pelo negro y gesto severo, tocada con una corona con cuernos, estaba sentada con las manos en el regazo y llevaba una gran cruz colgada sobre el pecho. Detrás tenía un tapiz en el que había bordadas exuberantes palmeras y granadas.

—La suma sacerdotisa es una guardiana del subconsciente —dijo la vidente—. Todo lo que usted no dice, todo lo que se guarda aquí y aquí —se dio unos golpecitos en el pecho y en la sien simultáneamente— ella lo vigila con ferocidad. Aparece cuando necesitamos acceder a ese conocimiento que está guardado en lo más profundo de la mente subconsciente.

La señora March miró las dos cartas (una invertida, la otra no) que descansaban en la mesa. Parecían caricaturas, dibujos para niños.

—¿No va a darle la vuelta a una tercera carta? —preguntó.

—Ella le está diciendo cómo arreglarlo —dijo la vidente, y golpeó la cara de la sacerdotisa con un dedo retorcido—. No hace falta una tercera carta. ¿No lo entiende? —Como la señora March no le respondió, la vidente suspiró y añadió—: Está usted en peligro. El peligro es cada vez mayor. ¿Lo ve?

La señora March, que estaba empezando a verlo, se inclinó hacia delante y se pellizcó la piel del cuello.

—Si no va con cuidado... —continuó la vidente—, ese peligro podría ser terrible para usted. ¿Entiende lo que quiero decir?

—Ah, sí —dijo la señora March, olvidándose de los consejos de su madre—. ¿Y qué puedo hacer?

—Necesita protegerse. Separarse de lo que le está haciendo daño.

—¿Me está diciendo que él me hará daño?

La vidente la miró con sus ojos castaño oscuro.

—Ya siente daño. Pero... quizá no sea demasiado tarde. No se permita más daño. Más daño es... peligroso. Supera el límite. —Levantó una mano y la agitó hacia arriba, representando el límite que no debía superarse—. ¿Me entiende? No deje que le haga daño.

—No le dejaré —dijo la señora March.

—Si siente el peligro, pida ayuda.

—¿Ayuda? —La señora March se miró las manos cortadas y las uñas feas y rotas, y se preguntó cómo podía ser que por mucha crema hidratante francesa que se aplicara no le surtiera ningún efecto. Hasta los dedos deformes de la vidente parecían más bonitos que los suyos.

—Si siente que el peligro va a cruzar esa raya —continuó la vidente, y subió la voz al ver que su clienta se distraía—, pida ayuda inmediatamente.

La señora March había previsto salir de allí más animada, y la verdad es que sintió alivio: un alivio que surgía de la firme convicción de que su marido era culpable, y de que era lógico que sospechara de él, y, sobre todo, de que no estaba loca ni mucho menos. Cerró la puerta al salir, sorprendida por la repentina luz del sol, y tuvo la impresión de que, de alguna manera, había recibido permiso para seguir abrigando aquellos sentimientos de rabia y desconfianza hacia él. No se detuvo a pensar que la adivina habría podido estar refiriéndose a un tumor, pues sus palabras habían sido muy ambiguas. Tampoco se lo planteó más tarde, ya en el piso, cuando discretamente cogió un cuchillo de carnicero de uno de los cajones de la cocina y lo escondió debajo de su almohada.

36

Se prometió que no volvería a seguir a George por la calle. Era lo que llevaba varios días haciendo por todo Manhattan y estaba resultando agotador: acecharlo dentro y fuera de las librerías a las que acudía a firmar libros, esconderse detrás de los percheros de los grandes almacenes mientras él se compraba un cárdigan, pegarse a la fachada de ladrillo de un edificio durante horas, con un frío entumecedor, y esperar a que saliera de una comida de ocio con su asesor financiero.

Decidió limitarse a vigilarlo cuando estuviera en casa con ella. Se ponía tensa automáticamente cada vez que él entraba en una habitación o decía algo; analizaba su forma de hablarle a Jonathan; su forma de, por lo general, evitar a Martha. Registraba su despacho en busca de pistas, y en una ocasión llegó a escuchar a escondidas una conversación telefónica con Edgar (durante la cual, para gran frustración de la señora March, solo hablaron de novedades sobre el contrato de George con la productora cinematográfica).

Cada vez que George salía a la calle, la señora March adoptaba otro papel: se convertía en Sylvia. Poco después de regresar de Maine, había vuelto a aquella tienda de la calle Setenta y cinco con Lexington a comprarse la diadema de terciopelo negro. También se había comprado la colonia que usaba Sylvia (la que había visto en el tocador de su dormitorio) en los grandes almacenes. La había visto de oferta y no había podido dejar pasar la oportunidad. Para completar la transformación, adquirió una peluca en una tienda de disfraces del centro, y una vez por semana compraba melocotones del mismo tamaño y color que el que Sylvia tenía en la mano en la fotografía del periódico.

En casa, con la puerta del dormitorio cerrada con llave, fingía que era Sylvia. Se paseaba con la espalda tiesa y los pies en punta por la moqueta. Comía melocotones enfrente del espejo del cuarto de baño y, entre bocado y bocado, ensayaba sonrisas mientras veía resbalar el jugo de la fruta por su barbilla. Leía revistas de moda como imaginaba que lo haría Sylvia, lamiéndose la yema de un dedo para pasar la página; o simplemente se quedaba mirando la pared, pensando en su propia muerte. Descubrió que Sylvia se aburría y se impacientaba cuando estaba sin hacer nada, y que se sentía más sensual cuando llevaba una combinación de seda que cuando iba vestida por completo. A veces fumaba (los últimos cigarrillos que quedaban en la pitillera robada): inclinaba la cabeza como le había visto hacerlo a Gabriella y sujetaba el cigarrillo con languidez entre los dedos índice y corazón.

Luego aireaba la habitación para hacer desaparecer el olor a tabaco y a colonia. Por muy enérgicamente que se enjabonara después, la señora March seguía oliendo a Sylvia a lo largo de todo el día: un perfume intenso, de una dulzura provocativa, que parecía ocultar un olor a podrido subyacente, como cuando su madre rociaba el cuarto de baño con Chanel N.º 5 para disimular el hedor de las cañerías.

La señora March se lavaba el cuello y las muñecas en su cuarto de baño (la espuma resbalaba entre sus pechos y por su espalda, y la delicada piel de la cara interna de las muñecas se le pelaba de tanto frotársela), y tenía que rellenar todos los días el dispensador de jabón dorado que, según le había asegurado un anticuario prepotente, había pertenecido a Babe Paley. Luego se olía una y otra vez; se detenía en el pasillo, daba media vuelta e iba a lavarse otra vez al cuarto de baño de invitados.

Fue en una de esas ocasiones, mientras se lavaba las manos cada vez más agrietadas en el cuarto de baño de invitados con una pastilla de jabón redonda que George se había llevado del Ritz de Londres, cuando se fijó en el cuadro. Las mujeres que antes aparecían desnudas bañándose en un riachuelo y mirando tímidamente de soslayo, escorzadas, aparecían ahora de espaldas.

A la señora March se le cayó la toalla de las manos. Se acercó más al cuadro. Eran las mismas mujeres (se sabía de memoria sus peinados y sus colores), pero su cara sonriente y rosada y sus senos abundantes de tonos pastel habían desaparecido. Lo que mostraban ahora era su pálida espalda y las nalgas con piel de naranja. La señora March, desconcertada, se quedó mirando el óleo de hito en hito. ¿Habían comprado los dos cuadros juntos y a ella se le había olvidado que existía ese? Pero, aunque fuese así (una suposición poco probable), ¿dónde estaba el otro, el que había estado diez años colgado en ese cuarto de baño? Escudriñó el cuadro varios minutos y lo acarició suavemente con la yema de un dedo, como tratando de devolverlo a su estado original.

Salió al pasillo. No sabía si debía contarle a George lo que acababa de pasar; no sabía si él se reiría de ella. Se encaminó a su dormitorio y oyó voces. Susurros. Se paró en seco en medio del pasillo y ladeó la cabeza. Las voces provenían de la habitación de Jonathan.

—Este juego es muy aburrido —le oyó decir a Alec—. ¿Jugamos a otra cosa?

La señora March se acercó de puntillas a la puerta y pegó la oreja. Al otro lado, Alec dijo:

—Yo quiero hacer de poli.

—Vale. Pues yo hago de malo —replicó Jonathan.

—¿Qué eres? ¿Un ladrón?

—No, algo mejor. Asesino.

—Asesino, ¡vale!

—¿Tú entregarías a un asesino a la policía? —le preguntó Jonathan—. ¿Aunque lo conocieras?

La señora March se tapó la boca con una mano y notó el frío de la alianza contra los labios.

—¿Qué quieres decir? —preguntó Alec.

—Si fuera tu hermano, por ejemplo.

—Es que yo no tengo hermanos.

—Bueno, pues si fuera tu madre.

—Nunca me chivaría de mi madre —dijo Alec con firmeza y con un deje de orgullo que hizo sentir envidia a la señora March.

—Pero ¿y si fuera lo correcto? —dijo Jonathan.

—No lo sé. ¿Jugamos o no?

Las voces dejaron de oírse, y en su lugar se oyeron unos golpes sordos. Imbuida de una nueva determinación, la señora March fue a buscar a George, que estaba leyendo en el salón, con el televisor encendido, y le preguntó a bocajarro:

—¿Quién ha cambiado el cuadro del cuarto de baño?

Él frunció el ceño, pero no levantó la vista del libro. Ella se frotó las muñecas, y entonces, por hacer algo, apagó el televisor.

—¿Hum? —murmuró George como si hablara con su libro.

—El cuadro del cuarto de baño de invitados. ¿Quién lo ha cambiado?

George, que aparentemente seguía enfrascado en la lectura, dijo:

—Cariño, estoy seguro de que ese cuadro lleva ahí años.

Como ella no dijo nada, George la miró por encima de las gafas, de aquella forma tan típica de él y que tanto la fastidiaba.

—¿Estás bien? —le preguntó.

—Claro que sí —contestó la señora March—. Me ha parecido recordarlo diferente.

—Bueno, es que lleva tanto tiempo ahí que, seguramente, nunca te habías fijado bien en los detalles.

—Sí —dijo ella, observándolo—. Seguro que será eso.

Apretó las mandíbulas, se retiró a su dormitorio y cerró la puerta. Estaba furiosa, y le temblaban tanto las manos que sus uñas tamborilearon en la hoja de la puerta. Lo que estaba haciendo George era negarlo, como había hecho con la paloma muerta que ella había encontrado en la bañera. Como había hecho con todo.

Se puso la peluca y acarició los tirabuzones castaños mientras se contemplaba en el espejo del cuarto de baño. Él no la consideraba digna de que la asesinaran, de que la poseyeran con aquel fervor y aquel apremio. Él pensaba que era estúpida, fea, aburrida, y que lo único que se merecía era que la humillaran en las páginas de una novela. Pensaba que era ridícula.

Se colocó la diadema negra sobre la peluca y acarició el terciopelo, suave como el vello. Vio dilatarse sus pupilas en el espejo.

—Es a mí a quien deseas, George March —susurró.

Esa noche esperaba a George en el dormitorio a oscuras cuando él entró. Estaba sentada, quienquiera que fuese, en la butaca del rincón.

—George —dijo. Su voz sonó diferente, como si le hubiesen cambiado las cuerdas vocales.

George se volvió hacia ella y entrecerró los ojos. La luz de la luna que entraba por la ventana solo le iluminaba las manos, recogidas sobre el regazo, dibujando unas débiles rayas en ellas.

—¿No puedes dormir? —le preguntó.

Fue hacia él con andares provocativos y lo abrazó como imaginaba que lo habría abrazado una joven que tuviese una aventura amorosa con él, una relación a distancia que avivaba su deseo: acariciando cada arruga de su camisa, aspirando su olor (a whisky, a cajones de madera viejos). George, extrañado, le tocó las puntas de la peluca.

—Te has arreglado el pelo —dijo como si apreciara aquel esfuerzo, y pareció que la habitación se oscurecía un poco más a su alrededor.

Esa noche, la señora March sedujo a su marido. Al principio de manera reconocible, y luego de una forma extraña: riendo, mordiéndose ella misma. George se mostró curioso en un primer momento, educadamente receptivo después, y al final, agradecido; la barba rala le arañaba el cuello y su corazón latía contra el pecho de ella. Ella sentía que sus propios omóplatos sobresalían más de lo normal y amenazaban con rasgarle la piel.

Sintió un dolor intenso y breve entre las piernas cuando él la penetró. Imaginó un agujero del lóbulo de la oreja que el tiempo había cerrado: la piel lo había cubierto como cubre el muñón de un miembro amputado.

Golpeó el colchón con los puños y sintió un reguero de gusanos, los gusanos de Sylvia, cosquilleándole dentro antes de salir goteando de su cuerpo en forma de nudos húmedos que se retorcían.

Se meció adelante y atrás, murmurando débilmente mientras los tirabuzones de color chocolate de Sylvia le acariciaban las clavículas, hasta que Johanna dejó de existir.

37

La pitillera robada de Gabriella había desaparecido. La señora March la buscó frenéticamente en sus cajones: los pañuelos volaban por la habitación como serpentinas, y caían gotas de sudor en las camisolas de seda. Se quedó un momento asiendo con fuerza las puertas del armario, temiéndose lo peor; entonces cruzó el pasillo y fue a buscarla en el armario de Jonathan.

Estaba apartando los calzoncillos con estampados de dibujos animados (los pellizcaba con el pulgar y el índice) cuando encontró los dibujos: imágenes perturbadoras de pájaros picoteando cuerpos de mujer desnudos y ensangrentados; los trazos cerosos de los lápices de colores formaban una fina película sobre los negros garabatos que representaban el vello púbico.

Entre los dibujos encontró no uno sino varios recortes de periódico relacionados con la desaparición y el asesinato de Sylvia. Estaban manchados de grasa y salpicados de posos de café, lo que indicaba que los habían rescatado del cubo de basura de la cocina. El artículo que había desaparecido del despacho de George estaba entre ellos. La señora March siguió hurgando en lo más hondo del armario y, de debajo de un jersey azul marino, sacó una de las libretas de su marido. Se alegró de ese golpe de suerte, pero cuando la hojeó se dio cuenta de que era la que se había llevado ella a Maine. Era su libreta.

Cuando Jonathan entró en la habitación y vio a su madre con todos aquellos secretos en sus feas y temblorosas manos, dentro de la señora March surgió un acceso de ira repentino y visceral como las náuseas. La verdad era que no quería enfrentarse a lo que implicaba que su hijo hubiese leído aquellas cosas horribles (palabras como *violación*, *estrangulada*, *puta*), escritas de puño y letra por su madre. El temor de que Jonathan también hubiese encontrado su peluca castaña (o que incluso se la hubiese probado) le produjo vértigo. Sintió una arcada y escondió la cara entre los abrigos.

Cuando se hubo serenado lo suficiente para mirar a su hijo, él ya estaba tan cerca de ella que la señora March, asustada, dio un respingo y se adentró aún más en el armario.

—¿Dónde has encontrado esto? —le preguntó, agitando ante su cara el recorte de periódico del despacho de George—. ¿Dónde?

Jonathan se encogió de hombros.

—¿Has estado en el despacho de papá? ¡Contéstame!

—No lo sé. A veces.

—¿Y qué más has encontrado? —preguntó ella con los ojos muy abiertos. Estaban empezando a brotarle las lágrimas—. ¿Has encontrado algo más?

Como el niño no contestaba, lo zarandeó.

—¿Por qué has dibujado esto? —le preguntó, y arrugó los dibujos—. ¿Te dijo papá que lo dibujaras?

Jonathan, consternado, negó con la cabeza. Ahora él también estaba llorando.

—¡No! —contestó.

—Te lo dijo él, ¿verdad? ¡No me mientas!

—No. Fue... fue... —Jonathan no fue capaz de mirarla a los ojos mientras su cabecita buscaba una respuesta—. Alec.

—No me digas que fue Alec si no fue Alec. Si fue papá, tienes que decírmelo.

—¡No fue papá! —La rodeó por la cintura y se quedó abrazado a ella sorbiéndose la nariz—. No te enfades con papá, por favor.

La señora March no le devolvió el abrazo, sino que prosiguió con su interrogatorio. Notaba la bilis en la garganta.

—Explícamelo, Jonathan. ¿Por qué quería Alec que dibujaras esto?

Como Jonathan no contestaba, añadió:

—¿Crees que Alec quiere que te castiguen?

—¡Sí!

—¿Y por qué?

—Porque... tiene celos de que papá sea famoso.

La señora March se arrodilló ante su hijo, que la abrazó y apoyó la cabeza en su hombro. Ella se dejó.

—Jonathan, ¿es verdad que Alec está celoso por eso? —le preguntó, acariciándole el pelo.

—Sí —dijo Jonathan, y ella notó el calor de su aliento en el cuello—. Me dijo que estás muy enfadada por el libro de papá y que todo el mundo lo sabe.

La señora March se encorvó y abrazó la cabeza de Jonathan con una mano mientras con la otra apretaba el cuerpecito de su hijo contra el suyo. Se produjo un silencio, y entonces oyó, dentro de su cabeza, una voz húmeda y febril que, alargando mucho las vocales, susurraba: «Johanna».

De repente, la señora March apartó a Jonathan de un empujón, y el niño, asustado, se tambaleó hacia atrás.

La señora March se levantó muy decidida, agarró a Jonathan por la muñeca y lo sacó de la habitación. Lo arrastró por todo el piso, abrió la puerta principal, salió con él al rellano enmoquetado y lo metió en el ascensor.

Subió al piso de los Miller, llamó a su puerta y, en cuanto Sheila abrió, la señora March le dijo:

—Me temo que los niños no pueden seguir siendo amigos.

Sheila se quedó mirándola con un alarde de sorpresa tan dramático (juntando las cejas y pestañeando como si estuviese preocupadísima) que a la señora March le dieron ganas de soltarle un bofetón.

—No quiero que Alec vuelva a quedar con Jonathan —dijo la señora March. Y al ver que su vecina no reaccionaba, continuó, histérica—: ¡Alec es una mala influencia para él! ¡Está pervirtiendo a mi hijo!

Entonces Sheila intervino, por fin.

—¿Perdona? —dijo con un tono de voz moderado, controlándose, y miró a Jonathan, a quien su madre tenía firmemente sujeto.

La cara de preocupación por Jonathan de su vecina enfureció aún más a la señora March, que le gritó:

—¡Ya me has oído!

Sus voces resonaron en todo el rellano.

—Muy bien —dijo Sheila, y relajó los hombros como si los hubieran liberado de una pesada carga—. Yo no quería hablar de este tema, y mucho menos así, pero resulta que yo también estoy preocupada por la relación de nuestros hijos, y sobre todo por la influencia de Jonathan en Alec.

—¿Por la influencia de...?

—Sí —la interrumpió Sheila, mirándola fijamente—. Jonathan tiene... ideas. Ideas extrañas que, para ser franca, me asustan un poco. Y después de la expulsión de Jonathan y... bueno. —Sacudió la cabeza y, sin dejar de mirar a la señora March, dijo casi en un susurro—: Me he enterado de lo que Jonathan le hizo a esa niña.

La señora March se inclinó bruscamente hacia delante, y sintió satisfacción al ver encogerse a Sheila.

—Tú te crees que lo sabes todo, pero no sabes nada —dijo, rabiosa, escupiendo gotitas de saliva y retorciendo los labios. Oyó chirriar una puerta a su espalda y giró la cabeza en un acto reflejo: media docena de vecinos curiosos se habían asomado al rellano. Tropezó con el felpudo de Sheila cuando tiró de Jonathan hacia el ascensor, y gritó—: ¡No sabéis nada!

La señora March llevaba semanas sin ver ninguna cucaracha, pero esa noche abrió los ojos y vio algo peor: chinches. Cientos de ellas se paseaban por su cuerpo, se metían entre sus pechos y entre los dedos de sus pies, correteaban por sus nudillos y se le introducían en el ombligo. Redondas, de color rojo oscuro, con patas finas, henchidas de su sangre, salían de las grietas de las paredes y de las costuras del colchón para recibir su ración nocturna.

La señora March profirió un alarido y accionó de un manotazo el interruptor de la luz que había en la pared, junto a su cama. Las chinches habían desaparecido, y las habían reemplazado ellos, arrodillados en el suelo alrededor de su cama: Sheila George la vecina chismosa del supermercado Gabriella Edgar el asesor financiero de la fiesta Jonathan el conserje de día Paula y hasta la vieja Marjorie Melrose. Todos. La miraban fijamente, boquiabiertos, babeando.

La señora March se despertó, asfixiada, y se incorporó de un brinco en la cama. Giró la cabeza y, por una vez, vio a George a su lado. Contó al revés desde cincuenta hasta que su ritmo cardiaco se apaciguó; entonces deslizó una mano bajo la almohada y buscó el cuchillo de carnicero. En cuanto sus dedos tocaron el mango de madera (agrietado tras demasiados lavados en el lavavajillas), se relajó y volvió a tumbarse boca arriba.

A la mañana siguiente, a la hora del desayuno, George le preguntó si había tenido pesadillas.

—No he dormido muy bien, y no estaba seguro de si era yo el que lo estaba soñando —dijo.

—No —dijo ella con cautela—. No tenía pesadillas. Es que me dolía la muela. —Y no era mentira, porque últimamente su dolor de muelas había empeorado, y ahora, de repente, tenía unas fortísimas punzadas en las encías, unos espasmos graduales que le recordaban a las contracciones del parto.

—Tienes que ir al dentista —dijo George, y durante un segundo, su gesto de preocupación la ablandó un poco.

—Sí —convino ella.

—Le diré a Zelda que te pida una cita con el suyo. Es el mejor. Tiene lista de espera, pero seguro que ella te conseguirá cita para mañana por la tarde.

—No te preocupes, no tiene importancia.

—Tienes que ir, cariño. —Le sonrió—. Solo va a empeorar. —Y tras lanzar esa espeluznante amenaza, fue a su despacho a telefonear a Zelda.

Al día siguiente, en la cena, la señora March contempló a Jonathan con gesto sombrío. Le repugnaban sus ojeras moradas, sus pestañas gruesas y femeninas. Se había puesto gordito: el jersey azul marino del uniforme se le tensaba alrededor de la cintura, los pantalones le ceñían los muslos y las perneras se le subían cuando se sentaba. Tenía la piel de las rollizas pantorrillas amoratada y recubierta de un fino vello negro.

La señora March decidió mandarlo fuera el fin de semana. Se dijo que así protegería a Jonathan de George y, al mismo tiempo, protegería la investigación que ella estaba llevando a cabo. Le preparó una bolsa (la llenó de calzoncillos y calcetines, como si tuviera esperanzas de que su hijo no regresara) y el viernes por la mañana lo acompañó al colegio. Le había pedido a la madre de George que fuese a recogerlo esa tarde.

—¡Oh, me encantará tener a Jonathan para mí sola todo el fin de semana! —exclamó Barbara March cuando la llamó por teléfono—. ¿Y vosotros? ¿Tenéis planes?

—Nada especial —dijo la señora March, y no le mencionó a su suegra la fiesta que iban a dar en su casa el sábado para celebrar el cumpleaños de George. No le parecía adecuado que la ordinaria y rolliza Barb asistiera. Barb, con sus blusas de volantes baratas y sus pantalones holgados.

Esa mañana pellizcó a Jonathan en el hombro cuando lo hizo salir por la puerta del piso; la bolsa de fin de semana que el niño llevaba colgando iba golpeándole la pierna. Plaf, plaf en el ascensor. Plaf en el vestíbulo, ahogando el saludo del conserje; plaf, plaf, plaf en la calle, hasta el taxi. Hicieron el trayecto en silencio; de vez en cuando, Jonathan se sorbía la nariz o tosía, y a ella se le ponía la piel de gallina.

La señora March, que no se apeó del taxi cuando llegaron, vio alejarse a su hijo desde el asiento trasero, con los labios apretados y las cejas tan arqueadas que notaba que las sienes se le tensaban. Cuando Jonathan desapareció entre la masa de niños que se paseaban por el patio del colegio, ella de pronto sintió náuseas, y se limpió en el abrigo los dedos con los que había tocado a Jonathan.

A su regreso al piso, encontró a Martha en el recibidor con su bolsito verde oliva colgando de una muñeca.

—Tengo que presentar la renuncia, señora March —dijo Martha con un tono monocorde impropio de ella—. Lo siento.

—¿Cómo? ¿Que nos dejas? —dijo la señora March, pensando en la fiesta del sábado y en todo lo que quedaba por hacer en el piso—. ¿Cuándo?

—Me temo que hoy es mi último día.

—Pero eso no puede ser. Tienes que avisarnos con dos semanas de antelación.

—Se suele avisar con dos semanas por cortesía, pero legalmente no es imprescindible. Se lo he preguntado a mi abogado —dijo Martha. Se notaba que hacía un gran esfuerzo para mirar a la señora March a los ojos.

—No lo entiendo —replicó la señora March—. ¿Hemos hecho algo malo? ¿Te hemos ofendido de alguna manera? —dijo (lo último, como si su única intención fuese ofenderla).

—No, no, señora March; yo... —Martha bajó la vista y se miró las manos, rosadas y arrugadas, entrelazadas frente al cuerpo, y dijo, casi sin voz—: Creo que debería pedir ayuda.

Al oír eso, la señora March se quedó de piedra. Martha no estaba avergonzada: más bien daba la impresión de que le tenía miedo. Durante años, la señora March había temido a Martha, había temido su desdén y su desaprobación. ¿Y ahora resultaba que era al revés?

—Sí, claro, qué remedio me queda. No voy a llevar esta casa sin ayuda. El piso es demasiado grande. —Lo dijo con naturalidad, con los brazos cruzados, mientras miraba a Martha, que fue a decir algo pero en el último momento decidió callar—. Muy bien —dijo la señora March—. Ahora tengo que pedirte que te vayas.

—Gracias por su comprensión, señora March. Por favor, salude de mi parte al señor March y a Jonathan. Dejaré la llave encima de la consola del recibidor.

—No te olvides de la llave del buzón —dijo la señora March.

Si a Martha le molestó la insinuación, por muy velada que fuese, de que era capaz de robarle el correo a alguien, lo disimuló muy bien.

—Gracias —dijo. Salió al rellano y cerró la puerta del piso.

La señora March fue directa al armario de las medicinas a buscar una de aquellas pastillas a base de hierbas para tranquilizarse; luego se paseó arriba y abajo por el recibidor y, temiendo que no surtiera ningún efecto, se tomó un puñado antes de ir al dentista.

38

—Hola. Tengo una cita. A nombre de March.

La señora March, que oscilaba ligeramente, se agarró al mostrador de recepción clavándole las uñas. Llevaba el abrigo desabrochado y la blusa por fuera.

—¡Ah, sí! Usted es la esposa de George March —dijo la enfermera rubia alegremente—. Su esposo es encantador, somos grandes admiradores suyos. ¡Siempre le digo que se iría de rositas aunque cometiera un asesinato! —Sonrió revelando unas coronas de un blanco cegador.

La señora March carraspeó.

—¿Puedo pasar ya?

La enfermera se puso seria de golpe.

—Espere un momento en la salita, por favor. El doctor la atenderá enseguida.

La señora March se dejó caer en una silla, y los otros pacientes que estaban en la sala de espera, ceñudos, la saludaron sin mucho interés. Esperó y esperó. Primero miró al techo, luego se miró los zapatos, y después, los zapatos de las otras mujeres. La que tenía sentada enfrente se aplicó pintalabios mirándose en el espejito de la polvera, y la señora March desvió la mirada ante una escena tan íntima.

Miró la hora en su reloj de muñeca y se llevó una decepción: solo habían pasado ocho minutos desde que se había sentado. Suspiró y se inclinó para echar un vistazo a las revistas dispuestas en abanico sobre una mesa. Cogió una al azar y la hojeó sin mucho entusiasmo hasta que apareció George, que la miraba desde las páginas satinadas. El titular rezaba: UNA ODA A LA BELLEZA, O CÓMO GEORGE MARCH HIZO BELLA LA FEALDAD. A continuación, un artículo adulador ensalzaba la innovadora complejidad de la protagonista de la novela, Johanna, «no lo bastante inteligente para ser mala, no lo bastante chic para disimular sus numerosos defectos físicos, pero deliciosamente aborrecible de cientos de maneras repugnantes». Cuando leyó: «El lector queda cautivado de inmediato y se convierte en un participante jubiloso, casi activo, en la ruina del personaje», la señora March cerró de golpe la revista y la tiró a la mesa, pero luego la escondió debajo de otros ejemplares. Se cerró el cuello de la blusa como si un desconocido la hubiese mirado con lujuria, se levantó y se acercó al mostrador de recepción.

—Perdone, ¿sabría decirme si el doctor tardará mucho? Estoy muy nerviosa. —Hablaba arrastrando un poco las palabras, pero la enfermera, por lo visto, no lo notó.

—Voy a decirle al doctor que no se encuentra bien, a ver si puede atenderla un poco antes —dijo la enfermera, y la señora March se compadeció tanto de sí misma que se le formó un nudo en la garganta, como si se hubiese tragado una bolsita de té húmeda, y los ojos se le anegaron de lágrimas—. ¿Quiere un poco de agua, señora March?

Al cabo de unos segundos, la señora March regresó a su asiento con un vaso de papel lleno de agua. Miró dentro y vio reflejado su ojo, que la observaba. Entonces suspiró, y su voz salió con un temblor distorsionado, como un espejismo provocado por el calor. Se sacó otra pastilla del bolsillo, se la metió en la boca y se la tragó con un sorbo de agua.

Cuando por fin la llamaron, la guiaron fuera de la sala de espera por unas puertas de vaivén y la condujeron a la sala donde estaba el sillón dental en que tenía que sentarse. Allí todo era blanco: paredes blancas, instrumental blanco y sillón dental de piel blanca. En un sitio donde se veía tanta saliva, sangre y esmalte amarillento, resultaba casi sospechoso que todo fuese tan blanco.

Apareció el dentista (excesivamente bronceado, con el pelo de un rubio grisáceo y unas uñas inmaculadas) y le pidió que abriera la boca. Ella obedeció, y él la examinó, sujetándole la barbilla para moverle la cara hacia uno y otro lados con autoridad.

—Bueno, señora March, creo que hemos ignorado el problema demasiado tiempo, ¿verdad?

—Sí —respondió la señora March lo mejor que pudo con la boca abierta. El dentista le soltó la barbilla, y entonces ella añadió—: Lo siento, doctor. Sé que debí venir antes, pero me ponen muy nerviosa los dentistas.

—Ya me han dicho lo de sus nervios —repuso él, y se inclinó para coger unos guantes de látex—, pero no se preocupe. Esto no le va a doler. Podría dolerle, pero yo me encargaré de que no sea así. No hay ninguna razón para que sufra si se puede evitar. Para eso estamos los médicos. Estamos aquí para ayudarla, señora March, no para hacerle daño. Enfermera: endodoncia.

La señora March empezó a llorar en silencio mientras la enfermera le ataba un delantal de papel alrededor del cuello y el dentista preparaba su instrumental. «No le dolerá nada», repitió, y la enfermera le puso la máscara de goma en la cara. Y por un instante, la señora March pensó que todo aquello era una trampa que le había tendido George para hacer que su muerte pareciera un accidente. Aquel iba a ser su último pensamiento antes de perder el conocimiento: Ariadna perdiendo el huso de hilo y perdiéndose ella.

Las pastillas que se había tomado debieron de interactuar con los medicamentos que le administró el dentista, porque cuando salió de la habitación blanca estaba muy mareada y desorientada, y aún peor cuando salió a la calle, al frío, y, tambaleándose, atravesó la acera para llegar al bordillo. Notaba la cabeza llena, como si el dentista le hubiese hecho un agujero en el cráneo y se lo hubiese rellenado de algodón. Un viento helado le azotaba la cara y el pelo. No era verdad que había llegado la primavera: le había mentido, les había mentido a todos.

Ciñéndose el abrigo con una mano y sujetándose el pelo con la otra, echó a andar junto al bordillo en busca de un taxi en medio del tráfico, y entonces oyó a un hombre decir, con un tono desapasionado y con la misma claridad que si lo tuviese a su lado: «Echó a andar por la calle».

Se dio rápidamente la vuelta y estuvo a punto de perder el equilibrio, pero no conseguía localizar el origen de aquella voz. El hombre volvió a hablar con engolado acento británico: «Siguió caminando por la calle». Entonces, cuando la señora March se dio la vuelta, dijo: «Se dio la vuelta». Intentó girar otra vez sobre sí misma, tropezó y se tambaleó.

Paró un taxi mientras aquel misterioso narrador seguía describiendo cada uno de sus movimientos, y en cuanto cerró la portezuela, halló consuelo en el silencio del asiento trasero. Miró por la ventanilla a los peatones, en busca de alguna pista, cualquier cosa que explicara lo que le estaba sucediendo. Los globos oculares le temblaron cuando el taxi aceleró y dejó atrás aquellos manchones que eran personas. ¿O eran personas que eran manchones? Se tocó la hinchada mejilla con una mano fría, y eso la calmó. Desde el asiento trasero, se miró en el espejo retrovisor y vio a otra persona (había otra mujer sentada en el asiento trasero del taxi), y pensó que se había producido un terrible error, porque si en su taxi había otra mujer, ella debía de estar en el taxi de la otra mujer. Sin embargo, tras una nueva inspección, se dio cuenta de que aquella mujer era la señora March, solo que sonreía agresivamente, y cuando la señora March apretó los labios, su reflejo no la imitó. Se pasó el resto del trayecto hasta su casa mirando por la ventanilla.

Después de pagar al taxista y apearse, se quedó plantada en la acera contemplando la fachada no de uno sino de dos bloques de pisos, preguntándose en cuál de los dos vivía ella. Cuando por fin se decidió, lo hizo con el optimismo que suele acompañar a la lucidez. Entró con andar ligero en el edificio de la izquierda y saludó alegremente al conserje uniformado.

En los espejos del ascensor, sus múltiples reflejos se negaban a mirarla y giraban la cara cada vez que ella volvía a intentarlo.

La puerta del ascensor se abrió en la sexta planta, pero ella tardó un poco en salir de la cabina, pues quería determinar cuál de las mujeres del espejo era ella; entonces se llevó una mano a la cara en un intento de localizarse, y las otras mujeres malograron sus planes al imitarla todas a la vez.

Salió al rellano, torció a la derecha y miró los números de las puertas, pero la numeración era absurda, parecía que se la hubiesen inventado unos críos. Encontró lo que, según ella, tenía que ser la puerta número 606 y giró el picaporte.

El piso que había al otro lado de la puerta palpitaba al compás de los latidos que ella notaba detrás de los ojos. Se frotó las cuencas con los nudillos, y entonces oyó una respiración trabajosa, como si alguien estuviera sufriendo. Con paso inestable se encaminó al salón, de donde parecían provenir aquellos gemidos. Quiso apoyar una mano en la pared, pero cada vez que lo intentaba, la pared se alejaba un poco más de ella.

Cuando llegó al salón, la luz que entraba por las ventanas la deslumbró, pese a que las cortinas estaban medio corridas. Allí el sonido era más intenso, más apremiante. Cuando sus ojos se adaptaron a la luz, vio a George encima de Sylvia, con las manos alrededor de su cuello, de su cuerpo desnudo. La señora March gritó, y George y Sylvia se volvieron hacia ella. Sylvia aspiró bruscamente por la boca, y George aspiró también, y entonces dijo: «Oh, no, cariño. Maldita sea. No tenías que ver esto».

Antes de que la señora March pudiese reaccionar, sintió que caía desde mucha altura. La caída fue, para su sorpresa, blanda; miró al techo y se preguntó cómo podría copiar la moderna iluminación en cornisa del piso de Sheila, aunque francamente, ¿qué tenían de malo las lámparas?, pensó. «En serio, ¿qué tienen de malo las lámparas?», le preguntó a George, que estaba subiéndose los pantalones de pinzas mientras Sylvia seguía tumbada, inmóvil, con el pelo castaño oscuro derramado sobre los senos.

Maldita sea, sí.

¿Cómo salir de este extraño laberinto?
Caminos por todos lados, mas no encuentro
el camino.

MARY WROTH,
«Corona de sonetos dedicados al amor»

39

La señora March se despertó en su dormitorio. Aunque las gruesas cortinas estaban corridas, supo que era de noche. Vio a George sentado en el borde de su lado de la cama, con la cabeza entre las manos, pero la habitación estaba débilmente iluminada y él quedaba en una zona de penumbra, y ella, al principio, dudó de que realmente estuviera allí. Levantó las sábanas con cuidado y vio que todavía iba vestida. Las carreras que tenía en las medias color carne parecían cicatrices.

Al moverse alertó a George, que giró la cabeza. Cuando vio que estaba despierta, se levantó y fue hasta su lado de la cama mientras ella se incorporaba y apoyaba la espalda en el cabecero.

—¿Cómo te encuentras? —le preguntó George.

De pronto, en su interior surgió una ira repentina contra él, pero no sabía muy bien por qué. Salió de debajo de las sábanas y se levantó tambaleándose un poco.

—Cariño... —dijo George.

Ella fue al cuarto de baño y encendió la luz. Se miró en el espejo y vio que solo tenía la mejilla un poco hinchada. Nada que no pudiera remediar con hielo, se dijo; seguro que estaría a punto para la fiesta del día siguiente. El resto de su cara, en cambio, daba pena: tenía la barbilla descamada; el maquillaje se le había ido, revelando imperfecciones de la piel, y unos ríos de rímel le surcaban las mejillas.

—Cariño —la llamó George desde el dormitorio. Ella se asomó por la puerta y lo miró: estaba de pie junto a la cama, con las manos en los bolsillos—. Me parece que tenemos que hablar. De lo que ha pasado hoy. De lo que has visto. Bueno, en realidad de todo.

Ella ya había empezado a retocarse la cara: se había limpiado el rímel con una bola de algodón humedecida y había tapado la cicatriz de un grano untándola abundantemente con base de maquillaje.

—Escúchame —insistió George—, cuando has llegado a casa estabas completamente ida, así que no estoy seguro de lo que has visto, o de lo que has creído ver, pero la verdad es que tengo una amante.

La señora March se quedó inmóvil, con el aplicador de polvos compactos en la mano. Como si quisiera solidarizarse con ella, pareció que su corazón también dejara de latir para escuchar a George. Sintió que su marido la miraba, pero no se volvió.

—Hace ya un tiempo que salgo con una mujer —continuó George—. Y esta tarde me has pillado... Bueno, nos has pillado. Y siento muchísimo que hayas tenido que enterarte así. Creía que tardarías más en volver. Yo... —Sacudió la cabeza—. Bueno, no lo sé. A lo mejor quería que me descubrieras. El subconsciente es muy complicado, ¿verdad?

La señora March bajó el aplicador de polvos hacia el lavamanos.

—Lo siento mucho, querida. De verdad. Al principio le resté importancia, creía que solo era una aventura, algo físico, la crisis de los cuarenta, si quieres. Pero me temo que... Me temo que lo que siento por esa mujer es algo más.

—¿Es Gabriella? —dijo ella, titubeante. Le salió una voz grave, rasposa, tan distinta de la suya, de timbre suave, que se miró en el espejo para comprobar que realmente era ella.

—No, no es Gabriella —dijo George—. Es una mujer que trabaja para Zelda en la agencia. Lleva un tiempo haciendo las prácticas con ella.

—¿Una becaria? —dijo la señora March, esta vez con algo más parecido a un chillido; tiró la polvera al suelo y fue al dormitorio—. ¿Me estás diciendo que te has liado con una becaria?

Articuló la palabra de forma tan exagerada que despidió unas gotas de saliva que se estrellaron contra la cara de George. Al ver que él parecía casi aliviado ante su reacción visceral, la señora March se enfureció aún más. Le habría gustado recuperar su elegante apatía y seguir retocándose el maquillaje sin revelar ni una pizca de sentimiento, ni una pizca de debilidad, emulando la elegante indiferencia de su madre, que ella nunca había visto flaquear. Pero ya no podía volver a levantar aquel muro, y eso la puso todavía más rabiosa.

—Lo siento —dijo George—. De verdad, lo siento mucho. He sido muy injusto contigo. Pero... —se pinzó el puente de la nariz— estamos enamorados.

La señora March se apretó las sienes con los puños y se agachó, pues creyó que iba a vomitar. Pero lo que salió por su boca fue un quejido gutural y atronador.

—¡No, no, no, no, no! ¡CERDO! —gritó. Y luego, preocupada por si la oían los vecinos, bajó la voz y repitió—: Eres un cerdo.

—Ya lo sé, ya lo sé, es injustificable, por eso ni siquiera voy a intentar justificarme. Lo único que sí quiero decirte es que, desde hace unos años, estás muy distante, y yo he intentado...

Cuando dijo eso, ella dejó de escuchar y comenzó a repasar todas las veces que George podía haber estado engañándola en lugar de matando a mujeres. ¿Podía ser? ¿Era posible? No, seguro que aquello era una excusa (una excusa perfectamente plausible) para encubrir su crimen.

—Cuando te decía que estaba en la cabaña de Edgar, en realidad estaba...

—¿Qué? —dijo ella en voz baja. Volvían a dolerle las encías—. ¿Cuándo?

—Varias veces. Antes de Navidad, por ejemplo, cuando volví a casa con las manos vacías... La verdad es que estaba aquí al lado, en Nueva York, en el Plaza. Con Jennifer. —La señora March se estremeció al oír su nombre—. No estoy orgulloso, de verdad; ni estaba orgulloso entonces. Por eso regresé antes de lo previsto. Ese día quería contártelo. Estuve a punto.

De repente, todo empezaba a encajar. La mancha de la camisa de George no era de sangre, sino de carmín. Las extrañas miradas de George no eran amenazadoras, sino de culpa.

—Pero tú me dijiste... —dijo la señora March, apuntando con un dedo a George en su estúpida cara, apuntando a sus estúpidas gafas de carey—. Me dijiste que la policía te había interrogado sobre aquella chica que desapareció. Me contaste que había carteles por todas partes. Me explicaste que había mucha policía y que te preguntaron si habías visto a esa chica. A Sylvia.

George negó con la cabeza. Tenía los ojos llorosos.

—Ni siquiera sé qué te dije. Quería admitirlo todo, ahí mismo, en el pasillo. Pero no lo hice porque... porque lo curioso es que parecía que tú supieras que estaba mintiendo, y llegó un momento en que tenía la impresión de que preferías que siguiera mintiendo a que provocara un escándalo. Sé lo importantes que son para ti las apariencias. Pero estoy harto de fingir. ¿Tú no?

Ella dio un grito ahogado. El corazón le latía con tanta fuerza que se puso una mano en el pecho, temiendo que le rompiera las costillas.

—Ya no sabía a qué estábamos jugando. No me parecía ético —continuó él.

—Pero... pero... —La señora March se tiró del pelo con ambas manos, se apretó el cráneo con los puños—. ¿Y aquel recorte de periódico? —dijo—. Tenías un artículo... en tu despacho. Sobre Sylvia Gibbler.

—Era documentación para mi próximo libro —dijo George. Y entonces, como si hubiese recordado algo, preguntó—: ¿Te lo llevaste de mi despacho?

—Venga, George, deja de mentir. No sigas fingiendo. —Se rio—. Tú conocías a Sylvia. Le firmaste libros. ¡Ella tenía ejemplares firmados de tus libros, George!

—¿Qué? Pero ¿tú cómo...? —Dejó de fruncir el ceño—. ¿Qué has hecho?

La señora March se acordó del conserje de noche y de lo amable que había sido con ella, y pensó que debía de saber que George tenía una amante, debía de haber visto a George besándola en el ascensor antes de que se cerrara la puerta, o metiéndole una mano por debajo de la falda cuando subía a un taxi. ¡Cómo debía de compadecerla! Empezó a pasearse en círculos, distraída por aquel bochorno. ¿Qué iba a ser de ella? La señora March se imaginó llegando a un piso vacío. ¿Podría conservar aquel? ¿O tendría que mudarse? ¿Tendría que criar ella sola a Jonathan? Aunque seguro que él elegiría a su padre, igual que todos sus amigos, que de entrada eran amigos de George. Se imaginó en el supermercado, evitando a todo el mundo (o todo el mundo evitándola a ella) y estuvo a punto de abrirse en dos allí mismo, en el suelo del dormitorio.

Pero todavía había alguna posibilidad, se dijo, de que George fuese culpable de otro crimen más grave. Había escondido aquel recorte de periódico en su libreta (Jonathan podía atestiguarlo), y los libros firmados estaban en la habitación de Sylvia (Amy Bryant lo confirmaría). Además, estaba la proximidad de la cabaña de Edgar al lugar donde habían encontrado el cadáver. Eran demasiadas coincidencias para que no lo investigaran. Podía presentarle esa información a la policía. Podía destruir a George, aunque no lo condenaran.

—¡Sé que mataste a esa chica, George! —le gritó, señalándole a la cara con un dedo índice.

George arqueó las cejas en un gesto de sorpresa.

—¿Qué demonios dices? —preguntó en voz baja y ligeramente temblorosa—. Me estás asustando.

—Mataste a esa pobre chica indefensa...

—Escúchame, sé que te he hecho daño, pero quiero ayudarte. Quiero hacerlo por ti, por Jonathan... —Levantó una mano y fue a tocarla, pero ella se apartó.

—No vas a acabar conmigo —le espetó, sacando la mandíbula inferior y enseñándole los dientes.

Lo apartó de un empujón y corrió hasta su lado de la cama; le pasó por la cabeza tirarse por la ventana. George le puso una mano en el hombro. Ella gritó. Él intentó hacerla razonar. Ella volvió a empujarlo; buscaba una salida, la que fuera. Tiró de las cortinas y se planteó estrangularse con ellas.

—No se acaba el mundo, cariño —dijo George mientras ella emitía un prolongado gemido—. Puede ser un principio para los dos. No éramos felices. Y merecemos ser felices. Podemos ser felices, pero no juntos.

Ella siguió empujándolo, le arañó la cara, le tiró las gafas al suelo; cuando él se agachó para recogerlas, volvió a empujarlo.

George se cayó al suelo. Ella se puso a golpear las paredes con las manos abiertas, llorando, y cuando él se levantó y fue hacia ella con los brazos abiertos y las mejillas ensangrentadas, a ella empezaron a pitarle los oídos. George le hablaba, pero no lo oía; solo oía su propia respiración, estrepitosa y envolvente.

Desvió la mirada hacia un rincón del dormitorio y se vio allí: otra señora March, de pie, con su abrigo de pieles, sus medias y sus mocasines, con los brazos colgando a los costados. A su lado estaba la señora March de la bañera, con los pechos caídos, goteando sobre la moqueta. La señora March en camisón, con la máscara veneciana apretada contra la cara, los ojos pestañeando tras las aberturas. Y por último, la señora March ensangrentada a la que había espiado por la ventana, con la boca entreabierta y las cejas invisibles bajo tanta sangre. Un coro griego de señoras March, todas de pie ante ella en una fila bien ordenada. En silencio, todas señalaron a la vez a George. La señora March se volvió y lo miró. Él gesticulaba mientras hablaba, miraba al suelo, se ponía bien las gafas.

Volvió a mirar a las señoras March, que, al unísono, se llevaron la mano derecha a la cara y se taparon los ojos. La señora March sonrió: se estaba divirtiendo con aquel juego. Las imitó; levantó la mano derecha y se tapó los ojos.

40

Cuando bajó la mano, la luz del sol entraba a raudales por la ventana de su lado de la cama. Le dolía la cabeza, así como, inexplicablemente, otras partes del cuerpo (aparte del dolor sordo de la intervención dental): el cuello, los brazos, los dedos. Maldijo en silencio al dentista y su anestesia.

—¿George?

Se dispuso a ponerse una bata, y entonces se acordó de que Martha no iría a trabajar, ni ese día ni nunca más. Podía pasearse por el piso sin cubrirse, sin miedo a que la asistenta la juzgara.

Desayunó en el comedor (cereales con leche fría y unos cruasanes rancios) y no se molestó en peinarse ni en lavarse la cara. Pensó que George aparecería, arrepentido, con un ramo de flores, porque creía recordar que la noche pasada habían tenido una desagradable discusión.

Un fuerte zumbido interrumpió el silencio que reinaba en el piso. Miró hacia abajo y vio una mosca pegada en el cruasán. Le faltaba un ala, y movía las patas como si tejiera. ¿Sería la misma mosca que había oído y que no había encontrado durante la tormenta de nieve? No, no podía ser, razonó. Las moscas normales y corrientes no vivían tanto tiempo.

No vio a George en toda la mañana. Debía de haber salido, pero tendría que regresar pronto, porque esa noche celebraban su cumpleaños. Cincuenta y tres años: George había superado la edad de su padre. No tenía sentido que se perdiera la fiesta por cuatro tonterías que se hubiesen dicho en caliente.

Un poco más optimista, la señora March pidió hora en la peluquería para la una en punto. Regó el ficus del salón hasta que se dio cuenta de que era artificial. Mordió unas barritas de mantequilla fría, algo que jamás habría hecho si hubiese estado Martha en el piso, por miedo a que luego viera las marcas.

Quiso prepararse la comida para almorzar temprano y sacó un trozo de carne de la nevera, pero estaba pasada. Se lavó las manos a conciencia, y aun así el olor a podrido permaneció en sus dedos durante horas e impregnó la atmósfera y las tapicerías.

Salió a la calle con la idea vagamente reconfortante de que, de alguna manera, las cosas se solucionarían solas antes de que ella regresara.

La peluquería estaba muy concurrida, y el murmullo de las conversaciones y los constantes lamentos de los secadores de pelo creaban un ruido de fondo parecido al zumbido de una colmena.

La recepcionista saludó a la señora March con cariño (pero no con suficiente cariño, en su opinión). Una vez sentada, pidió que le hiciesen un recogido alto y, algo muy poco característico en ella, mechas.

Hasta entonces, nunca se había atrevido a hacerse nada que no fuese cortarse las puntas. Una vez había pedido que le hicieran un peinado algo más complicado, inspirada por una clienta que salía de la peluquería cuando ella entraba, pero aquellos intrincados rizos no le favorecían: parecía que se hubiese puesto una peluca de payaso barata. Había fingido que estaba contenta con el resultado, pero en cuanto llegó a casa deshizo el peinado metiendo la cabeza bajo el grifo de la bañera. Ese día, sin embargo, sentada en el sillón con aquella sencilla bata blanca, abrigó más esperanzas.

Se encargó de lavarle el pelo el único peluquero varón del establecimiento. Era educado pero tímido, y comentó que no tenía mucha experiencia. A la señora March le molestó que la pusieran en manos del empleado novato. El joven le frotó torpemente el cuero cabelludo, como si acariciara a un perro. Utilizó demasiado jabón y el agua estaba demasiado fría, pero la señora March se abstuvo de revelar su desagrado. Se mordió las mejillas por dentro hasta que le sangraron.

Ya con el pelo lavado (le caían gotas de agua fría que se le colaban por el cuello de la bata y le resbalaban por la espalda), una estilista la acompañó a una butaca. Por el camino, la señora March vio a una mujer que, con la cabeza bajo la campana del secador, leía el libro de George sujetándolo con ambas manos. Entonces la señora March miró a uno y otro lados de aquella mujer y vio toda una hilera de clientas bajo sus respectivos secadores. Todas estaban con las piernas cruzadas y la mirada clavada en el ejemplar del libro de George que sujetaban con sus manos de manicura impecable.

—Ya saben que ese libro lo escribió su marido —dijo la estilista cuando sentó a la señora March en una butaca frente a un espejo iluminado.

Todas las mujeres que estaban bajo los secadores giraron la cabeza a la vez hacia la señora March.

—Debe de estar usted muy orgullosa —comentó una.

—Yo casi lo he terminado. ¡No me cuente el final, por favor! —suplicó otra.

—Desde luego, tiene una imaginación muy retorcida —dijo la que estaba más cerca de la señora March.

—No sabe usted hasta qué punto —dijo la señora March, y se volvió hacia el espejo.

A pesar de que las mechas, demasiado definidas, se le notaban tanto que parecía una mofeta, aceptó educadamente los cumplidos de las peluqueras e, inspirada, se compró un precioso pintalabios de color melocotón que estaba expuesto detrás del mostrador.

—¿Quiere que la maquille una de nuestras maquilladoras? —le preguntó la recepcionista.

La señora March miró la hora en el reloj de pared que había detrás del mostrador. ¿Y por qué no? Una fiesta era una ocasión especial, se dijo.

—Sí, creo que sí —contestó, y la acompañaron de nuevo a otra butaca frente a otro espejo.

Así pues, unas horas más tarde, la señora March se encontró sentada en el comedor con la cara cremosa y de tonos pastel, como una tarta. La mesa se extendía ante ella mientras el reloj de pie marcaba el paso de los segundos con su tictac.

Al llegar se había encontrado el piso vacío, y le había sorprendido que sus problemas no hubiesen desaparecido durante su ausencia. No podía creer que fuese a tener que organizar toda la fiesta ella sola. Había polvo en los estantes, la cama estaba por hacer. El salón tenía que quedar impecable. La comida y el vino tenían que ser exquisitos. Había llamado a Tartt para encargar la comida, y se la habían llevado sin tardanza gracias a un servicio de reparto urgente bastante caro (después de que recitara de un tirón los datos de la tarjeta de crédito de George por teléfono). Los camareros llegarían a las cinco y media en punto. Había comprado los últimos números de sus revistas favoritas (o mejor dicho, de las revistas que quería que todos creyeran que eran sus favoritas) y las había puesto en el revistero, junto a la chimenea. Había sacado del salón la mesita con ruedas del televisor y la había llevado al dormitorio. Encendió el televisor para estar acompañada mientras ordenaba. Había vuelto a exiliar la fotografía de Paula al estante más alto, boca abajo.

El reloj de pie dio las cinco. Los camareros no tardarían en llegar. La señora March miró las cartas de la partida de solitario que estaban en la mesa de cedro del comedor. Había una mosca posada en la reina de picas. Estuvo a punto de aplastarla, pero se lo pensó mejor y la dejó pasearse por un pulgar con la uña recién pintada.

Se levantó (la mosca voló) e intentó hablar con George. Ya había llamado a su madre (con el pretexto de preguntar cómo estaba Jonathan), a su barbero (adonde él iba a menudo a recortarse la barba), e incluso a Edgar (con la excusa de confirmar su asistencia a la fiesta). Marcó el número del club privado que a veces visitaba, copiándolo de una tarjeta que había encontrado en la mesa de George.

Contestó una apagada voz masculina.

—Sí, hola... Soy la señora March. Llamo para saber si mi marido está en el club. George March. Me ha dicho... que quería pasar por allí esta tarde.

—Desde luego, señora. Voy a ver si está —dijo el hombre con un tono que delataba su aburrimiento casi intrínseco.

La señora March sospechó que debía de estar acostumbrado a que llamaran esposas celosas preguntando por sus maridos. Quizá los socios del club lo hubiesen adoctrinado para que respondiera con una excusa ensayada. Se imaginó a George bebiéndose un whisky, con el rostro colorado y ligeramente sudado y con los ojos vidriosos, como siempre se le ponían cuando se emborrachaba un poco. Y al empleado aburrido diciéndole: «Su mujer está al teléfono, señor. ¿Qué quiere que le diga?». Y a George cavilando, recordando la discusión que habían tenido y decidiendo castigarla un poco más. «Dígale que acabo de salir. No, mejor aún: dígale que no he estado aquí en todo el día».

—No ha estado aquí en todo el día, señora.

Hubo un silencio mientras la señora March asimilaba la noticia.

—Ah. Muy bien. Gracias —dijo, y colgó.

La señora March se retorció las manos y, por alguna razón que no habría sabido explicar, fue a su dormitorio, donde el televisor seguía encendido.

La habitación olía a cerrado, a mal aliento. Abrió las ventanas para que entrara aire fresco, como habría hecho Martha; entonces se quedó plantada, contemplando la masa de sábanas arrugadas de la cama. Nunca le había gustado ver una cama deshecha, pero aquella escena tenía algo que la perturbaba especialmente. Aunque había ignorado las sábanas todo el día, aunque no les había prestado ninguna atención, habían estado todo el tiempo zumbando en lo más hondo de su pensamiento, como la mosca. Alargó una mano trémula hacia las sábanas y tiró de ellas, pero parecían enganchadas en el colchón. Tiró con más fuerza hasta que consiguió soltarlas.

Llevaba menos de veinticuatro horas muerto, pero el cadáver ya presentaba un sutil tono verdoso, y la piel parecía haberse aflojado, como una funda de tabla de planchar mal ajustada.

Lo había apuñalado. Ahora se acordaba. Lo había apuñalado. Primero casi con ternura, y luego más enérgicamente, más deprisa, tanto que el mango de madera del cuchillo de carnicero le había lastimado la piel de la mano. Tenía ampollas en la palma; la manicurista de la peluquería se lo había comentado.

Un grito agudo y borboteante salió de su interior. Se tapó la boca con ambas manos.

George estaba inmóvil. Su cabeza, la cabeza de George: bizca y macilenta, como la cabeza del cochinillo que una vez les habían servido en un restaurante de Madrid especializado en casquería. Recordó el sabor y la textura de las mollejas, la lengua y la oreja guisadas, y el crujiente cartílago en la boca. Y la cabeza del cochinillo, cocinada con su propia grasa, muy parecida a la de George, con los dientes sobresaliendo de la boca abierta y la mirada perdida. La cara del cochinillo había cedido cuando le habían clavado el tenedor en aquella carne asombrosamente blanda que parecía derretirse al desprenderse del cráneo.

Salió corriendo al pasillo y fue dejando un rastro de vómito hasta el cuarto de baño de invitados. Ahora el cuadrito de encima del inodoro representaba a las mujeres con los senos caídos y podridos, los labios retorcidos, los ojos sangrantes. Las oía gritar.

La señora March tuvo una última arcada y escupió una bilis negra, espesa y reluciente como el alquitrán. Sintió que algo se soltaba de su interior, como una piedra, mientras, jadeando, se sujetaba al borde del inodoro y la alianza que llevaba en el dedo tintineaba contra la porcelana.

Oyó a los vecinos al otro lado de la pared y se tapó con fuerza la boca para silenciar su entrecortada respiración. Vació la cisterna dos veces y salió tambaleándose al pasillo.

Llamaron a la puerta. La señora March la abrió, y le sorprendió encontrar a un grupo de camareros uniformados que, ignorándola, desfilaron ante ella; entraron en la cocina y empezaron a desenvolver los platos de comida preparada.

Miró el reloj de pie, que tictaqueaba sin pudor, como un corazón de madera acusador. Su sonriente esfera le guiñó un ojo. «¿Qué?», le preguntó ella. Entonces, en el televisor del dormitorio, sonaron unas alegres carcajadas. Ella siguió con inquietud aquel sonido y entró en el dormitorio. Estaban emitiendo *The Lawrence Welk Show*, y un coro vestido de amarillo canario (las mujeres llevaban vestidos de noche de tafetán, y los hombres, trajes de poliéster) oscilaban de un lado a otro, sonrientes, mientras cantaban: «Aunque siempre duele separarse..., sabes que siempre seguirás en mi corazón...».

Los visillos de gasa ondularon, etéreos, movidos por la brisa que entraba por la ventana abierta. La señora March se sentó a los pies de la cama; George estaba detrás de ella, pero su piel, tumefacta y suelta, se hallaba oculta entre las perladas sábanas manchadas de sangre.

Miró la hora. Los invitados empezarían a llegar en cualquier momento. «Muy bien —pensó—, muy bien. Puedo hacerlo. Me las apañaré». Como Jackie Kennedy, elegante y circunspecta en su duelo, viendo a Johnson jurar el cargo a bordo del Air Force One cuando todavía tenía la blusa salpicada de la sangre de su marido.

Se encorvó (las rodillas juntas, los pies separados, como si intentara componer una postura de ballet), y, mientras esperaba a que llegaran los primeros invitados, los miembros del coro de la televisión le sonrieron, y, acompañados por las alegres notas de una flauta, se despidieron y le desearon buenas noches.

Llamaron a la puerta con los nudillos, interrumpiendo el final de la canción. La fiesta estaba a punto de empezar.

«¿Qué has hecho? —se preguntó—. Agatha March, ¿qué has hecho?».

Agradecimientos

Mi primer libro está dedicado a mi padre, que fue mi primer narrador de cuentos, y a mi madre, que fue mi primera lectora. Gracias a los dos por apoyarme en todos los sentidos de la palabra desde mi nacimiento. No sigáis pagándome la factura del teléfono, por favor.

Gracias a mis maravillosos y obsesivos hermanos. A Dani, que soportó mi voz temblorosa en muchas y muy largas llamadas de teléfono. A Oscar, que nos enseñó a perseguir nuestros sueños (aunque un poco malhumoradamente).

A Kent D. Wolf, cuyo compromiso con este libro (y con su autora) es tan inquebrantable que me asusta. *La señora March* no habría salido de un cajón de no ser por el ingenioso, divertido e increíble Kent, a quien, por cierto, siempre le han quedado estupendamente los estampados de cebra.

A mis encantadoras editoras: Gina Iaquinta, que suavemente sonsacó lo mejor de mí, y Helen Garnons-Williams, que siempre apostó por los gusanos. Nuestras conversaciones a tres en paralelo son de las cosas con las que más me he reído escribiendo este libro.

A los granujas de Liveright, que lucharon por mí desde el primer día; me sentí cómoda entre vosotros inmediatamente.

A la estrella que es Cordelia Calvert. A Anna Kelly y 4th Estate. A María Fasce, de Lumen, por su pasión, su bondad y su entusiasmo. A Teresa, que siempre me ríe los chistes. A Lizzie y a Lindsey por abogar por *La señora March* y por darme la oportunidad de ver esta historia desde un ángulo diferente. A Mr. McNally, lector y crítico desde que tengo quince años, quien «calificó» mi primer borrador. A Charles Cumming, apoyo y mentor.

A Moni, que envió las flores, y a Pacheco, que abrió el champán.

Por encima de todo, gracias, Lucas. Todo es por y para ti.

Este libro
acabó de imprimirse
en Madrid
en enero de 2022

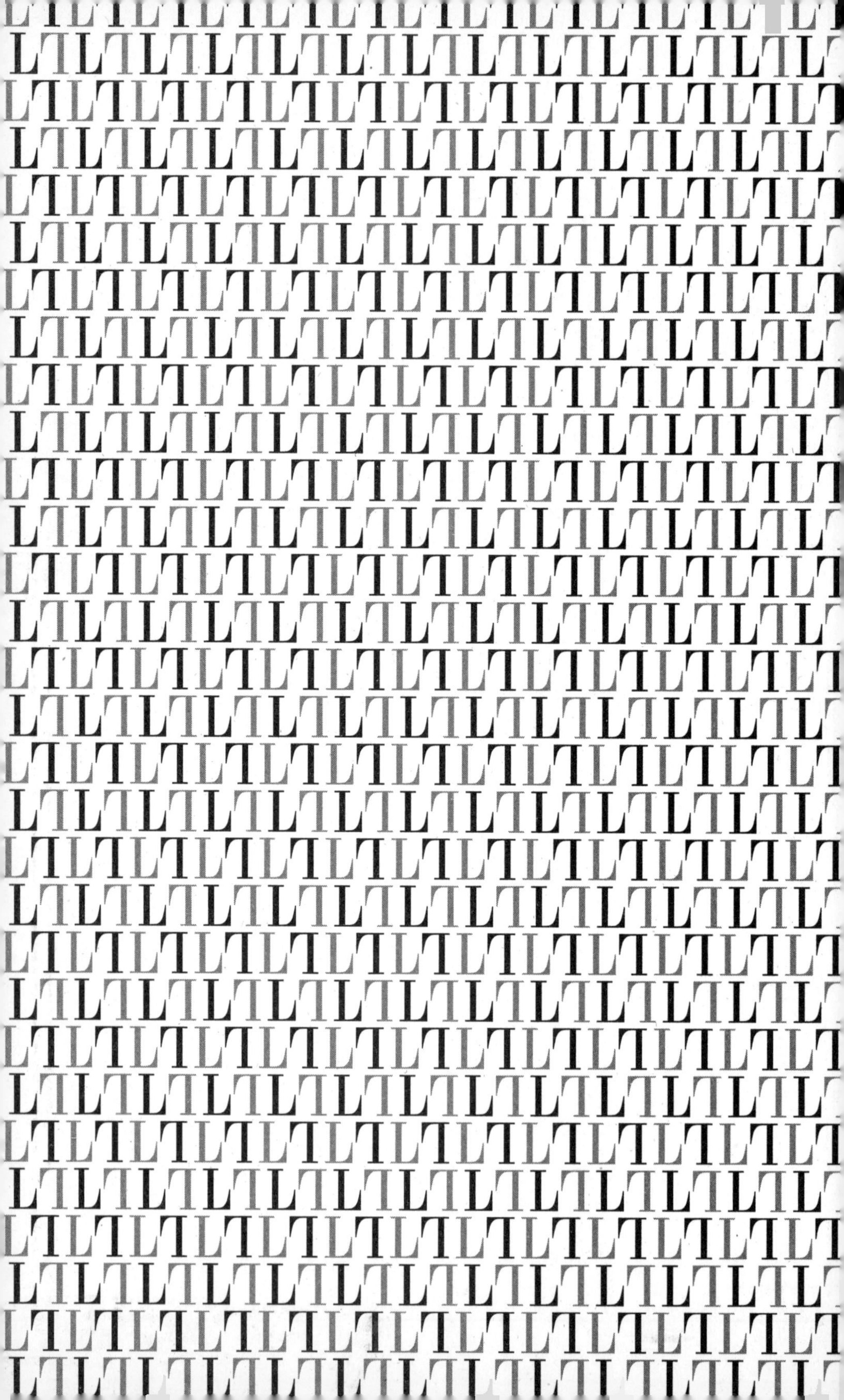